文文日記
日々是好日 VII

2008.4—2009.3

http://www.s-suzuki.com

鈴木成文

文文会KOBE—発行

目次

まえがき

『文文日記日々是好日』も今年で七冊目になるとは、我ながら少々驚いている。『学長日記』から数えれば十冊目で、厭きもせずに続けているが、神戸芸工大出身の若い人たちが喜んで読んでくれるし又援助してくれて、その顔がチラチラ見えるので続けようという気にもなるのだ。

日記とはいえ、日常の生活のことよりは若い人向けに日々の私の意見や心情を書こうと心掛けている。とくに世界的な経済不況に突入し、また地球上でも日本国内でもさまざまな対立やら不正やら不愉快な事柄が多発しているので、書くネタには事欠かない。しかしそんなことばかりでは面白くないので、せいぜい明るい話題もと心掛けてはいる。

とくに昨年は私の心臓手術を行なったので、それが七月・八月の大事件だった。二月頃から予め十分準備してかかったので軽い気持で手術を受けたのだが、やはり心臓というのは人間の生命の基本となる臓器だから、大手術だったには違いない。だが暑い夏の間を病院で過ごし、秋にはテニス、冬にはスキーに出かけられる身体になったのだから、目出度し目出度しということだろう。これで寿命も十五年は延びたような気がするが、そんなことを考えるとは私も齢八十を過ぎてそろそろ寿命の終りを意識する年ごろになったということだろうか。

今やいわゆる公職はなくのんびりと暮しているつもりなのだが、常に何やかやとやるべき事が多くて時間が足りない思いである。神戸芸工大は大好きだから、とくに義務はないのだが学期中は月に二回ほどは出かける。大学も齊木崇人教授が学長になって、教育面でも芸術工学の精神を受け継ぎ更に発展させて行くことだろう。何しろ開学前から初代学長の吉武先生を補佐してこの大学の基礎づくりに力を尽し、また芸術工学会の設立と運営の基礎づくりにも参画した人だから、大学のこれからについても大いに期待できる。その発展の姿を見守ることも私の楽しみの一つである。

私が学長の任期を終えて大学を辞した時に創設した「文文会留学生奨学金」も、年々支援の輪が拡がって年に四人の留学生に学資援助が出来るようになった。留学生の援助は、彼らが将来母国と日本の良き掛け橋となってくれることを期待し、国と国とのより親密な関係に発展することを願っているのである。

多くの卒業生たちに支えられて、この『文文日記日々是好日』もまだしばらくは続けて行くことになりそうだ。

二〇〇九年三月

鈴木　成文

2008年4月

1日(火) 学長交替／卒業生たちの活躍
2日(水) 桜満開／心臓病の本で学習
3日(木) 「文文日記」に写真掲載復活
4日(金) アパートメント鶉の泉幸甫氏
5日(土) 泉氏の姿勢と技術に脱帽する
6日(日) 1 神戸芸工大入学式
2 学長トーク／教職員懇親会
7日(月) 「河鍋暁斎展」を観る
8日(火) 「紀伊國屋寄席」
9日(水) 新卒歓迎会準備／暁斎展図録
10日(木) 日銀人事に意地と筋の張合い
11日(金) 神戸芸工大のまんが教育
12日(土) 新卒者東京歓迎会は大盛況
13日(日) 卒業生たちの寄りあう家に
14日(月) 心臓動脈検査の準備／岡山へ
15日(火) 岡田新一展／後楽園散策
16日(水) 山田初江さんからの電話
17日(木) 富田玲子「子どもの居場所」
18日(金) 娘たちからの見舞とオメデタ
19日(土) 鈴木・阪田を初段にする会
20日(日) 「かぐら坂寄席」
21日(月) 休み
22日(火) 槇文彦『見えがくれする都市』
23日(水) 藤が咲いた／初夏の軸と額
24日(木) 指先の痺れと血の流れ
25日(金) J・コンドル著『河鍋暁斎』
26日(土) まちなみ保存と町家生活
27日(日) 米原万理の多才なエッセイ
28日(月) 藤が満開、夏蜜柑も大豊作
29日(火) 休み(昭和の日)
30日(水) 夏蜜柑／ガソリン税復活

四月一日（火）

学長交替／卒業生たちの活躍

年度が改まり神戸芸工大では土肥氏に代わり斉木崇人教授が学長に就任した。開学前から吉武先生を扶けて大学づくりに力を尽したし大学院教育の柱でもあり、また芸術工学会の運営の中心の一人でもあるから正に適任で、芸術工学の色彩を鮮明にし吉武先生の理想を更に高めてくれることを期待したい。

五代目書生だった森本陽子が五月に結婚予定で相手の田川君の故郷の長崎で式をあげる。航空便はネットで予約できるので便利だが、慣れない操作で結構手間が面倒だ。こんな時秘書や事務が居ればと思う。だが奈奈にせよ陽子にせよ神戸芸工大出身者が立派な仕事で社会的にも認められて来たのが嬉しい。大学も今年は創立二十周年を迎え、デザイン教育では名実共に日本一と自負してよかろう。

四月二日（水）

桜満開／心臓病の本で学習

外出のついでに新宿御苑に寄った。麗かな春の日差しに桜は正に満開、広い芝生には家族づれや会社仲間とおぼしき人々がグループを作り弁当を広げている。長閑な風景だ。

帰りに東大病院。今日は診療でなく、入院棟最上階の「患者学習センター」で勉強する。五月の入院検査、場合によっては手術という事態に備えて心臓病の予習で、日野原重明・高木誠両先生の著書を読んだ。高名の先生が実に解りやすく解説されて、心臓病の概要、狭心症と心筋梗塞、症状の実態とその対応、治療方法、手術の仕組みなどが把握できた。専門医が一般人向けにやさしく書いて下さることは有難い。高木先生は自らも冠状動脈のバイパス手術を米国で受けられその後の活き活き元気な生活の体験を紹介しておられる。

満開の桜の新宿御苑風景
四月二日

四月三日（木）

「文文日記」に写真掲載復活

インターネットの「文文日記」に写真掲載が滞っているが、劉君が引き受けようと会社の先輩に訊いて仕組みを覚え、昨夜は帰宅してから一緒に試みた。以前は一森さんや学生の田中さんに写真を送りアップして貰っていたのだが、要するにそのフォーマットをコピーして新たな写真に替えればいいのだ。ただし理屈は解ってもサイズ設定や場所の指定などやってみて初めて出会う問題も多く、すったもんだで一時間ほど苦労し何とか成功した。それを今日、別の日の記事に写真をと思ったのだがなかなか巧く行かない。これも一時間以上かかって漸くアップした。こういう操作は常に続けてやっていれば覚えるのだろうが少し日をおくと忘れてしまう。だが、自分でやるとなると又時間をとられそうだ。

四月四日（金）

アパートメント鶉の泉幸甫氏

雑誌「ディテール」の企画で、泉幸甫氏設計「アパートメント鶉（じゅん）」を見学し、対談して食事を共にした。四年前に案内して頂きすっかり感心した集合住宅。目白の閑静な住宅地の中、敷地四〇〇坪の屋敷を解体し施主の住居と一二戸の貸家に建替えたもの。法定容積率一五〇％の敷地に八六％のゆとりある設計、木造二階建で池のある中庭を囲み周辺の環境と調和している。施主は雑誌から泉氏の設計を気に入って依頼されたという。ディベロッパーが容積率一杯まで計画するのに対し、むしろ質の高い空間をつくることが採算に合い、将来も安定経営が可能だという計算を示して施主と合意した由、建築企画をディベロッパーから建築家の手に取り戻さなければならぬと力説され、全く敬服した。

アパートメント鶉

四月五日（土）

泉氏の理念と技術に脱帽する

昨日の対談で泉氏に、質の高い空間が採算に合うならなぜディベロッパーがやらないのかと問うたら、彼らの儲けにならないからだという。規模が大きい方が彼らも施工者も利益が大きいし将来の経営まで考えてはいない。言わば建て逃げで、これが街の環境を乱す。建築家はよい街を作る事に力を尽すべきだという泉氏の姿勢は立派だ。彼は施主を説得しないし媚も売らない。ただ考え方を説明するだけだがそれが共感を得るという。住まいの価値は住戸内だけでなく、中庭や周辺を含む全体環境だとの説で、池に蛍を飛ばそうとの思いから綺麗な水を得る為に地下に槽を作り雨水を循環させ見事に成功した。木造はＲＣに較べ償却期限が短く税金面で有利。木軸にパネルを嵌込む構法などの工夫もしている。

四月六日（日）1

神戸芸工大入学式

神戸芸工大入学式、麗かな日和で扇型広場上の桜はほぼ満開だ。吉武ホール内の新入生の顔の何と初々しく子供っぽいことか。先日の卒業生は四年間で皆大人の顔になっていた。新入生が四〇三名、全学で一六一二名、この規模が巨大校とは違って教員と学生の親密な空気を作っている。式に先立ち弦楽五重奏、例年はパッヒェルベルのカノンやチャイコフスキーの花のワルツだったので、ビートルスなども含めたらいいと意見を出したのだが、今日はピアソラのリベルタンゴも含まれた。土肥前学長が寄贈された大山桜が新校舎前に植えられ来年は花をつけるだろう。染井吉野は寿命四十年で集団の美しさ、一方大山桜は何百年の寿命を保ち孤高の美しさ、どちらも大事だとの斉木新学長の挨拶が良かった。

四月六日（日）2

学長トーク／教職員懇親会

斉木新学長が午後の講演をスプリングトークとの題名で復活されたのが嬉しい。吉武初代学長の鴨長明「方丈記」の研究を紹介、その実大模型を日野の山中に運んで復原設置したプロジェクトを語って芸術工学の精神とその伝統を新入生に伝えたのが素晴らしかった。夕べには新旧教職員歓送迎懇親会がカフェ・フロインドリーブにて。多くの学科の先生と会話が出来るし、教学椿原さんや大学院黒田さんなど事務方とも親密に接することが出来るのが嬉しい。こんなに全学が一体になっている大学も珍しいのではあるまいか。散開後には逸身先生のお店でアクセサリーを拝見し美味しい紅茶を頂いたが、北野への坂を登るのに女性職員らの肩を借りねばならなかった。脚の老化は情けない。

四月七日（月）

「河鍋暁斎展」を観る

京都国立博物館にて「河鍋暁斎展」を観る。今日は特別招待日、期待に違わず素晴らしい展覧会だ。暁斎の秀作を日本全国から集めただけでなく、遠く大英博物館など海外からも二四点を借り受け暁斎の全貌を示している。地獄太夫などの繊細華麗な作から新富座妖怪引幕の横幅一七米の物まで、しかも前者には制作に半年をかけ後者は四時間で仕上げたというから、その伎倆の卓抜、芸術性の豊かさは驚異的だ。巻物や画帳も展示されている。人物画の確かさは、まず骸骨を描き肉付けし着物を着せるという。それらの下絵もあり、建築家J・コンドルが彼に師事し制作過程を詳述している。京都国際マンガミュージアムでは「暁斎漫画展」も同時開催され、達者な筆致の戯画や風刺画に爆笑した。

四月八日（火）

「紀伊國屋寄席」

珍しく風雨。隣の夏蜜柑が数個降って来た。「紀伊國屋寄席」には黄宝羅さんを伴った。古今亭志ん橋「池田大助」は初めて聴いたが長屋の十三歳洟垂れ小僧が大岡越前守の前で利発な答をする噺、志ん橋は面白く語った。桂文楽「素人うなぎ」は元殿様がうなぎ屋をやるポピュラーな噺、これも及第の出来だ。中入後は柳家喬太郎「母恋いくらげ」。古典落語の中に一人入ると妙なものだが、クラゲやタコやイカやヒラメ等の形を真似た仕草で笑わせる。トリは桂歌丸の筈だったが今日の強風で金沢からの飛行機が欠航し、代りには立川志らく。格の違いの言いわけをした上、花火職人が死神様の間違いで危うく冥土送りになる所を他人の姿の中に入るという愉快な噺を元気よく語り、立派に代役を果した。

四月九日（水）

新卒歓迎会準備／暁斎展図録

桜はもう終り、いま庭の木々の新芽が伸びて来た。石崖に絡まる蔦の若葉は飴色に光る。カイドウとシャガが花をつけた。今週末十二日の新卒東京歓迎会に備え、昨年購入したコードレス電動草刈機で劉君が庭の草を刈ってくれたが、蓄電池が約十五分しか保たないのでちょっと不便だという。歓迎会は参加者が二〇人を超すので、やや大きめのバーベキュー用コンロも買って来た。京都国立博物館から「河鍋暁斎展」の図録を貰ったので、これを神戸芸工大図書館に寄贈しようと藤本先生に送って託した。ちょうどこの時期に平凡社からも、別冊太陽で「河鍋暁斎、奇想の天才絵師」が出版された。図版が主でよく編集されているので、これももう一冊求めて大学図書館に贈ろうかと思う。

四月十日（木）

日銀人事に意地と筋の張合い

日本銀行総裁・副総裁人事に、自民と民主の意地と筋の張合いが続く。いったい何時まで続ける気なのだろうか。互いに自説を貫こうとするから傍から見れば子どものケンカだ。自民福田は日銀を政府の支配下に置くために大蔵・財務出身者を候補に立てる。民主小沢は金融の財政からの独立性を主張して財務省天下り人事をあくまで拒否する。この構図は十分解っているのに福田は執拗に旧財務官僚にこだわるし、小沢は候補者個人の人物如何に拘らず筋を通してこれを拒否する。拒否が四度に及ぶに至り、福田はこれは権力の乱用だと非難したが、従来自民が数を頼んで権力乱用を繰返していたのを忘れたのだろうか。財務省出身者以外にも適任者はあるだろう、いい加減で意地の張り合いはやめてほしい。

四月十一日（金）

神戸芸工大のまんが教育

先日の入学式の日に大学から戴いた物の中に一昨年新設の先端芸術学部メディア表現学科まんがアニメーション専攻発刊の「トビオ」という雑誌の創刊準備号があった。大塚英志教授研究室の編集、二年次学生のまんが作品五篇が載っているが、日頃まんがには接していない私には面白くも何ともない。彼ら彼女らの生活と感性には馴染めないのだ。しかしその間に挟まれる大塚氏の「芸工大式まんが家入門」講座にはすっかり感心した。一年次には描き方や画材使用法などは一切教えず、ペンは持たせず専ら「絵コンテを描く」ことに集中させる。映画とまんがの類似と共通、演出と物語、物語の文法。手先の技法よりも物語構築の論理から入るという教育は我々の建築計画にも通じ、素晴らしい教育方針だ。

四月十二日（土）

新卒者東京歓迎会は大盛況

神戸芸工大の新卒東京就職者の歓迎会を開催した。例年は四月第一土曜日に「花見の宴」を行うのだが入学式とかち合ったので、花は終ったが私の家の庭でバーベキューとなる。新卒で東京に来た者は数名は居る筈だが連絡があったのはＶ04北山君のみで、一人を皆で祝う。学籍番号Ａ89の第一期生嘉納さんから新卒までほぼ全学年・全学科および大学院に亙り、とくに視覚情報の参加者が多く、夫婦同伴が三組、子供も二人、鈴木明教授夫妻も見えたほか米国人四名も飛入りで参加、総勢四二名の大盛況となった。幸い暖かい日和に恵まれて大いに盛り上る。バーベキューの肉と野菜の後には讃岐うどんも出て楽しんだ。出身地を離れ大学からも離れた身には仲間との繋がりが仕事と生活の支えにもなろう。

バーベキュー風景　四月十二日

四月十三日（日）

卒業生たちの寄りあう家に

昨日の新卒歓迎会は予想以上の大盛会、この古い日本家屋の座敷と縁側と庭が活用されて大いに楽しんだ。準備した幹事の熊野・下浦・劉の三君も安堵したろうが私も満足した。先日のＫＤＵ‐Ｎｅｔ東京の会が八〇人と盛況だったが、その時に顔を合わせた者や当日は参加出来なかった仲間も伝え聞いて集まったので思わぬ盛会となった。神戸芸工大は関西以西出身者が多いがデザインや建築を志して東京に出て来るには何か身がまえるところがある様だ。大学からも親しい仲間からも離れ独り暮らしをする者にとっては母校を通じての仲間のネットワークは力づよい心の支えになるに違いない。彼らの楽しそうに語り合う顔を見ると、わが家が卒業生たちの寄りあう家になれれば嬉しい。

四月十四日（月）

心臓動脈検査の準備／岡山へ

心臓の冠状動脈検査のための東大病院入院を五月に控え今日は診療を受ける。永井先生は穏やかに説明して下さった。石東直子さんの「がんファイターの二〇〇四年」を患者学習センターに贈る。診療や採血は手際よく済んだが料金支払いで大分待たされ、さらに院外水野薬局では錠剤三種を揃えるのに三十分も待たされてちょっといらいらした。

「建築家岡田新一と岡山県立美術館二十年」の特別展に招かれ岡山へ。会期は明日からで今日は岡田氏招待の夕食会。静岡高校と高師附属中の仲間及びその夫人十数名が卓を囲み美味しい備前の料理に舌鼓を打った。席上、級友荘英武氏も冠状動脈狭窄のステント挿入手術を数年前に受けたとのこと、その経験を聞いて大いに安心感も高まった。

四月十五日（火）

岡田新一展／後楽園散策

「建築家岡田新一展」を彼の設計の岡山県立美術館で観る。「抽象と細密」を主題にし、まず最高裁の石の壁による空間造形とその中の把手・手摺・照明器具などのディテールを写真によって示す。石の重畳、石とタイルとその間の金属の調和、温かみある石の表情、大法廷に天空光を落す円筒の意義等を語り、岡田氏の姿勢を示した。県立美術館の外壁のラスタータイルの間の竹をイメージした緑色タイルの挿入など大きな造形と細部の配慮が見事である。細密の造形につき弘子夫人から発想を伺った。すぐ近くのオリエント美術館は中央吹抜けを巡る展示空間の雰囲気が好ましい。岡田氏の愛嬢真己子さんのお世話で、小川信子さんと共に後楽園をゆっくり散策し春の日和を楽しんで帰京した。

後楽園風景

四月十五日

四月十六日（水）

山田初江さんからの電話

山田初江さんから電話が来た。実は先月東京建築士会女性委員会の方から私に対談の依頼があり、四年前に士会機関誌の「いつまでもはつらつと生きる」という特集の取材対象者の一人に選ばれて、バリアフリー部会の女性建築士六人に囲まれヒアリングを受けたことがあり、特集が完結したのでその中の二人の対談を企画して私にと言う。最近は溌剌ともしてないので辞退したのだが、相手はと訊ねたら山田さんだと。それならと喜んで引受けた次第。電話では彼女は鎌倉の町を良くする運動の一環としての絵本制作を熱心に語り、最近の世の中の危うさ、市場原理任せの弊、米国の圧力とそれへの追随の弊、礼儀作法の乱れなどについて交々会話した。絵本は丁度私の誕生日の七月三十日に完成予定という。

四月十七日（木）

富田玲子「子どもの居場所」

富田玲子さん著書「『小さな建築』をめぐる千夜一夜」のシンポジウムの第一夜を聴く。まず富田さんが笠原小学校その他の写真から子ども一人、二人、三人、大勢の佇む様子を示し子どもと空間の関わりを訴えた。裸足、柔らかい素材、あいまいもこの空間の大切さを示す。教育学者佐藤学氏は、発信より応答を、他者と共に生きることの大切さを説く。詩人谷川俊太郎氏は、意味を教える所という学校の観念に反発し体で感じることの大切さを説く。彼の絵本『もこ　もこもこ』が0歳の子も笑って喜んだという。三者三様ながら昔からの学校の意味空間に反発し肉体と響きあうことを主張するが、一方学習の組立てとどう両立させるかの視点も大切だろう。いかにも富田さんの会らしい良い空気だった。

四月十八日（金）

娘たちからの見舞とオメデタ

庭の新緑が勢いを増して目の醒めるようだ。茶の間の前の藤棚には房が沢山下がった。初代書生ソウルの長女李賢姫から電話で私の入院を気遣ってくれ、福井の次女奈奈からは「休みを利用して東大病院を見学しに東京に行こうかなぁと考えています」とのメール。心臓冠状動脈検査で入院と書いたら、こんな心遣いとは嬉しい。一方三女陽子からは長年付き合っていた田川君と五月初めの結婚披露招待状、喜んで長崎行き航空券を手配した。四女喜美恵からも三六五〇グラムの女の子が生れたとの嬉しいメール、畳の上での出産だという。一月の建築学会のシンポジウムでは大きなお腹を抱え東京に来ていたのだった。娘たちの親切な気遣いとおめでた続きに私は幸せな気分の一週間だった。

四月十九日（土）

鈴木・阪田を初段にする会

最近は身体の処置や昨年度の「文文日記」の編集等に追われほとんど碁に接してなかったので、一夜漬けながら昨日の午後は日本棋院の雑誌を開き布石の三〇手のパターンの幾つかに慣れようと碁盤に向かって石を並べた。その甲斐あってか漸く序盤の形勢が少しは頭に入るようになった。今日は高橋氏宅にて。同格の山田夫人や阪田夫妻とは勝ったり敗けたり。皆から文さん強くなったとおだてられるが、師匠格の内田夫妻や高橋氏には七子を置いてもまるで歯が立たず、逃げ回るばかりの局面に立たされる。自らの地を確実に作る基本的な操作を身に付けなければなるまい。だが、この会は確かに勉強になるし面白いし何よりも次への意欲を掻き立てられる。帰りは池袋からの地下鉄最終電車だった。

四月二十日（日）

「かぐら坂寄席」

甥の嫁が席亭の「かぐら坂寄席」を聴いた。以前は自宅の八畳間でやっていたのが人気を呼んで神楽坂毘沙門天善國寺の庫裏で行なうようになって三回目、広間に座布団を並べて数十人が坐る。三遊亭全楽が中心だが今日は同門の楽花生改メ三遊亭楽生と、花楽京改メ三遊亭楽京の真打昇進披露口上が全楽の紹介により愉快に行われた。楽生「お見立て」は廓ばなしを素直に演じ、楽京「猫の災難」は熊さんの飲みっぷりを面白く見せる。愛嬌のある彼の顔がこの噺に向いているが客に笑い転げる人があるのがさらに噺を引き立てる。全楽「愛宕山」は以前新小さんで聴き面白い噺とは思わなかったが、これをなかなか達者に語った。落語は演者によってずいぶん違うものだ。日曜の神楽坂は賑わっていた。

四月二十一日（月）

休み

四月二十二日（火）

槇文彦『見えがくれする都市』

「INAX REPORT」四月号の特集の著書解題に槇文彦『見えがくれする都市』が取上げられ内藤廣氏との対談が載っているがこれが実に面白い。この本が出たのはもう三〇年も前だろう。襞の多い地形に江戸からの慣習を引きずっている東京を、近代建築の担い手と目されている槇氏が透徹した素直な感覚で語っているのに感心したものだった。初期の名古屋大学豊田講堂を最もバロック的と称し、その後は寧ろ日本古来からの異質なものや異なるスケールの混在する構成に傾き、多様性の中の奥を指向しつつこれをモダニズムの手法に見事に統合する。そして時代との対応がまた素晴らしい。内藤氏の問いかけが実に適切で槇氏の面白い発言を引き出している。やはり槇氏は私の最も尊敬する建築家だ。

四月二十三日（水）

藤が咲いた／初夏の軸と額

茶の間の前の藤が花の房を付け始めた。但し竹で組んだ棚の上の蔓が棚に密着せず自然に上を向くので、そこに咲く花も先端が僅かに棚の下に出るだけだ。外に出て眺めれば見事だが家の中からは房の先だけが見える。

五月が近づいたので、家の中の軸や額を掛け替えた。床の間の笹川養意「淵明睡眠図」は高森砕巌「天中五瑞図」に。五月の節句用の明るい絵である。玄関の宗文治「江南春暁」を李可染「清漓漁歌」に。また二階の傅抱石「落花游舟」は斎白石「藤」に夫々替えた。こうして絵を替えただけで、うららかな春の気分から爽やかな五月の風の心地になるから面白い。身の周りの空間の僅かな変化が人間の心理に与える影響の大きさを感ずる。生活の場を季節に応じて整えることは大事だ。

四月二十四日（木）

指先の痺れと血の流れ

右手の小指・薬指が微かに痺れる。昨日の朝気がついたが仕事には差し支えないからすぐ忘れてしまったが今朝また気づいた。これは最近の右脚の疲れと共に血流の影響ではあるまいかと、三輪医院を訪ねた。先生はいとも簡単且つ明快に「勿論血の流れのせいです」と言われ又もや懇切に説明して下さる。脳に微細な血の固まりが出来るとその動脈の先の器官に影響が出るのは当然で、高齢者には別に珍しいことではない。一週間もして自然に治ってしまえば何の事はないがもし固まって閉塞されれば先の器官は死んでしまう、と。心房の弁の開閉機能の老化による血流の漏れについても図解によりよく分った。指の痺れは以前にもあったのかも知れないが、今回は特に注意していて気づいたということか。

四月二十五日（金）

J・コンドル著『河鍋暁斎』

「河鍋暁斎展」が京都で開催中で評判だが、建築家J・コンドルが暁斎に師事して日本画を学び師の画法につき記録した『河鍋暁斎』が山口静一訳で岩波文庫から再販されており素晴らしい解説書である。まず暁斎の生涯を略述し、画材の作り方と用法を紹介し、更にその画法について丁寧に記述する。自ら絵を本格的に学んだだけあってその記述は詳細を極める。半年もかけて制作した屏風絵「大和美人図」については描く順序を追い、各部の画材、用いた筆、その用法を一つ一つ丁寧に解説、巻末に豊富なコンドル・コレクションの掛物、屏風、その他につき一点一点紹介し解説する。一人の画家をこれだけ詳述した本も珍しいが、暁斎個人にとどまらず日本画の技法の記録としても稀に見る良書である。

四月二十六日（土）

まちなみ保存と町家生活

「文文会ＫＯＢＥ」例会。倉知みどりさんが食事をすっかり用意してくれた。稲荷ずし、蛤の鍋もの、お新香、えびと野菜の天ぷら、鶏の唐揚げという豪華な料理で大満足した。話題は森本陽子さんの大宇陀のまちなみ保存と町家生活。パソコン持参で映像も整理され爽やかな声で分りやすく楽しそうに語った。宇陀松山の町の歴史から説き起こし、重伝建制度、町家の構造と細部の特徴、保存の意義と町民の反応、まちづくりセンターの仕事、更に一六〇年前の江戸末期の古い町家を購入して住む体験、近所づきあい、コミュニティの行事と慣習などを丁寧に紹介。出席者総数一五人、学生も四人熱心に参加した。伝統的住宅と現代生活の調和、まちづくりの手法、規制と創意などに関して大いに話が弾んだ。

四月二十七日（日）

米原万理の多才なエッセイ

大型連休が始まる。ラジオでは人々の移動が始まったと伝えているが、私は毎日が休みのようなものだから一向に実感が湧かない。昨夜は陽子は泊り、今日の日曜は京都へ出て「河鍋暁斎展」を見るという。この展覧会は誰にでも勧めたい。昨日の会の残りの蛤の鍋の美味しい出汁の雑炊で朝食をとり、陽子と共に家を出て私は十時の新幹線で東京へ。弁当は相変らず神戸駅の「穴子三昧」。車中では米原万理の『パンツの面目、ふんどしの沽券』。以前読んだ『嘘つきアーニャの真赤な真実』がたいへん面白かったが、この本も彼女の見事な文章で下ネタを、歴史性や国際感覚を交え体験を通じ面白く料理している。良く調べて書いているのには感心する。早世は返す返すも惜しまれる。

四月二十八日（月）藤が満開、夏蜜柑も大豊作

陽が照って暖かい。ラジオは山口衆院補選の敗戦後の自民党の動揺ぶりを伝えている。

先日咲き始めた藤の花の房がみるみる増えて大きくなり今や満開だ。棚の下にも下がって来たがやはり外で全貌を見るほうが美しい。

今年はとくに花が多いようだ。

隣地の夏蜜柑も豊作で、風が吹く度に二つ、三つと落ちてくるので拾っているが、台所のザルには山盛りだ。石に当って傷ついた実はそこから痛んでカビが生えるので投げ捨てるのだが次々と落ちてくるので今や二〇個以上も溜った。直接食べるとかなり酸っぱいが、ただ捨てるのは勿体ない。マーマレードには最適だがこんなに沢山煮るわけにも行かず、ただ萎びていくのを眺めている次第、枝にはまだ一〇〇個もぶら下がっている。

茶の間の窓の前の藤の花　四月二十八日

四月二十九日（火）

休み（昭和の日）

四月三十日（水）

夏蜜柑／ガソリン税復活

初夏のような陽気、気温は二五度を超えた。また夏蜜柑が何個か降ってきた。萎びさせても勿体ないと六個を選びマーマレードを煮たが、台所にはなお二〇個以上も溜っている。アート印刷から昨年度分「文文日記」の最後の校正が届いた。「文文会留学生奨学金」の本年度受給者が決まればそのニュースの原稿を入れて本が完成するが、発行はやはり六月半ばになることだろう。

衆院で「租税特別措置法改正案」の再可決でガソリン税の暫定税率が復活し、また値上げになるという。車を持たぬ私には一向に実感が湧かないが、ガソリンの買溜めをしようと缶に注油して引火した事件もあったという。一回の給油でたかだか何百円かの差だから、無理に狂奔しなくてもいいと思うのだが。

2008年5月

1日（木）「紀伊國屋寄席」
2日（金）八十八夜／憲法記念日に
3日（土）兄弟が集まり日本近代史を
4日（日）『暁斎と幕末明治の書画会』
5日（月）竹井隆人『集合住宅と日本人』
6日（火）体操／ラ・フォル・ジュルネ
7日（水）米国若者の戦争認識
8日（木）瀬戸内源氏と大和和紀源氏
9日（金）遠藤剛生氏と集合住宅対談
10日（土）長崎にて
11日（日）田川新一朗・陽子の結婚式
12日（月）地球の各地で大災害頻発
13日（火）「はつらつと住まう」シンポに
14日（水）高師附中第五四回卒の同期会
15日（木）カンボジアの村の実測図
16日（金）四川大地震被災地の広さ
17日（土）「吉武泰水先生を偲ぶ会」
18日（日）「文文会奨学金」受給者決定
19日（月）文文日記装幀案／入院日延期
20日（火）「東孝光＋東理恵住宅展」
21日（水）M1・M2の研究中間発表
22日（木）外国人留学生後援会
23日（金）文文会奨学金ニュースレター
24日（土）『源氏物語』の構造の解釈
25日（日）浜さん宅バーベキュー
26日（月）中国四川大地震の被災規模
27日（火）住宅総合研究財団理事会にて
28日（水）入院日が早まった
29日（木）1 入院／検査／病院食
2 病棟の模様
30日（金）カテーテルによる動脈検査
31日（土）検査結果の所見を聴く

五月一日（木）

「紀伊國屋寄席」

「紀伊國屋寄席」に天坂亜希子さんを伴う。内田夫人から良いお嬢さんねと褒められた。私の黒い布製バッグを作ってくれたし、以前のこわれたファスナーも付け替えてくれた。落語を生で聴くのは初めての由だがすっかり楽しんでくれた。若い人に日本の話芸の良さを広めたいものだ。柳家初花「転宅」は枕も品がなく芸は未熟。古今亭菊之丞「愛宕山」は以前新小さんで聴きつまらない噺だと思い先日「かぐら坂寄席」の三遊亭全楽の達者な語りで見直したのだが、今日の菊之丞は仕草も表情も優れ見事な語りで大いに楽しんだ。三遊亭楽太郎の「船徳」、入船亭扇遊の「不動坊」、三遊亭金馬「紺屋高尾」、いずれも夫々の個性を出し良い噺だった。会食は今回初めての店「路地」で立派な卓を囲んだ。

五月二日（金）

八十八夜／憲法記念日に

昨日は八十八夜、立春から数えて八八日目で茶摘みの時期だが、そういう季節との対応も薄れてしまった。気温はもう夏日に近い。庭の草も伸びているがなかなか手が廻らない。そして明日は憲法記念日。先日は名古屋高裁が「バグダッドは戦闘地域」と認定しイラクでの航空自衛隊の活動に関する法的な根拠を否定した。対米協力を金科玉条とし憲法解釈をそれに添わせようとする政府に対し厳しい判決だが、司法・立法・行政の独立について全く理解していない高官がありそれを平気で口にするとは何とも恥ずかしい限りだ。福井の柳川奈奈さんが市立至民中をテーマに学校づくりの記録を本にして出したいと希望している。これに応え某出版社にこれが可能かどうかを問い合わせてみた。

五月三日（土）

兄弟が集まり日本近代史を

弟道彦の提案で姉と弟二人が集まる。祖父の代からの鈴木家の歴史が日本の近代化と社会の変遷を映す一つの典型的事例ということで道彦がそれを記述したが、その記憶を確かめたい、更に補足したいとて集まった次第だ。子どもの頃に両親や祖母から聞いた話の断片を継ぎ合わせ思い出を甦らせる作業だ。埼玉の地主として明治期に力を伸ばし、神田には米問屋を開いて成功する。その息子即ち私の父の教育に意を注いだが、親の期待に反して文学の道などに進む。家督相続や財産を狙う者の事件のゴタゴタがあったり、子どもには何か解らぬ不穏な記憶、太平洋戦争では貴重な蔵書を空襲から守ったこと、そして戦後は農地解放で財産の一切を失う。確かに一家庭をテーマにした面白い日本社会の近代史だ。

五月四日（日）

『暁斎と幕末明治の書画会』

『酔うて候―河鍋暁斎と幕末明治の書画会』が思文閣出版から出ていて、これが面白い。国立京都博物館の暁斎展では主に「本画」が展示されているが、一方、暁斎の「席画」もまた素晴らしい。席画とは、幕末・明治初期には盛んに催された「書画会」で一般の人の求めに応じ即席に描いたもので、特に人気のあった暁斎は酒を煽って時には日に数十枚も描いたという。正確なデッサン力の上に即興のユーモアを込め、衆人環視の中で仕上げる作品はその制作過程を間近に見ることでまた人気もあったのだろう。本画とは異なる活き活きとした筆づかいの感じられるものが多くとくに欧米で人気が高いという。そこに表現される暁斎の達者さは、驚異的ですらある。その書画会の空気を伝える楽しい一冊だ。

五月五日（月）

竹井隆人『集合住宅と日本人』

竹井隆人『集合住宅と日本人』を読む。現代日本で人々が連帯して社会を作る「共同性」が失われていることを危惧し、住宅地或いは集合住宅に居住者が主体となる自治組織たる「私的政府」を作り居住区を自己統治せよと訴えている。著者は政治学者だが建築や都市の「工学研究者」がコミュニティを無批判に賛美していると繰返し繰返し口を極めて非難しているのが微笑ましい。折角の正論ならば冗長に流れず簡潔・スマートに叙述して欲しかった。だが建物や環境が人間の心理や身体に与える影響の大きさや、問題の焦点の時代に応じた変化も認識するべきだろう。更には「共同性」を軸とする地域ガバメントが日本ではなぜ出来なかったのかも真剣に追求するべきだし、文化や倫理も考えたいものだ。

五月六日（火）

体操／ラ・フォル・ジュルネ

心地よく晴れて湿度は一〇％、爽やかだ。NHK体操選手権をテレビで観戦。私は中学で体操をやっていたのでとくに関心が深いが技は天地雲泥の差、鉄棒では所謂「離れ技」即ち両手を鉄棒から離し空中で回転や捻りを行なって再び掴むという技が加わるので全くハラハラする。女子平行棒も僅か一〇センチ幅の上で跳んだり回転したりは驚きだ。こんな曲芸・軽業になっていいのだろうか。

ラ・フォル・ジュルネを覗く。有楽町の東京国際フォーラム。クラシック音楽を大衆にとの趣旨でフランスで始まった由、大小の会場で幾つかのコンサートが行なわれ、欅の広場は屋台が出てお祭りの気分だ。五月二日から始まり今日が最終日、券は売り切れだったが野外キオスクのフルート演奏を楽しんだ。

ラ・フォル・ジュルネ　夕暮の野外コンサート　五月六日

五月七日（水）

米国若者の戦争認識

四月の新卒者歓迎会に米国の若者男女四人が飛入り参加したが、彼らを案内した天坂さんからその後の彼らの様子を伝えて来た。座敷や庭では陽気に振舞っていたが、戦争を潜り抜けた書庫を案内し空襲で一面焼野原の中に書庫のみがポツンと残っている写真には相当なショックを受け冷や汗をかいたというし、直ぐに国の両親にメールを送り知らせた由。おそらく彼らは太平洋戦争末期に米軍が日本の都市一般民家を標的に焼夷弾の無差別爆撃をして一晩に市民一〇万人を焼き殺したことや、全国一二〇の都市を焼き払ったことなど一切知らされてなかったのだろう。尤も現代の日本の若者だって同じことかも知れない。アフガニスタンやイラクについては、米国内ではどの程度知らされているのだろうか。

五月八日（木）

瀬戸内源氏と大和和紀源氏

源氏物語千年紀ということでこの古典が巷にもてはやされている。私はその昔戦時中に、谷崎源氏を原文と対照しつつ辿ったものだがほとんど忘れてしまったのでもう一度読んでみようと思い立った。円地文子訳が評判だが書店では売り切れ、瀬戸内寂聴訳を買った。確かに面白い。だが寝殿造はそんなに易々と忍んで入れたのだろうか、人の気配も分らぬほど暗かったのだろうかなど、余計なことが気にかかる。大和和紀『あさきゆめみし』も買ってみた。ストーリーマンガの源氏物語である。これは原書にない源氏生誕の物語から始まっている。この華やかな王朝絵巻は正にストーリーマンガにはうってつけの題材だ。寝殿造も十二単もしっかり考証して描かれているのが好ましい。これから暫く楽しめる。

五月九日（金）

遠藤剛生氏と集合住宅対談

「箕面スワローハイツ」を見学し設計者遠藤剛生氏と対談する。二五年前の建設だが外装を補修し新築の様に美しい。三階建に二住戸が巧みに重なり、傾斜地に全二六戸が中庭を囲んで整然と配置されるがその雰囲気が実に柔らかく親しみ深い。容積率一五〇％の一種住専地域に約一〇〇％のゆとりある設計だ。マンション建設の初期にはディベロッパーもノウハウが無く建築家に任せていたのでこれが可能だったが近年は当面の利潤追求に追いまくられまともな設計が出来なくなった由。だが二五年経っても売買価額が落ちずに空家待ちの状態、空間の質の高さが永続的価値を生んでいる。建築家は経済的マネージメント能力も備え企画面でデベロッパーに対抗して計画するべきだと遠藤氏は訴える。

五月十日（土）

長崎にて

昨夜は千里に泊り、明日の田川新一朗・陽子の結婚式に出席のため伊丹から長崎へ飛ぶ。個人タクシーの案内で所謂観光名所を廻る。稲佐山から市街全体を俯瞰、幸いにも雨の後で眺望も効いた。浦上天主堂をまわり最後にグラバー園へ。オープンなバルコニーのある南アジア風洋館住宅をじっくりと鑑賞した。夕方には長崎総合科学大の伴丈氏が来てくれ今度は現代を見る。栗生氏設計の原爆死没者追悼平和祈念館、本体を地下に納めその上を水盤とし七万個のＬＥＤランプが原爆犠牲者を象徴する。素晴らしい鎮魂の施設だ。時間外のために内部が見られなかったのが残念、魚の美味い店で焼酎を傾けつつ語りあった。大学の本質を理解しない文科省役人に全国の大学が従う不幸を嘆き教育の将来を憂える。

グラバー邸

五月十日

五月十一日（日）

田川新一朗・陽子の結婚式

朝はホテルから近い大浦天主堂を拝観した。階段の正面に建つ佇まいが美しい。だが団体観光客が次々に来て堂内の雰囲気を損なう。結婚式は、新郎田川新一朗君の育った大村の富松神社にて。新婦陽子の白無垢の婚礼衣装はまるで日本人形の様に可愛らしい。司式の宮司は若い頃新郎の両親の結婚の司式もした由で、新一朗の赤ん坊の頃から親しい。こういう結婚式もいいものだ。披露宴はホテル。参列者はほとんど両家の親族のみなので私の挨拶では専ら両人の専門について解説、建築と彫刻、それぞれ日本の伝統文化の維持継承を志しているその仕事の実態を紹介した。宴を終り付近を独りで散歩、下田菊太郎設計の旧香港上海銀行長崎支店は保存活用されている。夕方の便で長崎から東京羽田へ。

大浦天主堂　五月十一日

田川新一朗・陽子の晴れ姿
五月十一日

五月十二日（月）

地球の各地で大災害頻発

昨日は長崎空港での出発待ちの際のテレビで贔屓の稀勢の里が朝青龍を一気に押し倒した一番を見て、思わず快哉を叫び喝采した。東京に戻ったらひどく寒い。季節外れの大型台風が小笠原から北上中、地球がおかしい。更に大きな災害はサイクロンがミャンマーを襲い死者が数万人に上るという。国連は緊急支援を行なうがミャンマーの軍事政権は支援要員の入国を頑なに拒否している由。しかもこの時期に新憲法案の賛否を問う国民投票を開始したという。中国では四川省でM七・八の大地震。ここでも死者一万人に近いという。いったい地球はどうなっているのだろうか。横浜で夏に行われるアフリカ会議では洞爺湖サミットで日本が提案する予定の地球温暖化防止対策を支持する意向だというが…。

五月十三日（火）

「はつらつと住まう」シンポに

東京建築士会女性委員会からの要請で「はつらつと住まう」のシンポに引っ張り出される事は四月の文文日記に書いたが、これまでの機関誌に載った事例の紹介が送られて来た。私以外は皆女性、仕事に趣味に老後を楽しんでいる。特に八十歳の眼科医の方が大正末に建設の二階建住宅と大事に付合っている姿に共感した。私はと言えば六年前に神戸芸工大学長を退いてからは『五一C白書』執筆の他はまとまった仕事もせず遊んでいる。最近は身体の衰えも感じているが何故溌剌に見えるのかと考えたらそれは「文文日記」の為ではなかろうか。日記には出かけた事や観た演劇・映画・落語などについて書くから、出かけてばかりているように見えるらしい。シンポでは「文文日記」を中心に語ればいいいか。

五月十四日（水）

高師附中第五四回卒の同期会

この一週間は雨が降り続き冬のように寒い。東京高等師範学校附属中学校第五四回卒業生の同期会、五四回に因んで毎年五月十四日に催される。場所も銀座のサッポロライオンと決まっている。出席者は三一名、全員同年齢の八十歳だが元気な顔をしている。尤も元気な奴だけが出てきているのだ。昔だったら、八十歳といえば大変な老人と見られた筈だ。この一年間で四名が他界したとの報告、存命でも出て来られない者はずいぶん多く、その返信では、リハビリ中とか、遠出が出来ないとか、歩行不自由とか、体調不良とか、がんセンターに入院中など、肉体の老化は致し方ない宿命だ。私自身も歩くと右脚が疲れやや不自由になった。ビール一杯にワイン一杯と酒量も減った。桐蔭会歌を斉唱して終る。

五月十五日（木）

カンボジアの村の実測図

「両棲集落実測図×山田脩二の写真」展へ。関西大学江川研からの案内ハガキで出かけてみたらこれはまことに面白い展示であった。会場では大学院生の横山大樹君が私の質問に応え要領よく説明してくれる。カンボジアのトンレサップ湖畔カンポンプロック村、湖は琵琶湖の三倍の広さだが雨期にはその三倍に拡がり集落は水に浸かるので高床に造られ、乾期には地面になるが漁師は後退した湖面に夏の仮小屋を造る。これを毎年繰返すがその小屋造りの技術と生活を詳細な実測図で紹介している。五年間も通ったというこの調査は住居平面、配置、乾期と雨期の立面など見事な仕上がりだ。山田氏の写真も状況と生活を豊富に伝える。この実態調査から横山君が何を引き出しどう学位論文に纏めることか。

五月十六日（金）

四川大地震被災地の広さ

しばらく続いた寒さと雨が上がり、昨日から爽やかな初夏の気配が戻った。この機会にと床の間の軸や玄関の額などを掛け替えた。中国の四川大地震は従来の私の認識を超える広さだ。被災地が一〇万平方キロ、日本全土の四分の一以上だという。関東大震災にせよ阪神大震災にせよ、せいぜい三府県に跨がる程度、救援も隣接県から直ちに届けられた。私は地球物理学に疎いが、今回のは余程大きなインド・オーストラリアプレートが中国のユーラシアプレートにぶつかって滑り込んだということか。崩壊建物の下敷きの人がまだ一万人以上もあって日本から援助隊が出かけたが三一人では覚束ない。千人規模の支援が必要だろうが、自衛隊を派遣する訳にもいくまい。私に出来るのは赤十字募金のみか。

五月十七日（土）

「吉武泰水先生を偲ぶ会」

東大山上会館で「吉武泰水先生を偲ぶ会」。爽やかな天候、四一人が集まったが皆次第に老齢化してくる。長澤泰氏が「建築計画学の今」と題して談話。いささか内容を詰め込みすぎで質問討論の時間が無かったが、流石に流れる様な調子で計画学の発達の経緯を辿り彼の著書の「建築地理学」につき紹介した。人間生活との対応については解説されたが、計画学の基本となる時代との対応については触れられず、青木さんや私などの数十年も前の言説を同列に並べての解説にはやや違和感を覚えた。社会の状況に応じて計画学の主題や取組みが変化するのが当然であろう。建築地理学についても些か不分明で、生活と空間の対応の解析を平面的な分布の分析に逆戻りさせるのではないのかとの疑問が残った。

五月十八日（日）

「文文会奨学金」受給者決定

本年度「文文会留学生奨学金」受給者決定。昨年同様四名に月三万円の学資を給付する。頼文波君（ライブンパ、中国）は昨年五月の大学院北京入試で合格し十月入学、齊木研で建築設計の研究を志望。崔恵正さん（チェヘジョン、韓国）はファッション　デザイン学科四年、テキスタイルデザインを勉強し、将来は母国で雑貨・小物中心の店を持ちたいと希望する。李道善君（イドサン、韓国）はプロダクトデザイン学科四年、神戸芸工大との提携校の釜山東西大学校より交換留学生として〇六年に来日し、その後に編入学した。宋倫禎さん（ソンユンジョン、韓国）はヴィジュアルデザイン学科二年、姉も日本に留学しその影響で留学した由。夫々日本の進んだ学問・技術を学びたいと希望している。

五月十九日（月）

文文日記装幀案／入院日延期

昨年度「文文日記Ⅵ」の装幀の案が小林元氏から届いた。初夏の風の吹抜ける様な爽やかなデザインで直ちにＯＫの返事を送った。

心臓冠状動脈精密検査を受ける為の東大病院入院を決めたのは三月で、入院日の仮予約は五月二十一日だったが入院センターから連絡があり、ベッドが混んでいるので二〜三週間先に伸びるという。緊急患者が優先するので私は待ってもいいが、それならもう少し早く知らせてくれればいいのにと愚痴も言いたくなる。急にぽっかりと空白の日が出来たので何をしようかと考える。欠席の返事を出していた留学生後援会にも出席できる、大学院の研究発表会も聴きに行かれる、更に浜さん宅バーベキュにも、等々。だがあまり動き回るのも考えもの、静かに読書するのもいい。

五月二十日（火）

「東孝光＋東理恵住宅展」

朝は台風の影響で酷い風雨だったが昼頃にはほぼ上って薄日がさしてきた。

「東孝光＋東理恵住宅展」を見に出かけた。お茶の水の「ギャラリーf分の1」と称するこぢんまりした展示場。塔の家から四〇年という副題がつき、処女作「塔の家」が当初と現代の姿の写真や図やスケッチを含め大きく展示され、以後の住宅約二〇点は夫々写真や図やスケッチが尺角ほどのパネル四枚に収められてコンパクトに並ぶ親しみある展示だ。いずれも東氏の人柄が滲み出ていて一例一例じっくり眺めて楽しんだ。

大相撲は十日目、安定した取り口だった白鵬が安馬の見事な動きにかき回され土俵下に。全勝は今場所変身した琴欧洲一人となった。七時すぎの新幹線で神戸へ。

五月二十一日（水）

M1・M2の研究中間発表

大学院の研究中間発表。今年三月の卒展では大学院作品が優れていたが後輩の現役はやや期待が外れた。一昨年の北京入試の留学生達は一年半も経つのに日本語の発表も覚束なく質疑にも満足に答えられない。がっかりだ。李文静の四合院のまち並み再生は今日の重要問題だが理解も考察も未熟、文文会ＫＯＢＥの石東さんの発表への参加を勧めた。徐佳の３ＤＣＧアニメは人体の筋肉表現は見事だがストーリーが疑問。午後はＭ1で、二〇人中の三人の発表に見どころがあった。岩永潤のアルソミトラの種子をモデルにしたフンワリ飛ぶ玩具、権恵眞の韓国から留学して三年間の心の奇跡を表現したイラスト、佐伯法積の塩屋の街の認識の三点。アイルランドのMc・Ｄ・デービットの日本文化理解も面白い。

五月二十二日（木）

外国人留学生後援会

昨日は発表会のあとにワインパーティ。院生がフライドポテト等を作って供してくれる。一昨年の北京入試で入学のＭ２の連中と話したいと思ったが、彼らは出て来なかったのが残念。いつも五人で固まり教員や友人と話すことを避けている様子だ。これでは日本語も上達しないし研究も深まる筈があるまい。

今日は外国人留学生後援会の役員会と総会。在籍留学生は現在六〇名、一五カ国に亙る。毎年行なう見学小旅行で去年は宇治平等院、以前はソニーやアシックス見学もあり、日本の優れた技術や文化に触れる意義は大きい。三時の新幹線で帰京、車中で瀬戸内寂聴版の源氏物語を読んだが、よくまあ多くの女性と付き合うその忙しさにはほとほと感心する。深夜放送では琴欧洲が白鵬を破る。強い。

五月二十三日（金）

文文会奨学金ニュースレター

「文文会留学生奨学金」給付対象者も決定しニュースレターを発行する。対象者の写真を載せて支援して下さった方々に紹介するのが毎年の慣わしだが、最近は個人情報保護法でいちいち本人の承諾を得なければならないという。支援者への紹介は当然の礼儀だと思うが法規の墨守は礼儀に優先するらしい。

大相撲は終盤に来て波乱となった。昨日まで完璧な相撲だった琴欧洲が安美錦に一方的に突き出されて白鵬との二差が一差に縮んだと思ったら、直後に白鵬が琴光喜に敗れ、更に朝青龍は魁皇に寄り切られて脱落する。相撲は心理が左右するから面白い。アナウンサーが優勝の決定を巡って「もし琴欧洲が勝って白鵬が敗ければ」などと繰返し言うのはいかにも聞き苦しい。言葉には教養が欲しい。

五月二十四日（土）

『源氏物語』の構造の解釈

大野晋・丸谷才一の対談『光る源氏の物語』が面白い。まだ読み始めたばかりだが、私の疑問に感じていたことを解説し論じている。多様な話題の集積複合された大河小説だが、これを桐壷・若紫・紅葉賀・花宴・葵・賢木・花散里・須磨・明石・澪標・絵合・松風・薄雲・朝顔・少女・梅枝・藤裏葉の十七帖を本筋とし、帚木・空蝉以下の十六帖をこれに挿入された傍系、最後の宇治十帖が加わるという構造と見る。なるほど源氏もこんな風に分析されているのかと感心した。敬語表現が多いということも宮仕えの女房が語るという設定として理解できる。紫式部の雄大にして綿密な構想は見事なものと理解した。

大相撲は琴欧洲が苦手の一人の安馬を一気に破って優勝、欧洲出身者の優勝もいい。

五月二十五日（日）

浜さん宅バーベキュー

恒例の浜さん宅バーベキュー。昨夜来の雨が朝はまだかなり激しかったが昼にはどうやら上る。鈴木智子さん阿部智子さんと成蹊正門前で待ち合せた。相変らず欅並木は美しい。早めに行き成蹊構内を歩く。我々の親しんだ理科館が建て替ったのは残念だが新しい建物も増えキャンパスは綺麗に整備されている。浜さん宅では雨上がりのため室内で宅を囲みやがてテラスも乾いて屋外でバーベキュー、常連と歓談し浜さんのアコーデオンを聴き、のんびりと初夏の午後を過ごした。修復新装なったジャガーの姿を眺め、修復中のベンツのデザインにつき説明を伺う。私は車に全く素人だが綿密な配慮にはほとほと感心する。私は文文マーマレードを持参したが俊子夫人手作りのマーマレードを頂戴して帰る。

成蹊学園本館前の欅並木　五月二十五日

浜さんのアコーデオンを聴く

五月二十五日

五月二十六日（月）

中国四川大地震の被災規模

中国四川大地震の被災規模が中国政府発表によると死者六万余、行方不明者約二万六千、被災者四五五〇万人に達した由、温家宝首相談では死者八万人以上に達する可能性もあるという。こういう大災害を聞くと、私はつい一九四五年の東京大空襲と比較してしまう。米軍機の焼夷弾攻撃により、三月十日一晩で一〇万人が焼き殺された。いや逆に大空襲は四川大地震にも比肩すべき災害だったと言うのが妥当な表現かも知れない。人災は天才を上回ることが地球上各地で証されている。

私より大分若いと思っていた人が定年で大学を去るとの通知。それだけこちらは歳とったということだ。だがそれよりも、神戸芸工大二期生の小野君が癌で亡くなったとの知らせは胸を打つ。若い人の他界は実につらい。

五月二十七日（火）

住宅総合研究財団理事会にて

住宅総合研究財団理事会。前回から理事長が今村氏から野村哲也氏に代わり、常任理事の峰政克義氏も退任して岡本宏氏に交替した。助成研究は昨年度三七件、本年度三四件で、近年は若い人への助成が増えているが助成額が最高二〇〇万円とはやや寂しい。出版助成図書の発行は盛んで昨年度は一二件、予算額を超えての盛況は結構な事だが、反面印刷費助成申請は一件のみ。研究は論文集への掲載で終らせず資料を含め単独冊子にして欲しいものだ。今年は住総研創立六〇周年、十一月には記念パーティが開催される。記念に制定された「清水康雄賞」の受賞者二名が内定して贈呈式は十月、副賞の美しい江戸切子の壺が披露された。七月には記念シンポジウムが研究運営委員全員参加で催されるという。

五月二十八日（水）

入院日が早まった

昨日の夕方東大病院から電話があり入院日が二十九日になったとの連絡。当初の二十一日の予定が二～三週間先になるとの通知だったので一体いつ迄延びるのかと気を揉んでいたのだが、今度は急に入院通知、人との約束を慌てて変更したりして準備を整えた。心臓冠状動脈に狭窄個所があるか否かを、腕の血管からカテーテルを挿入し造影剤を注入して調べ、あればバルーンでこれを拡げた上ステントを挿入する治療だという。たいへんな処置だと思うが東大では既に数百件の実績があり、「俺もやったよ」という友人が何人もあって高齢者の多くなったせいかずいぶん広く行われている療法らしい。「娘」たちも病院建築の見学を兼ねて見舞に来るという。文文日記も約一週間は「休み」の予定。

五月二十九日（木）1

入院／検査／病院食

入院。劉君が荷物を持って同行してくれた。病室は一五階建入院棟一二階、眼下に旧岩崎庭園や不忍池、上野の森を間近に眺望する。弟道彦と共にビデオでの心臓動脈検査の説明を受ける。これまで十分理解していた事だが映像では改めて医学技術の進歩を実感した。入院初日は結構忙しい。採血・採尿・採便・血圧・心電図・胸部レントゲン撮影、追加で脚の脈波。これは予想通り脚の血流が不十分でとくに右脚の流れがよくないという。

病院食は美味しくないという人が多いが東大病院の食事は悪くない。病棟階の食堂で採り昼は中華風炒煮・焼売・スープ等、夜はわかめ御飯・西京焼・煮もの等。私が東大在任中に総合計画に携わり、岡田新一事務所と議論しつつ造った病院を体験できるのは幸せだ。

五月二十九日（木）2

病棟の模様

夕方突然鈴木智子さんが見舞に来てくれた。病院からほど近い本郷で仕事をしている由、病院建築の近代化、特に診療施設の中央化につき説明した。日曜は奈奈・阿部智子さんらが病院見学を兼ねて来たいという。病棟では朝食八～九時、昼食十二～十三時、夕食六～七時で消灯は九時、その後は個人灯の点灯は許されるが、ふだんは二時頃に寝ている私は到底眠れず「源氏物語」を読んでいたがそのうちに右脚が攣りひどく難儀した。ナースは全般に若くて元気がいい。この点二〇年前の直腸癌手術の時とは大分異なる。担当医三人のうちの一人が研修医で面倒を見てくれる。病棟は四二床、ナース約二五人、昼夜二交替で夜勤は四人だが準夜・深夜と分けず、午後三時出勤で翌朝九時退出だという。

五月三十日（金）

カテーテルによる動脈検査

カテーテル挿入による検査は午後の四番目で大分待たされ道彦と劉君に送られ四時入場。心臓冠動脈検査は右手首から、脚部動脈検査は左鼠径部からカテーテルを入れるが痛くはない。造影剤注入では体が熱くなりますよと言われたがほんわり温かくなる程度だ。四時十五分に始まり五時半に終了、道彦と劉君が待っていてくれたほか松子夫人も見え、更に神戸から喜美恵が生後二ヶ月のつむぐちゃんを抱いて見舞に来てくれた。カテーテル挿入の傷口を固定するため右腕と両脚はしっかり固定され六時間動かすことを禁じられ、夕食は松子さんの介助で左手でお握りを食べる。仰臥不動の姿勢で夜中を過ごすのはまったく辛い。背中の筋肉が痛みそれこそ身の置き場の無いほどの苦しみだった。

喜美恵とつむぐちゃんの見舞

五月三十日

五月三十一日（土）

検査結果の所見を聴く

渡辺綾医師からビデオ映像を示されて明快な解説を受けた。右冠動脈に二ヶ所、各七五％と九九％の狭窄があり、左も二ヶ所、回旋枝は一〇〇％、前下行枝に九〇％の狭窄が見られる。一〇〇％とは血行が完全に絶たれるということで急に閉塞されれば心筋梗塞になるかも知れないが、長年月に亙る進行では他の下行枝の端末から逆行して血液が供給されている。この治療はカテーテルによるバルーン・ステントよりバイパス手術によるべきだ。脚部については右大腿部の総腸骨動脈に狭窄箇所がありバイパス手術かステントかは医師の間でもまだ意見が定まらない。手術は心臓外科が行うが、手術に必要な全身の検査をしやや強化した狭心症の薬を服用しつつ、一旦退院して手術予定を待つことになる、と。

2008年6月

1日(日) 1 今後の手術予定
　　　 2 娘達への病院建築ミニ講義
2日(月) 何もない病棟の一日
3日(火) 頚動脈エコー／病棟の姿
4日(水) CT検査／手術待ち期間
5日(木) 病棟看護師の昼夜二交替勤務
6日(金) 退院
7日(土) 入院中の「文文日記」アップ
8日(日) 自宅での生活に戻って
9日(月) 悲報と朗報が相次ぐ
10日(火) 太田利彦氏の死を悼む
11日(水) 富田玲子のわくわくする建築
12日(木) NHK放送の言葉の貧困化
13日(金) 芸術工学会大会を欠席する
14日(土) 『文文日記Ⅵ』の発送準備
15日(日) 雑草刈り／夏蜜柑
16日(月) 休み
17日(火) わが家を大学が活用できぬか
18日(水) 馴染みの医師の冠動脈所見
19日(木) 劉君の帰省／「文文日記」評
20日(金) 小林恭一氏の学位論文を聴く
21日(土) こまつ座公演「父と暮せば」
22日(日) 河鍋暁斎美術館三〇周年の会
23日(月) 「紀伊國屋寄席」
24日(火) 至民中学の評価と校内の変化
25日(水) 「はつらつ」シンポの準備
26日(木) 桜井旬子氏来訪／劉君帰る
27日(金) 神戸芸工大開学二〇周年に
28日(土) 「はつらつと住まう」シンポ
29日(日) 従兄弟姉妹の「もーいー会」
30日(月) 1 青木正夫氏遺著の出版打合せ
　　　 2 岡田氏「旭日中綬章」を祝う

六月一日（日）１

今後の手術予定

今日から六月、担当研修医が葛岡桜さんから松岡理恵さんに交替。心臓外科大野貴之医師が来室し、冠動脈手術はやや先だが七月八日入院、手術が十一日と仮予約、入院期間は約二週間。脚部の手術は科が異なり血管外科となるので未定である。それまでの間は手術に必要な全身の検査をした上で今週末には一旦退院し普通の生活に戻って待つ。従って六月末の東京建築士会シンポは約束を果せるが、富山大での芸術工学会大会や住総研六〇周年記念シンポジウムには残念ながら欠席だ。

三時すぎに姉増田弌子、弟鈴木寧、「娘」の柳川奈奈、鈴木智子、阿部智子、下浦知子、それに劉君の七人が揃って見舞に来たので、談話室で病院建築計画近代化につき解説し、更に最上階の精養軒で上野を眺めつつ歓談。

姉と弟と「娘」たちが見舞に来た　談話室にて　六月一日

六月一日（日）2

娘達への病院建築ミニ講義

娘達への病院建築解説は計画学の理念手法の恰好の主題だ。ナイチンゲール病棟から診療科別のパビリオン型、更に診療施設中央化。社会と技術の時代的変化への対応が課題だ。個々の局面では必ず対立矛盾する条件が存在し、その矛盾の発見と解決こそが建築計画の中心課題だ。病院建築では患者の身近な診療と中央化による施設の高度化との対立、病棟ナースステーションは管理の為の入口付近かベッドとの往復の為の中央部か、その解明にナースの動きの実態調査例。中学校建築でも学年別の纏まりか教科別の専門性高度化か、地域社会への開放化か危険防止のための柵の強化か。住宅でもプライバシー重視か近隣への開放か。どちらをとるかでなく両者を踏まえこれを止揚する解決の提案が計画だ、と。

六月二日（月）

何もない病棟の一日

今日は一日検査も処置もなし。先日の検査の挿入カテーテル固定の為に手首や腿に貼った強力な粘着テープをはがした後が赤く腫れてかゆい、かゆい。昨夜は十分眠れなかった。朝、食堂へ歩くのに右へ右へとよろけそうになったが右脚の血流不全との関係だろうか。担当の佐原医師から検査の日程を伺う。明日は頚動脈エコー、明後日は頭部と胸部ＣＴ。今週後半には退院し普通の生活に戻って七月を待つことになる。何もなしでまる一日病棟で過ごすのは意外につらい。葉書四通、最初に診て頂いた三輪先生へは状況報告の手紙、後は専ら『源氏物語』を読む。丁度「若菜」の帖、絶頂期だった源氏に苦悩が始まり周囲の人物の心理が見事に描かれる最も読み応えのある部分、紫式部は大した構想力だ。

六月三日（火）

頚動脈エコー／病棟の姿

頚動脈エコー。頚の動脈を超音波による映像で見るが、所見は医師からお伝えしますとて女性検査技師は何も教えてくれなかった。病棟は個室が一六室で一床又は二床が入り、四床室五室、看護単位全体で四二床である。幅約三米と広い病棟廊下が鈍角に曲がりその角にあるスタッフステーションはオープンに面する。病室は廊下の片側のみ。教育病院とてステーションにカンファレンスルーム等も附属し、病棟のベッド当り規模は四〇平米とかなりの面積だ。患者とナースの近しい関係を意図し病室と廊下の境をガラスにする病院もあるが如何にも直接的で、ステーションをガラスもなく完全開放化したこの事例は医師や看護師が打合せや仕事している姿がもろに見え、患者にとり親しみが持てて好ましい。

病棟廊下とスタッフステーション　六月三日

六月四日（水）

CT検査／手術待ち期間

今日は頭部と胸部のCT。レントゲン写真のコンピュータ処理で夫々七〇枚もの断層写真を撮る。撮影は僅か数分間で終った。

明日の呼吸機能検査で手術の為の検査は終り六日（金）午前退院予定。手術は科が異なり冠動脈手術は心臓外科で七月十一日の予定、一方脚部の動脈についてはバイパス手術なら血管外科、ステント治療なら循環器内科で、どちらになるかは両科の検討の上決定するが何れにせよ心臓手術の後になる。手術を待つ六月中は以前と同じ普通の生活に戻るので、東京建築士会女性委員会から依頼の六月末の「はつらつと住まう」シンポの山田初江さんとの対談には安心して出られる。但し、芸術工学会大会参加の富山大学への出張は控えるべきだろう。

六月五日（木）

病棟看護師の昼夜二交替勤務

今日は最後の呼吸機能検査。肺活量は三千で普通並み、息を一気に吐く力も正常だった。

看護婦の名称が看護師、婦長は師長になったという。病棟勤務は昔は三交替で夜は準夜勤・深夜勤があったが今は二交替。二〇年前の北病棟建設の際に看護単位規模を、五〇床は過大だということで病院側との打合せにより三五床としたが看護婦によるニッパチ闘争で団交騒ぎにもなった。ニッパチとは深夜勤を最低二名、月に八回以内にするとの意だが、病床数が減ると基準により看護婦数も減って二八が守れなくなるのが争点だ。現在は夜勤四名、午後三時に出勤し引継ぎ打合せ、翌朝九時退出で月に四～五回。当日と翌日は休みで映画など見に行ければいいが目が覚めたら翌日夕方で一日損した気分のこともある由。

六月六日（金）

退院

昨夕佐原医師から手術について説明があり、心臓外科による冠動脈手術の後、脚部動脈はバイパスでなくステント治療にするという。手術で約二週間の入院に引続き循環器内科に移り三〜四日間とのこと。七月は治療月間となるが退院の後に八一歳の誕生日を迎える。担当看護師さんが私と同じく七月三十日生れとのことで意気投合した。カテーテル検査の写真のコピーを貰ったが狭窄は何ヶ所もあるので大動脈からのバイパスは冠動脈のどこに繋ぐのか。外来診療の際に訊ねてみよう。

劉君が迎えに来てくれて十時に退院した。

一週間不在にすると郵便物の仕分けが必要、メールも山ほど溜まったが大部分は不用だ。

庭の草も伸びたし、西の隅の竹の根が伸びて庭の真ん中に何本も頭を出している。

六月七日（土）

入院中の「文文日記」の掲載

入院中の「文文日記」は病床で手書きし奈奈に郵送したら入力してこれをメールで送ってくれたので、ちょっと手直しし字数を整えて直ちにアップすることが出来た。文中の動脈の呼称についての私の誤りを、奈奈は心臓の構造を調べて疑問を付してくれた。こういう手助けはなかなか出来るものではない。

夕方道彦・松子夫妻が来てくれた。デパチカで上等の弁当まで買って持参してくれたので食事しつつ歓談する。心臓手術は多くの例がありごく一般化したとは言え、やはり生命の基本の臓器だから、大変な手術ではあろう。だが最近の息切れや歩行の疲れがこれで解消すれば、まぁあと一〇〜十五年か。スキーや自転車ツアーやソシアルダンスなど、身体を使ってやりたいことはまだまだ沢山ある。

六月八日（日）

自宅での生活に戻って

一週間ぶりに自宅生活に戻った。東京は数日前に梅雨入りし、庭のアジサイが重たそうに花をつけている。ドクダミが白い十字の花をちりばめているのも綺麗だ。「文文日記」は奈奈のお陰でいち早くアップ出来たが、あちこちへの報告やお礼、あるいは溜った用事の片付けなどで、あっと言う間に時間がたってしまう。「文文会留学生奨学金」への寄付も次々と送って下さるので有難く領収書にお礼を一筆書いて発送した。

入院中は九時消灯で、直ぐに寝た訳ではないのだが、家に帰ると又もとの時間にもどってしまう。早く寝よう、せめて十二時前にはと心掛けても、一向に眠くならないのだ。酒を傾け、結局一時、二時になる。体がそういうリズムになってしまっているのだ。

六月九日（月）

悲報と朗報が相次ぐ

悲しい知らせと嬉しい報告が相次いだ。先日は神戸芸工大二期生の小野丈晴君が癌で亡くなった。ＩＮＡに勤め福岡に転勤し良い人と出会って去年結婚したばかり、楽しげな写真を送ってくれたが、三十代での他界とは悲しすぎる。慰める言葉も出ない。

五期生懸樋喜康君は計画技術研究所勤務だが彼からは嬉しいメール。同級生大津和美さんと結婚し三年前に男の子が生れて土曜の会にも抱いて来ていたが、今度は双子を授かって十一月に出産予定という。幼児を三人抱えて今の環境では限界なので奥さんの実家の柳川に移って父君経営の建設系コンサルタントの会社に入り、経験を生かしてまち作りの仕事に業務を拡げて行きたいという。体力ある彼ならきっと発展するだろう。祝福したい。

六月十日（火）

太田利彦氏の死を悼む

太田利彦君が他界した。実は私が死亡した時には彼から弔辞を貰うと決めていたのだが、順序が逆転した。吉武研の中で何でも勝手に言い合えるのは彼だった。しばしばピンポンをやった。言葉の卓球である。早口で論争し隙を見つけて打ち込むがこちらが詰まりそうになるとロブを上げその間に反論を考える。最大の争点は必然偶然の問題で、私は社会の歴史は必然性が支配するが個人の行動は偶然性に委ねられると説き、彼は全くその逆の論でこれを数十年間も続けていた。ソ連が崩壊したとき彼は独りで勝利宣言したというが、こんなに人の心をすさませる資本主義は将来どうなるか。時間と人の心も含めて考えればまだ決着はつかない。必然偶然は紙一重だ。そして彼が先に逝くのが必然だったのか。

六月十一日（水）

富田玲子のわくわくする建築

富田玲子著『小さな建築』をめぐる千夜一夜の会の第三回。第一回の谷川俊太郎・佐藤学とのトークは大変面白かった。第二回の上野千鶴子は敬遠したが、今日は「わくわくする建築・街」がテーマ、藤森照信・陣内秀信という建築仲間がパネリストだから勝手な発言が出て聴衆を沸かせた。陣内氏のイタリアの話は市民が街の空間を楽しんで住みこなしている姿の紹介、藤森氏の街との関係は考えず目立ちたがり屋の建築もそれなりに面白い。対比して富田氏は外界との接触を断った現代のビルを批判し、人々が何かを感ずる空間の作りがその性格を浮かび上がらせた。藤森の建築を見に来るのは建築関係者だが、富田の建築は一般市民が自然に寄ってくるという。懇親会では久しぶりの顔もあって楽しんだ。

六月十二日（木）

ＮＨＫ放送の言葉の貧困化

梅雨の季節とあって毎日の天気が気になるがＮＨＫの気象情報には耳障りな言葉がある。「夜の始め頃から雨になるでしょう」などと言うが、静岡・神奈川・千葉・東京・埼玉と何度も繰り返されるのでまことに不愉快だ。「宵の口」という綺麗な慣用語があるのに、どうしてこれを避けたのだろう。「宵」は夜一般を指すのにも使われるので不正確と考えたのだろうか。辞書を引いても「宵」は日が暮れて間もない頃と出ているし「宵の口」と言えば正に夜になって間もない頃のことだ。いずれは夕方と言わずに昼間の終り頃とでも言う気なのだろうか。日本語に無知な担当者が妙に正確に表現する気になって放送用語を汚く貧しくして行くのは腹立たしい限りだ。言語文化にとって由々しき問題である。

六月十三日（金）

芸術工学会大会を欠席する

今日から三日間は芸術工学会春期大会が富山大学で行われる。今は私も普通の生活だから参加できたのだが、「娘」達からは手術前は体を休めなさいと言われるし書生劉君からは早く寝なさいと注意されるので流石に出張は控えた。今日は理事会。私は既に理事を退任して顧問格だがこの学会が大好きだから毎回顔を出していた。夜の懇親会の席での佐藤優会長らからの電話で、鈴木の顔が見えないと何となく物足りないと言う。そう言われれば嬉しいし私も今回参加出来なかったのが残念至極だが、まぁ体は大事にしよう。
『文文日記Ⅵ日々是好日』の本が完成して、段ボール箱でアート印刷から送られて来た。丁度、私が在宅中の時期で具合がよかった。早速明日には親しい方々あてに発送しよう。

六月十四日（土）

『文文日記 Ⅵ』の発送準備

岩手・宮城で内陸型地震が発生した。M７・２とは相当な大きさ、崖崩れが起き道路が寸断され、数人の死者も出たという。地球の猛威には人間の力では到底勝てない。

昨日届いた『文文日記 日々是好日 Ⅵ』の本を親しい方々に贈るべく、劉君にも手伝って貰って発送の準備をした。今回のカバー装幀は水色を基調にした爽やかな装い。表紙には『五一Ｃ白書』出版記念シンポジウムの壇上の姿と北京圓明園の壮大な廃虚の姿、裏表紙には「くらし・すまい塾」での七月三十日の私の傘寿祝いの姿、カバー見返しにはわが家の書庫が空襲から守られて焼跡に立っている姿、中庭住宅の話に因みスペインのコルドバの住宅の中庭のスケッチなどが載っている。座敷八畳一杯に拡げて発送作業を行なった。

六月十五日（日）

雑草刈り／夏蜜柑

劉君は先週は忙しく二日間も会社で徹夜作業をしていたが、ひと仕事を終えてこの土日は久しぶりの休み。草刈りをしてくれ玄関前がすっきりした。このコードレス電動草刈機は軽くて使いやすいが二〇分ほどでバッテリーの電気が切れ充電に一時間もかかるのが不便である。スペアの蓄電池を買う必要がある。

この時期、雑草は伸び放題だし竹が所嫌わず生えてくる。手に負えず繁るに任せているが他人は都会の中のオアシスだなどと勝手な事を言う。北隣の夏蜜柑も次々と落ちてくるがマーマレードを煮る暇もなく、篭に盛られたまま次第に萎びては順次捨てている。料理に使ってもよかろうと気づき胡瓜のスライスにかけるお酢の代わりに使ったら結構いける。早くこれに気づけばよかった。

六月十六日（月）

休み

六月十七日（火）

わが家を大学が活用できぬか

先日、わが家を東京芸大光井准教授と文化庁坊城氏が見て登録文化財にする価値は高いとの評価、八月末には芸大の学生が実測調査に来たいという。現在はこの家を卒業生たちの研究会や学生が神戸から来て泊りにも活用しているが私の没後はどうなるか。大学に寄付して東京研修施設として利用して貰うことはできぬかと先日齊木学長に話したら、それは結構なことだとの意見だ。但しパーティの席での立ち話だから、どこまで現実の可能性があるかを確かめる必要があろう。学校法人に不動産を寄附する際の具体的な条件に関して税理士に相談したが、非課税の条件について詳細な説明を受けた。これまで一応昔のままの姿を守ってきたが大学が活用してくれれば嬉しい。いずれ大学を訪ねて相談しよう。

六月十八日（水）

馴染みの医師の冠動脈所見

東大病院での心臓冠動脈検査の結果の写真と図解を添え、以前から診て頂いている医師に報告をお送りしたら早速応答を戴いた。三輪先生は昔から診て頂いており心臓の精密検査を大病院で受ける事を勧めて下さった方だが私の症状説明が極めて適切・正確だと褒めて下さった。石井先生は近年定期的に検査して頂いているが、心臓は生命の元の重要な器官でこれだけ狭窄があったらもっと症状が出ていいと思われるのに普通の生活を送っていられたのは体重の軽さが負荷を少なくしていたのかも知れない。心筋梗塞で担ぎ込まれ緊急手術する例も多いが、事前に十分に検査して予定された手術するのは理想的なケースだ、とのこと。先生方がこのように私を見守っていて下さるのは有難い。

六月十九日（木）

劉君の帰省／「文文日記」評

書生劉君が従姉の結婚のため一週間の予定で大連へ帰省した。昨日は休みをとり帰国荷物の準備の傍ら庭の雑草刈りや文文日記の発送を手伝い、更に食事の準備までしてくれた。ふだんは夜まで会社で忙しいが、休日には家の仕事も手伝ってくれる好青年だ。

本を送った方からは早くもメールが来てWebでは読んでいたがスケッチの挿入された本の雰囲気には代えられぬものがあるとの評だ。若い人からは自分が書かれていて嬉しいやらナンやら……と。東海大前学長松前紀男先生からも電話をいただき、共感することばかりだとのお讃めを頂き、我々同年代の者に共通する考えが世間の一般の意見にならないのが残念だとのご意見。若者向けを念頭に置いて私の生活意識を伝えたいと思っているのだ。

六月二十日（金）

小林恭一氏の学位論文を聴く

小林恭一氏が来訪、防火に関する論文を書き学位を得たという嬉しい報告。東大鈴木研の一九七二年卒で建設省に勤めたのち消防庁に招かれ消防関係の行政や法規づくりに奮闘、建築と消防をつなぐ数々の良い仕事をした。論文は「建築物の防火安全性能における建築的要素、（消防）設備的要素および人的要素の役割と相互補完に関する研究」と題する。概要を約一時間かけて説明してくれたが実に面白い。内容は題名に明示されているが従来は相互独立に規定されていた建築と消防とを関係づけ、更に消火・通報・非難誘導などの人的要素も含めて互いのトレードオフの関係の思想が全編に亙り貫徹されている。総合的考察が貫かれ、極めて計画的で気持がいい。土曜の会等にも招いて皆に話を聞かせたい。

六月二十一日（土）

こまつ座公演「父と暮せば」

こまつ座公演「父と暮せば」を観る。以前、黒木和雄監督による同名の映画に感動したが戯曲を忠実に映画化したものというので元の芝居も是非観たかったのだ。一二回目の再演というから名作なのだろう。井上ひさし作。原爆で親しい友を失い、仄かに芽生えた恋心にも自分は幸せになってはいけないと自らを抑えつける娘に対して、死んだ父親が現れてこの恋を応援する話で、父親が辻萬長、娘は文学座の栗田桃子の二人芝居。映画と違って舞台は辻の達者な仕草と科白、娘の心が次第に融けて行く様が表現され、芝居ならではの面白さがある。原爆も戦災も風化しかかっているこの時期に、戦争と日常とを考えさせるこういう芝居上演の意義は高い。井上ひさしの作劇と科白の巧みさには脱帽する。

六月二十二日（日）

河鍋暁斎美術館三〇周年の会

「河鍋暁斎記念美術館」開館三〇周年記念の夕べに招かれた。新宿中村屋のレストラン。京都国立博物館での展覧会は大成功だった。私の暁斎との繋がりはコンドル先生の縁で、明治初年に建築を教えに来日した英人建築家J・コンドルは日本文化に心酔し絵画を暁斎に師事した。コンドルの会が護国寺であった際私の家にも暁斎があると語ってぞろぞろ皆で見に来たのが発端で、「美人観蛙戯図」はその後毎回の展示に出品を乞われている。会は暁斎に縁のさまざまな分野の方、美術、出版、能楽、蛙にちなむ生物学者、菩提寺の坊さん、下絵の裏打ちを長年に亙り担当した方などが集まってなかなか愉快、暁斎が挿絵を描いた仮名垣魯文編『西洋料理通』に因み当時のカリー料理も出て大いに楽しんだ。

六月二十三日（月）

「紀伊國屋寄席」

「紀伊國屋寄席」を阿部智子さんが付添ってくれ「娘」が一緒だと安心だ。今日の演目・演者はいまいちだ。柳家さん弥「熊の皮」はもう少し修業して出てほしい。桃月庵白酒、これは珍しい芸名で初めてだが「花色木綿」をまぁまぁ。柳家小さん「ちりとてちん」はつい五代目と比べてしまうが、比べるほうがいけないのだろう。テンポがなくがっかり。中入後の古今亭志ん輔「紙屑屋」、これだけは楽しめた。最後は踊おどっての大奮闘だ。トリの五街道雲助「もう半分」は怪談噺だが夏だからとて何も怪談を演らなくてもいいと思う。会食では「娘」が居てくれたので安心して飲めた。山下先生ご夫妻にステント治療やバイパス手術の詳細を伺うことが出来た。横に居た関口氏もステントをやったという。

六月二十四日（火）

至民中学の評価と校内の変化

奈奈からメールで、至民中に対する諸方面の評価に関し嬉しい情報。先日長澤悟氏が見に来られて「近代建築」誌に推薦して下さり、同誌の年一回の学校特集に掲載の上、巻頭の長澤氏を中心の座談会にも招かれる由、他のメンバーが日建設計や石本事務所のベテランなので緊張の態だ。また、「建築技術」誌に載った為に和歌山市や中野区などからの見学申込もあり、評価が浸透しつつある模様だ。開校して三ヶ月、全校を五ブロックに分け、各ブロックに一・二・三年各一クラスずつを配したので、下級生が身近にあることにより三年生にはリーダーとしての意識が備わって姿勢に変化が見られるとの学校側からの情報だという。学校のシステムと建築環境が生徒の心理に及ぼす影響の観察は興味深い。

六月二十五日（水）

「はつらつ」シンポの準備

今週から植木屋が入っている。一人で十日間ほどかかり梅雨時なので多少延びるだろうが庭が涼しげにさっぱりする。

今週末の東京建築士会女性委員会主催の対談シンポジウム「はつらつと住まう」について委員長の小池和子氏から丁寧に何度もメールを頂いて恐縮した。神戸芸工大を退任後六年経ちのんびり過ごしており「はつらつ」にはおこがましいし、知らぬ相手とかしこまって対談するのも気が重いので遠慮しようとしたが、相手が山田初江さんと聞いてそれならと喜んで引受けた次第、昔からハッチン・ブンと呼び合った仲だから気楽に喋れるだろう。彼女からも電話で楽しみにしているという。レジメの文とPowerPoint のＣＤを建築士会あてに送ってこちらも準備した。

六月二十六日（木）

桜井旬子氏来訪／劉君帰る

建築画報の桜井旬子氏来訪、私の手術入院のお見舞いにというが今は全く普通の生活だ。葉竹のちらし寿司をご持参下さったので共に食事しつつ、世間のこと、出版のこと、体のこと、老人介護のことなど愉快に話しあう。劉君が大連より帰ってきた。従姉の結婚披露の話、家族や親類の人が彼を待ち構えていた話などを語った上、お土産としてお目出度い真っ赤なシャツ、披露宴に出た赤いボトルの「古井貢酒」という強い酒、お茶とお菓子、中国十大名所の本の栞などを呉れた。先生の為にあれも持って行け、これも持って行けと騒ぎだった由。この酒は流石に強い。猪口に半分ほどでも香りが部屋中に漂い顔は真っ赤になる。劉君からは「先生、飲み過ぎない様に、ちょっとづつですよ」と注意された。

六月二十七日（金）

神戸芸工大開学二〇周年に

神戸芸工大が今年は開学二〇周年を迎え、秋には記念のイベントが予定され記念誌も発行される。これには歴代学長が短文を寄せる様にとの要請だが初代吉武学長が既に他界されたので私は開学当初の思い出も書かねばなるまい。この二〇年間でいちばん印象に残るのが開学前後のことだ。新設大学の故に大学名と学科構成は決まっていたが、設立準備会の主要議題はカリキュラムと教員人事で、環境デザイン学科では科目構成より専ら良い教員を招くことに専心した。教育は人だと確信し科目構成は概要のみ定め教員が確定してから詳細を決めればいいと考えたのだ。開学当初は学生達も自分たちがこの大学を創ろうとの気概が横溢し、時には足を踏み外しながらも愉快な事件の連続でその対応に追われた。

六月二十八日（土）

「はつらつと住まう」シンポ

東京建築士会女性委員会主催のシンポジウム「はつらつと住まう」。会場は晴海トリトンスクエアで、埋立地に高層ビルと各種施設が作られ全くの人工環境、とても人の住む空間ではない。聴衆は五〇人弱、男性も二～三割は居る。対談相手の山田初江氏は自邸や自ら設計の事例をスライドで紹介しつつ住居空間の設計の考え方を示した。私は年代の異なる部分の継ぎ足しの自宅をざっと紹介した上、「文文日記」に示した留学生奨学金や書生や集いや遊び等の生活の姿を語った。年代ものの家に住みながら多くの友人や若い人達との交流を楽しみ、自然や街との関わりや慣習を大事にし、季節に応じた生活変化を享受する住み方の良さを紹介したが、外断熱や高気密・高断熱の貧しさも伝えられたことだろう。

建築士会女性委員・シンポジウム参加者と　六月二十八日

六月二十九日（日）

従兄弟姉妹の「もーいー会」

母方従兄弟姉妹の「もーいー会」が新丸ビル「四川豆花飯荘」にて。辛い辛い。地主と米問屋から文学者が生れる家の歴史を弟道彦が書いているが、鈴木仲本両家のルーツや祖父・祖母の性格、家族の生立ち等の話題にひとしきり花が咲いた。近況報告で私は心臓手術のこと、寧は食道治療のこと等を紹介、八十代、七十代だが皆一応は元気に暮している。世間での最近の言葉の乱れが毎回話題になるので今日は控えようと言いながらやはり出るのは、この年齢集団の性だろうか。

娘二人、阿部智子と鈴木智子がマーマレード作りを習いたいとやって来て夏蜜柑一五個を一気に刻み、大瓶・小瓶一〇個以上が出来て大喜びでもち帰った。他の方にお分けする分もあるかと期待したが残ったのは二瓶のみ。

マーマレードづくり　六月二十九日

六月三十日（月）1

青木正夫氏遺著の出版打合せ

青木正夫氏遺著『中廊下の住宅史—青木正夫の建築計画学—』の原稿が鈴木義弘・岡俊江両氏により纏まり仮レイアウトを終え、編集の植田実・中野照子氏と鈴木義弘氏が来訪。例の紙面レイアウトでは図のスペースを頁の左端にタテに入れるので、横長プランの多い住宅では苦労が多いことだろう。巻末に収録する座談会は植田氏の司会で鈴木・岡両氏と私が八月末頃に行う予定で、話の内容としてとりあげて欲しい項目メモが渡された。建築計画学ことはじめが核になることだろうが、青木氏のかつて書かれた「建築計画学の理念と方法」も収録する予定だという。この本は「住まい学大系一〇二」として刊行されるが『五一C白書』が出てからほぼ二年後に出版されることになる。まずは目出度い。

六月三十日（月）2

岡田氏「旭日中綬章」を祝う

岡田新一氏の「旭日中綬章」受賞を祝う会がホテルオークラで催された。凡そ二五〇人が集って盛大、私の直腸癌手術をして下さった森岡先生にも二〇年ぶりにお目にかかった。ビュッフェ形式だが、テーブルの座席が与えられて楽だったし立った時に他の人とも会話できる。私は中学以来の友人として発起人に加わって祝辞を述べたが、最高裁もさることながら公共文化施設、特に病院建築におけるシステム的取扱いを称賛した。最高裁につき内部の明るさと暖かみについて触れたところ友田博通氏から反論が出た。だが、最高裁は権威の象徴だとの頭で見ればそう見えるし、岡田氏の性格を知って建築に反映されたその心遣いを見れば人間味溢れる空間が見える。印象とは見る人の観念に支配されるのだ。

2008年7月

1日（火）　手術予定／また胃痙攣か
2日（水）　七夕の竹を伐る
3日（木）　児童生徒の文集が個人情報？
4日（金）　シンポ「nLDKも悪くない」
5日（土）　初段にする会／奈奈と長澤氏
6日（日）　杉山茂一氏の新居訪問
7日（月）　七夕会／明日から日記は休み
8日（火）
1　入院期間中の「文文日記」
2　入院／手術の説明を受ける
9日（水）　手術前の検査と準備
10日（木）
1　病室の状況
2　心臓冠動脈手術
11日（金）　ICUでのベッド
12日（土）
1　ICU内の病室移動
2　床ずれ防止が最優先か
3　奇妙な幻視体験
13日（日）　体内のチューブを抜く
14日（月）　病院ベッドの不自由
15日（火）
1　見舞いについて
2　横臥と睡眠の苦しみ
16日（水）　看護を学ぶ学生の見学実習
17日（木）　カテーテル検査
18日（金）　東京建築士会三女性からお花
19日（土）　体調回復期／至民中の教育
20日（日）　娘たちの見舞いに元気を貰う
21日（月）　建築にも運営にも不満がない
22日（火）　新聞の情報量
23日（水）　PCI治療の説明を聴く
24日（木）　カテーテル治療（PCI）
25日（金）　心エコーと心電図検査
26日（土）　PCI再治療の予定
27日（日）　横臥の苦しみへの対策研究を
28日（月）　「文文日記」の素原稿
29日（火）　右冠動脈のPCI再治療
30日（水）
1　八一歳の誕生日
2　右下肢動脈治療の説明を聴く
31日（木）　「文文日記」の字数調整

七月一日（火）

手術予定／また胃痙攣か

心臓手術の予定を伺うべく東大病院心臓外科大野医師の診療を受ける。予約時刻の一時間前に行き心電図と胸部レントゲン撮影をしたが、両検査とも受診カードを出すだけで手際よく済んだ。運営ソフトもよく整っている。だが先生の診療は五〇分も待たされた。人間相手はシステム通りには運ばない。心臓バイパス手術について説明があり、血管は腕や脚から採取して使うという。手術は一日早まり一〇日になった。折角計画に関与した手術室だが全身麻酔では観察出来ないのが残念だ。

夕食後、例の胃痙攣が起った。毎年一回ほどあり今年はまだ無かったのに、やはり出た。夜中じゅう苦しんだが、明け方近くむりやり胃の中のものを出したら少しは楽になった。これも胃への血流に関係あるのだろうか。

七月二日（水）

七夕の竹を伐る

昨夜の胃痙攣は朝にはすっかり治っている。これも毎年の経験どおりだ。

今年も七夕が近づいたので竹を伐って門の前に出す。先週には早々と大分離れた幼稚園の方が貰いに来たが枝を切って園児各自に作らせるのだという。なるほど一般家庭でも丈の高い竹よりは案外小さい枝の方が好まれるかと思い一米ほどの枝も切って出したが、これを持ち帰る人も多い。立てる為には竹の先端の二米半程を切って出すが約五米の竿が残りこれを短く切ってゴミの日に出すのが一仕事だったが、長いまま門に出し「竿もどうぞ」と書いたら何本かは持って行った模様だ。二〇本ほど伐ったが、まだまだ伐りたい竹は沢山ある。庭木の繁った中にあるのは倒してからこれを引張り出すのに骨が折れた。

七月三日（木）

児童生徒の文集が個人情報？

某市の図書館で市内小中学校児童生徒の文集を閲覧に供したら、市教育委員会からこれは個人情報保護法に触れるからと回収させられた由。なぜこんな馬鹿馬鹿しいことが公然と行われるのだろう。文集は他人に読んで貰う為に書かれたものではないか。これを学校内という特定範囲でなく公衆の目に触れる所に置かれたことを問題にしたのだろうか。ものごとの良い悪いの判断能力を失い、法の拡大解釈によって世の中がどんどん不便になっていく。万一起るかもしれないトラブルを勝手に想像して非難の発生することを怖れる役人根性が悲しい。文集に載った文を書いた本人もおそらく広く読まれることを名誉に思ったことだろうに。今日では名簿すら自由に作れない世の中になっている。どこかおかしい。

七月四日（金）

シンポ「nLDKも悪くない」

住総研のミニシンポ「nLDKも悪くない」を聴きに行った。パネリストの北浦かほる氏はnLDKを住居プランの問題に限定し、子どもの自立と個室につき日本と欧米の中流家庭の子育て態度の比較を自らの調査を基に紹介し自立を促す養育と協調を育む養育のちがいについて論じた。一方、社会学の祐成保志氏はnLDKを論ずる際の六つの水準、即ち、平面形式・型計画・閉鎖性・私的所有・都市構造・権力様式を挙げた上、いわゆる脱nLDKは社会問題であることを明確に指摘した。これは私の考えに近い。司会の小林秀樹氏は全く次元の異なる二人の論をあたかも同じ土俵にあるかの如くに巧みに誘導して纏めた能力は大した才能である。終ってからのパーティはテントを懸けた中庭がまことに心地よい。

七月五日（土）

初段にする会／奈奈と長澤氏

ある人から「初段にする会は楽しそうに長く続いていて結構ですね、羨ましい」と皮肉を言われた。もっと本気に精進しなければいつ迄続くか分らない。今日は高橋氏、内田氏に途中解説つきで指導して頂いた。囲まれた時にいかにして二つの目を作るかは正にゲームだがなかなかそれが見えない。盤面の急所を掴む能力の未熟さも感じさせられた。

福井から奈奈が来て泊る。『近代建築』誌の学校特集に至民中が取上げられ座談会が行われた由、司会の長澤悟氏も一〇時頃に還暦で学生から贈られた真っ赤なシャツで来訪、私も劉君から貰った中国製赤シャツでワインを傾けながら楽しく語る。彼は至民中の設計を高く評価すると共に、座談会における奈奈の発言や計画過程なども盛んに讃めていた。

長澤悟氏と奈奈

七月六日（日）

杉山茂一氏の新居訪問

杉山茂一氏が大阪市大を定年退官して故郷の厚木に帰り、父君との同じ敷地の中に新居を建てた。設計は平倉直子さん。きちっとした明快なプランの白く明るい構成。ハウジングスタディ仲間が招かれ初夏の午後をのんびり過ごして気持ちよい空間を楽しんだ。流石に細部までしっかり整えられた清々しい設計である。杉山氏はどちらかと言うと、領域とか表出・あふれ出しなどの生活臭あふれる空間好きかと思われるが、こういうさっぱりした清潔空間に馴染むのだろうか。尤も定年後の現在は野菜づくり等の泥仕事に勤しんでいるというから、空間は空間、生活は生活と何もそんなに関連させなくてもいいのだろうか。九〇歳の父君が専門の油絵をひとり楽しんで描いておられる姿は羨ましい限りだ。

杉山茂一氏の新居に招かれる　七月六日

七月七日（月）

七夕会／明日から日記は休み

今日は七夕。門に出した竹は全部無くなり、長い竿も持って行く人があったのは嬉しい。『建築画報』の桜井旬子さん・ガラス工芸の安河内敦子さんのお世話で恒例「七夕会」。日比谷公園内松本楼にて。林昌二・内田祥哉・高橋靗一・松本哲夫・阪田誠造ら口達者の連中だが、テーブルが大きく席が離れていたせいか例の毒舌の応酬はやや少なめだった。私は明日から東大病院に入院予定だが、朝、電話がありもう一つ検査をするから入院日が少しく先になるという。やれやれと思ったら夕方又電話でその検査は必要なくなったので予定通り明日、しかも三時入院と聴いていたのに朝九時だと言われて大いに慌てた。この「文文日記」も明日からは暫く「休み」になる。あしからずご了承頂きたい。

七月八日（火）1

入院期間中の「文文日記」

本日から心臓冠動脈と右大腿部動脈の狭窄の治療の為入院するので「文文日記」は休みとなる。その間は病棟のベッドで手書き原稿は書くつもりだがパソコン入力は元書生奈奈が引き受けましょうと申し出てくれた。手紙で草稿を送ると打ってプリントアウトして送り返してくれる。更に字数・行数を調整した上再び送ると、私の自宅のパソコンにメールで送ってくれる仕組みだ。ＨＰへのアップは、退院後に行う予定である。こういう手助けをしてくれる娘をもったのは本当に幸せだ。但しその間、街や社会から隔絶されてしまうので、まともな意見や主張を書くことは出来まい。自分の身体や院内の状況だけの一ヶ月を掲載しても読んで下さる方々には面白くもあるまいが致し方ない。ご寛容を乞う。

七月八日（火）2

入院／手術の説明を受ける

入院。劉君に荷物を持って貰い九時半に東大病院に到着。早速術前の検査、採尿・採血、蓄尿も始まり、昼食止めで点滴一五〇〇cc。午後には胸部CT、造影剤を注入して撮影。弟道彦が来てくれ、執刀の大野貴之医師から白板や紙に図解しつつ詳細な説明を受けた。心臓の構造、即ち左右の心房・心室の機能、血液循環の経路、カテーテル治療とバイパス手術の役割と特質を示した上、手術の概要を解説する。右冠動脈に一ヶ所、左の二ヶ所の狭窄のうち、最重要の左冠動脈は内胸動脈を切って直接繋ぎ、他の二ヶ所は脚部の静脈を採取して使う由。人工血管は今日の技術では未だ無い。手術は執刀一人と助手医師二人、脚部静脈採取は更に二人参加、看護師二人。約四時間、九時半開始で三時頃迄という。

七月九日（水）

手術前の検査と準備

手術前には全身を隈なく検査。以前直腸癌の手術をしたので大腸肛門外科での肛門検査、次に血圧脈波検査で全身の血流に支障箇所がないかどうかの検査。夕方には手術部医師、集中治療室（ＩＣＵ）看護師が次々と来られ顔つなぎをし、さらに麻酔科の大野長良先生が見えて麻酔処置を丁寧に説明して下さる。執刀大野貴之先生の奥様で若々しい美人だ。ご夫妻で共通の仕事とは素晴らしい。首に中心静脈カテーテル、胃に胃カテーテル、心臓周辺から漏れる血や液の排出のドレーンや排尿カテーテル等多くの管が入り、口には人工呼吸器。入歯は外し指輪も外せという。長年外したことがなく無理だと抵抗したが麻酔中にペンチで切断されますよと脅かされ石鹸をつけて苦心惨憺の末に外された。

七月十日（木）１

病室・病棟の状況

睡眠剤のせいか爽やかな寝覚め。室温の設定二六・五度は私にはやや低すぎ一昨晩は脚がつって苦労したが昨夜は無事。昼間スイッチで若干上げたら同室患者に文句を言われた。二床室は気むずかしい患者が相手だと応答は努めて朗らかにする必要がある。

私のベッドは、二床室の廊下側でドアは昼夜とも開放だから人の通行が見えるのが良い。九時に消灯だが廊下の灯りが差すので不自由なく安心感がある。宵の口には「お変りありませんか」と当直医が全病室を廻って歩く。病棟看護師は二交替制で夜は四人勤務、午後三時に引き継ぎ翌朝九時まで。その日は休みだが、時差解消は慣れているとはいえ苦労だろう。一般に若くて元気がいい。男性看護師も二・三人いる。鈴木智子が来てくれた。

朝の夜勤・日勤の引継ぎ風景　七月十日

七月十日（木）2

心臓冠動脈手術

朝から道彦と劉君が見守りに来た。九時半に入室。手術前の点滴などの処置が四〇分ほどかかって麻酔が効き、一〇分後に終わりましたよと言って起こされたのが実は何と五時間の後だった。集中治療室ＩＣＵに入ったのは夕方も遅い時刻だったか。後で聞いたのだが胸をタテに二〇センチほど切り、心臓冠動脈の一ヶ所は内胸動脈を直接繋ぎ、他の二ヶ所は左右の脚から静脈を採取して利用した由。それらの静脈も人体として機能していた筈だと思うが、取っても大丈夫なのだという。

夜中は背中の筋肉が痛くて寝返ろうとしても傷口が痛くて動けず、明け方まで苦労した。二〇年前の直腸癌手術の時にも痛感したことだが、病院は「寝ることを楽にする技術」をもっと開発する必要がありそうだ。

七月十一日（金）

ＩＣＵでのベッド

ＩＣＵでの私のベッドは、たまたまスタッフステーションの真ん前、仕切りはカーテンとデスクだけだから医師や看護師の動きがよく見えるのが嬉しい。体には大小数本の管が差し込まれて、採血や酸素吸入や栄養剤補給や排尿など。体内の液の排出は径約一センチの管が四本、夫々に付属する器具が立ち並んでベッドあたりの広さは凡そ二〇平米ほどだ。

廊下に面したデスクにはパソコンとノートが置かれて常に記録され、医師や看護師が通りがかりの度毎に三〇秒ほどそれを見ては通り過ぎる。常に全看護師が全患者の様相を把握しているということらしい。

午後には弟寧と劉君が、夕方には松子さんが見舞いに来てくれ、私の血色がよく予想より元気なのを見て安心して帰った。

七月十二日（土）1

ＩＣＵ内の病室移動

このベッドの位置は騒がしいでしょうから、端部の静かな部屋に移しましょうと大野医師の言うのに対し私は、ＩＣＵは二四時間見守られているべきだからここで良いと言ったら「それは正論だが」と言われ、更にここの方が動きがよく見えて面白いとも言ったが結局静かな部屋に移された。

大野医師が時々見廻りに来てくれテレビでも見たらというが、ふだんはラジオのみ聴くと言ったらポータブルラジオを貸してくれた。

早朝の「バロックの森」の時間だったので、ヨーロッパの病院の様だと喜んでおられた。

今朝から経口食。但しロールパン二個、ハム二切とツナサラダ、牛乳とバナナ、全粥とはいっても普通食とほぼ同じ。ベッドで食べるのは餌を与えられているという感じである。

七月十二日（土）2

床ずれ防止が最優先か

昨夜は十一時頃男性看護師が二人来て「鈴木さん、横向きになりましょう」と軽々と持ち上げ右向きにし、背中にクッションを挟んで行った。レントゲン写真でも撮る為かと眠いのを我慢し待っていたが待ちくたびれナースコールしたら別に予定はないという。同一の姿勢をとり続けるといけないので、わざわざ横に向けてくれたということらしい。いたく親切なことだが、ひと言説明が欲しかった。寝易さよりは床ずれ防止が最優先なのか。

午後には、姉弍子が茅ヶ崎から面会に見え、更に夕食中に福井から奈奈が劉君に伴われて来た。福井市立至民中学校の計画プロセスを本に纏めたいという希望を鹿島出版会に推薦していたが、女性編集者と会い好意的な応対を得た由。来年春に出版できればよいが…。

七月十二日（土）3

奇妙な幻視体験

寝ていると背中が暑くなり寝苦しいが、昨日は胸の傷口が痛く寝返りも打てず苦しんだ。目をつぶると濃い赤色の厚い織物に囲まれた部屋になる。目を開ければ現実の病室に戻るのだが、つぶれば必ずまた同じ赤い空間の中に居る。赤と黒が混じって織られ壁も天井も床もひと続きでふわふわしてさながら巨大な風呂敷包みの中だ。少し気分が良くなったら白い布に変った。分厚いシーツの様なもの。目を閉じると必ず同じ空間が現れ、手の届く様な近さで病室の空間がそれに変ずる。朝、目が覚めてからは体調もよく、目を閉じてもそれを呼び出すことができなかった。

ＩＣＵでは自動的に血圧や心電図が表示されてステーションで観察し、少しでも血圧が上がれば降血圧剤を入れるなど調整している。

七月十三日（日）

体内挿入のチューブを抜く

昨日は体内のドレーン四本中二本を抜いた。径一センチ程のビニールチューブが長さ二〇センチも体内に入っていたとは驚きだ。

薬各種、レントゲン撮影、心電図撮影、全身清拭と着替え、と至れり尽くせりだ。体重は寝たまま計ったが四五・五キロに減った。

今日はまた残りのチューブ二本を抜いたので大分体が自由になった。午後にはＩＣＵから元の心臓外科五階病棟に移動、ステーションからの見通しの効く四床室でなお暫くは監視下に置かれるということらしい。最近は米国の傾向に倣って個室を良しとする動きが優勢だが多床室の良さにも注目すべきだ。患者のプライバシー重視よりも看護と一体になって回復に立ち向かうという気を持たせる意味もあるし、広々としていて気持もいい。

七月十四日（月）

病院ベッドの不自由

Quatorze Juilletフランス革命記念日。洞爺湖サミットでは何か行事があるのだろうか。相変らず外気は猛暑の気配。病院内でも結構汗をかく。食事は全粥だが副菜はほぼ普通食と同じ。メニューはオイル焼とかソテーとか煮魚などと表示され、魚や野菜などの種類が書かれていないのは何故だろうか。

ベッドでは傷の痛みはほとんど無いが背中や首の筋肉の凝りの痛さは耐え難い。ベッドは上体や脚部はボタン操作で自ら傾斜を変えられるが、坐ると中央の腰の部分が落ち込むし角度も中途半端で何とも不愉快だ。しかも、体の自由の効かない私には苦労も甚だしい。入院経験の無い者が設計したのだろうと文句も言いたくなる。建築なり家具なりの分野で専門的に研究してほしいものだ。

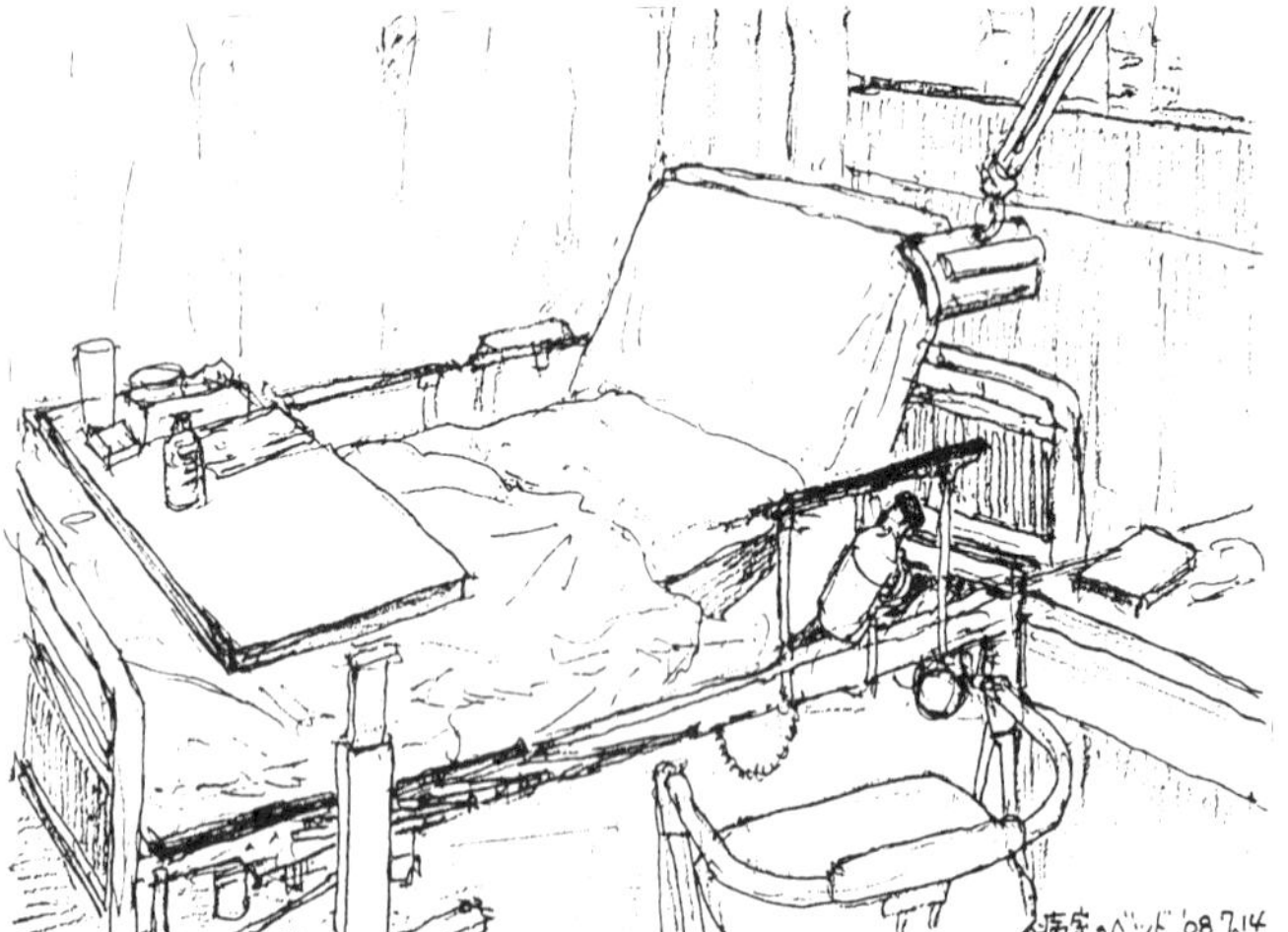

入院棟の病室ベッド　七月十四日

七月十五日（火）1

見舞いについて

午前中劉君が来てくれ、永井先生も見廻って下さる。歩行訓練で談話室へ行ってしばらく本を読んでいたら、住総研の佐藤氏が立派な花と果物を持参下さった。二〇年前の直腸癌手術の際はちょうど東大病院の建替え計画の初期で、計画の考察の一助にと思いつくままに『体験的病院論』という小冊子を書いたがその一項目が「見舞の迷惑」だった。とくに花と果物が一番の困りもの、病室では却って迷惑だからと失礼とは思いつつも辞退した。花はステーションに届けられた模様。住総研創立六〇周年記念シンポジウムは満員の盛況だったという。こういう話題が見舞としては一番嬉しい。先日の検査入院の際揃って見舞に来た娘たちはこれを予習して、面白い話題だけを携えて来てくれたのだった。

七月十五日（火）2

横臥と睡眠の苦しみ

入院中の横臥の苦労はそれこそ異常である。手術後の一・二日は寝返りや体位変更ができないしカテーテル挿入の腕や腿は固定されるので、背中の筋肉の凝りは甚だしいが、眠剤が点滴から投与されるので一応は眠ることができる。五日たった今日は歩いて談話室まで行けるし寝返りも打てるのだが、背中の凝りは相変わらずだ。夜九時消灯しても眠れる筈がない。医師は睡眠は回復にとり大事だから眠剤を使ってもいいと言うが、担当の看護師は明日静かな部屋に移れますから今日は我慢しましょうと与えてくれぬ。ただ横になっているのも辛いので起きて椅子に坐りハガキを書いたり『源氏物語』を読んだりするのだ。医療マッサージ師が病棟に一人でも配属されれば、ずいぶん治療効果は上がるだろう。

七月十六日（水）

看護を学ぶ学生と付合う

武蔵野大看護学部学生二人が見学実習に来たのに付合ってくれと頼まれた。まる一日私に付添って胸部レントゲン撮影や明日のカテーテル検査の説明にも同行し院内を見学する。私も努めて病院と看護に関する知識を語って聞かせた。先ず病院建築の構成、物品搬送の重要性とその機構、病棟看護師の日勤・夜勤の切換えの大変さ、看護師の言葉遣いの大切さ、見舞の迷惑、横臥の苦労とベッド研究の重要性、患者とナースの視線交流の大切さ、多床室の心理的安心感、等々。だが、半日の会話のせいか脈拍が上がり息苦しくなった。足先がすっかり冷えたので学生に足裏を揉んで貰ったが、それこそ天にも昇る心地良さ。患者の気分を心地良くすることは治療効果も大きい筈だと話してやった。

七月十七日（木）

カテーテル検査

朝、劉君が出勤前に寄ってくれた。昼からは中央診療部「アンギオ」処置室でカテーテル検査。腕から挿入し造影剤を入れ、内胸動脈の左冠動脈への接続や脚の大伏在静脈を採り左右の冠動脈にバイパス接続した状態が写真によってよく解る。左バイパスに一ヶ所なお狭窄らしきものがあるのでこれはカテーテル治療をするかも知れないとのことだ。検査は道彦が待っていてくれた。時間は一時十五分から二時まで。三時から昼食をとる。

夕方に紀落会の矢野さんが見えた。今は体力がなく手を伸ばして物をとるのも億劫だし、ベッドの上り下りにも寝返りにも難儀する。道彦はサルトルの仕事を抱え、更に鈴木家の歴史を書いていて生涯の内には出来上がらぬかも知れないという。羨ましい晩年だ。

七月十八日（金）

東京建築士会三女性からお花

大分元気は回復したつもりでも流石に体力は落ちている。手を伸ばして物を取るにもヤッコラショと動く始末。腹も全く空かず食事も一時間近くかかってやっと七分目ほど。

大野先生が胸の切開部を止めているホチキス状の金物二五本の半分を抜いた。また明日、残りの半分を取り除くという。だんだん正常の姿に戻っていく。

東京建築士会女性委員会の小池和子・宮本信子・岸本裕子の三氏から見舞の花が届いた。今は「はつらつ」としていないがあのシンポジウムの日は丁度検査入院が終って手術入院待ちの期間だったので好都合だった。病室では花や果物はいちばん厄介なのでお気持だけ戴き、スタッフステーションで適宜処置して貰った。見舞でいちばん嬉しいのは情報だ。

七月十九日（土）

体調回復期／至民中の教育

ラジオでは、今日から夏休みだ、三連休だ、十四歳少年のバスジャックがあった、大分県教育委員会で教員採用に汚職不正があった、と騒いでいるが、毎日が変らぬ入院生活では実感が湧かない。昨夜はよく眠れ爽やかだ。

漸く元気が出て、昼食からは談話室に出た。入院の期間が長いからと本を大分持参した。流石に体力の落ちた時は読む気も起こらぬが『源氏物語』も宇治十帖の「宿木」「東屋」まで進んであと五帖となった。

先日の朝日新聞の抜刷が送られて来て福井の「至民中」が「考える授業」に努力している様が大きく紹介されている。こういう教育面での意欲的な試みと建築面での斬新な提案がうまく噛み合っているとは、設計した奈奈も幸せなことだ。

七月二十日（日）

娘たちの見舞いに元気を貰う

奈良・大宇陀の陽子がはるばる来てくれた。大阪から夜行バスで来た由。昨年屋根裏から落ち右腕を骨折し一ヶ月入院したとは知らなかった。夫新一朗君が大手前大学に非常勤で文化財保存を講義していること、アレックスカーの奈良での講演を聴いたこと、長野県議会議員がまちなみ保存見学に来るので案内・指導を頼まれたこと等を元気に喋っていた。夕食時には前「書生」知子も来た。デザイン部に移ったのにまだ前営業部の仕事の処理に追われ暑い現場を駆け回っていること、八月には一〇日間休みをとり友人の居るフランス・ドイツをまわって来ることなどを楽しげに語る。こういう話をきくのがいちばん慰められる。「娘」達が入れかわり気遣ってくれるのが嬉しい。回復は患者本人の気力次第だ。

元「書生」陽子が大宇陀から見舞に来た　七月二十日

七月二十一日（月）

建築にも運営にも不満がない

梅雨は明けたという。外気はさぞや暑いことだろう。挿入されていた心臓ペースメーカーの線が抜かれ、今や体内には管も線も入っていない。体力は日に日に回復しつつある。

二〇年前の直腸癌手術で入院のときは、丁度東大病院建替計画の最中だったので気づいた点をメモして『体験的病院論』を書いたが、新棟の今回はほぼ満足で、建築面も運営面もほとんど文句がない程良く計画されている。

劉君が超小型携帯ラジオとCDプレーヤーを買って来てくれた。病院では全てイヤフォンで聴く。性能はなかなかよいが、操作ボタンが小さくて爪先での操作が難しく表示の文字も超微小でほとんど読めず、こういう器機が若者だけを対象として設計されているのかと驚きつつも感心することしきりだ。

七月二十二日（火）

新聞の情報量

「文文日記」に自分の体のことばかり書くのは気が引けるが、外界と絶たれてただ病室と談話室の間の行き来だけではとくに書くべき意見も浮かばない。新聞販売機もあるが早めに行かないと無くなってしまう。ニュースはラジオで聞けるが圧倒的に情報量は乏しく、日頃は頁数のみ多く不要な記事や広告ばかりだと思っていた新聞も、結構読み出があったのだと改めて実感した。

先日の検査で手術後に一ヶ所狭窄があることが分かりカテーテル治療を行うという。その説明が、循環器内科の先生の都合で明日午後七時半からあり家族が一緒に聴いてほしいという。道彦夫妻の都合がつかず姉が来てくれる由。八一歳の患者の治療の説明を八七歳がはるばる茅ヶ崎から出て来て聞くとは…。

七月二十三日（水）
ＰＣＩ治療の説明を聴く

胸の傷の抜糸。手術後初めてシャワーを浴びる。昼食は珍しくうどんが出たが食べたのは八分目程度、全く腹が空かない。担当看護師で美声の平沢友起さんは、伝達や指示が実に的確で分かり易く気持ちいい。こういうのは教育や学習より持って生まれた天性だろう。循環器内科の藤田英雄医師より明日のカテーテル治療（ＰＣＩ）の説明を受ける。姉弌子と平沢ナースが同席。手術で三本のバイパス接続をしたが、一番重要な「前下行枝」に繋いだ「内胸動脈」の接続部の手前が糸の様に細くなっていて血液がうまく流れていない。その原因や対策について丁寧に解説があり、要するに元の「前下行枝」にステント治療を施し血行再建を行うという。脚の動脈狭窄部の治療は二ヶ月または半年後に改めて行う。

美声のナース平沢友起さん
七月二十三日

七月二十四日（木）

カテーテル治療（ＰＣＩ）

本日カテーテル治療（ＰＣＩ）。道彦が来てくれた。午後の二番目というが最初の患者の治療が長引いてその間何の連絡もなく、病棟ナースも忙しく働いていて訊ねるのも憚られ呼ばれたのはようやく三時半。「アンギオ」処置室では手首からカテーテルを挿入、藤田医師ほか二名が実施、モニター映像を見つつバルーンを膨ませる為の一六気圧、二〇気圧との声も聞かれる。ステントは径三・五ミリ長さ三センチと径三ミリ長さ三センチを入れた。局所麻酔だから状況は概ね分かる。終了が漸く六時。道彦も呼ばれて隣室で写真影像を示しつつ丁寧な説明を受けた。見れば狭窄していた元の前下行枝が黒々と見事に再生されている。折角繋いだ内胸動脈は結局使われないのだろうか。病室は一二階に移った。

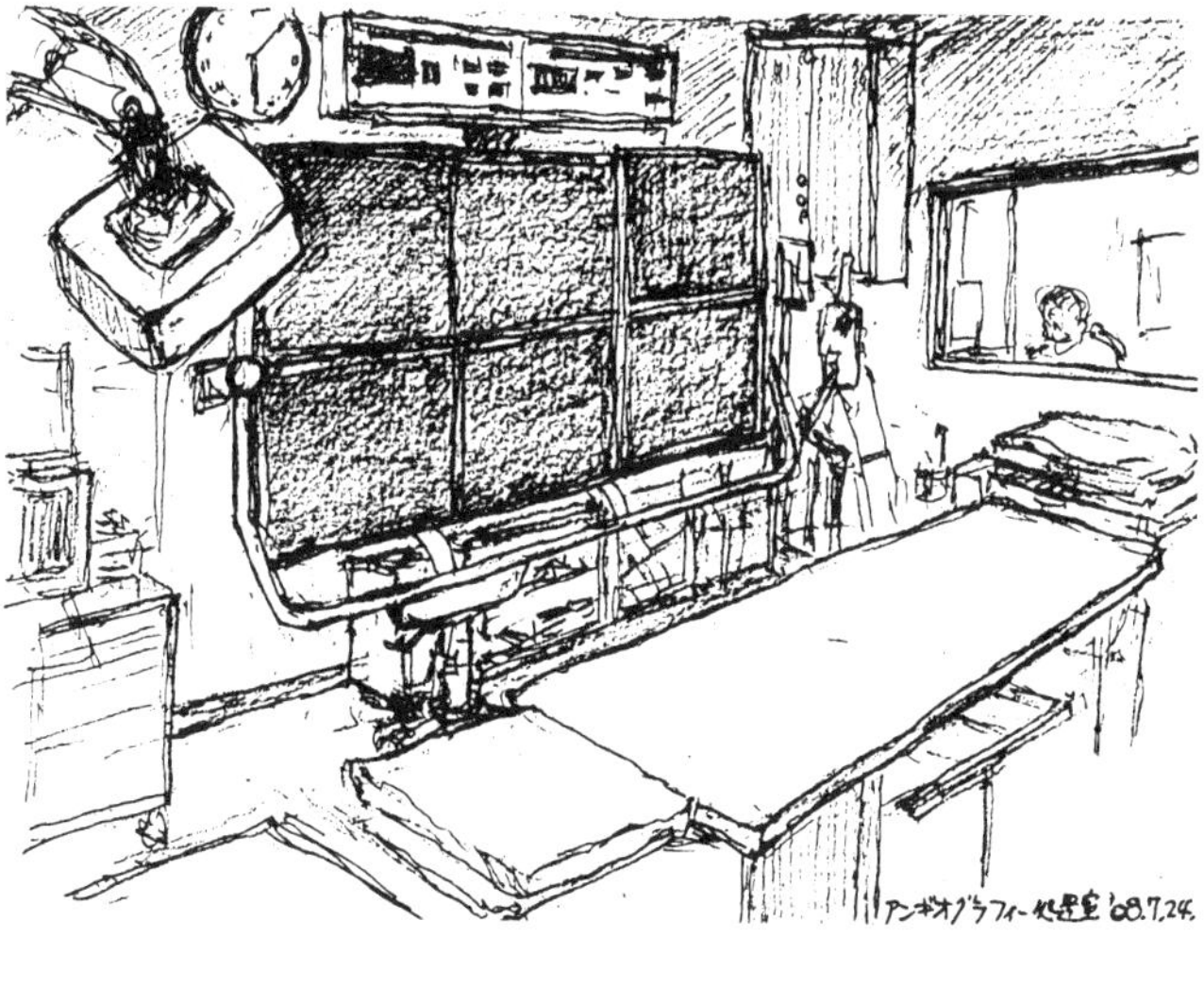

アンギオ処置室　七月二十四日

七月二十五日（金）

心エコーと心電図検査

昨日のＰＣＩ治療後、病棟は五階から一二階に移ったが、談話室の雰囲気がまるで違う。五階は心臓手術等の患者が多いせいか、食堂で食事をとる人は三・四人で皆黙っているがここでは十数人、中央テーブルでは四・五人がにぎやかに話し合っている。

午後には「心エコー」と「心電図」。エコーでは体内に金属が入っているので測りにくいと言われつつ、上半身裸で一時間強、足先がすっかり冷えてしまった。

持参の「源氏物語」（瀬戸内寂聴訳）を読み終えた。浮舟の出家の心境などが巧みに表現されているのは、寂聴自身が出家のせいか。丸谷才一と大野晋の対談『光る源氏の物語』は、作家としての紫式部の巧妙な小説作法を実に的確に語っていて面白い。

七月二十六日（土）

ＰＣＩ再治療の予定

「文文日記」を読んだ人から「よく出かけて動きますね」と言われることが多い。毎日の勤務がない私は生活に変化がある度に書くが週に一・二回出かけることが一般の人に比べ特に多い訳ではなかろう。だが病棟に縛りつけられてみると、つくづく日記に書くことがないのだ。新聞を読んでもテレビの大相撲も皆の知っている情報ばかりである。

夕方、藤田医師から、一昨日のＰＣＩ治療の結果と今後の方針の説明を受けた。右冠動脈の三本に枝分かれした一本にバイパスをつないだがそれより手前に狭窄があって他の二本の支線には血流が行ってない。結局元の血管にステントを入れて血流を確保することとし七月二十九日に再治療をすることになった。脚の動脈治療は引き続き八月五日頃を予定。

七月二十七日（日）

横臥の苦しみへの対策研究を

二〇年前の入院の際にも『体験的病院論』に書いたが病院とは所詮寝るところだ。横臥に伴う筋肉の凝りの苦痛を訴える患者は多い。手術や治療直後の体の動きを禁じられている時の背中の筋肉の痛みは特にひどかったが、体力回復に伴い苦痛は軽減する。しかし自由に運動は出来ないから凝りは相変わらずだ。必要なのは病院用ベッドの研究、病状も体力も異なる患者があるのだから、夫々に適するベッドを考案するのは無理だろうが、患者の生態の種々相を研究しベッドの固さ柔らかさや形の変化等の対策を講ずるべきだ。恐らく現在は健康人が考案しているのだろう。

もう一つはマッサージの活用だ。せめて足裏マッサージを行うだけでも患者の体と心に及ぼす治療効果が飛躍的に増すこと疑いない。

七月二十八日（月）

「文文日記」の素原稿

入院中は「文文日記」が出ないのでさっぱり様子が分らないとの声も来たが、手書き原稿を奈奈に打って貰ったものの最初の七日分が一週間かかって漸く到着した。おそらく東大本部からぐるぐる回っていたのだろう。手術直後は文字もかなり乱れていたので、奈奈も読み難かったことだろう。字数や行数も大分オーバーしているので修正して送り返した。

こうして入力に協力してくれる人があるので全く助かる。心配してくれている石東さん等にも整理して送ろう。但し、ホームページにアップするのは八月の退院の時まで待たねばなるまい。

入院中は街からも社会からも接触が絶たれているので意見もなく、結局は自分の体のことしか書けないのでどうも面白くない。

七月二十九日（火）

右冠動脈のPCI再治療

右冠動脈に手術を施したバイパスが、接続部より手前に狭窄があり三本の支線の内一本にしか血流が行ってないことが判明したので、本線にステントを入れ修復する治療である。朝、道彦が来てくれ九時に入室。前回の治療よりは簡単だろうとのことだったが、狭窄が三ヶ所で固くなっている箇所もあり結局二時間半かかった。アンギオ治療室は寒くて足先が冷え苦労した。径二・八ミリ、三ミリ、三・三ミリ、長さ各三・三センチのステントを三本挿入して血管を再建したとの説明。安藤医師が来られて、八月五日の予定だった脚部動脈治療が八月一日になるという。夕方にはシーラカンスの小嶋氏と赤松さん、次に松本哲夫氏と桜井旬子さん、更に甥の鈴木深が次々と見舞に来てくれた。

七月三十日（水）1

八一歳の誕生日

今日は満八一歳の誕生日。この日迄には退院できるかと思っていたが、脚部動脈の治療も引き続き行うことにしたので院内で迎えた。昨日見舞に来てくれた方々も、血色がいい、元気だと言ってくれる。但し食欲だけは全くなく、食事は半分ほどしか食べられないので体重は四四キロまで減った。普段から小食の上、ほとんど動かないので無理もない。奈良大宇陀からはるばる陽子が誕生日祝いに来てくれ、談話室で不忍池と上野の森を眺めつつ小一時間、ゆっくり話した。文化財保存の現況、新婚生活の楽しさ、市の「まちなみ案内ボランティア」の人たちへの指導の話、神戸芸工大卒業生たちの活躍、更にソウルの賢姫はじめ娘たちが全快祝に集まろうとの話など。皆で気遣ってくれるとは幸せだ。

七月三十日（水）2

右下肢動脈治療の説明を聴く

循環器内科安藤医師より八月一日予定の治療の説明を受けた。弟道彦が同席。「右下肢閉塞性動脈硬化症」で三～五センチ長さの狭窄があって従来「間欠性跛行」症状があった。骨盤内なのでバイパス手術では大手術になり負担がかかるので「経皮的動脈形成術」即ちカテーテル治療を採用する。長期に亘り進行した狭窄なので血栓などが硬くつまっているかも知れず細いワイヤ（〇・三五～〇・四五ミリ）を入れて通過させ、通ればバルーンとステントで治療し血流を確保する。成功率や治療に伴い起るかもしれぬ危険性についても細かく説明があり治療同意書に署名したが、最近の医療では必ずこれに言及される。

終って談話室で話していたら松子さんも見え現代の高度医療等につき話しあった。

七月三十一日（木）

「文文日記」の字数調整

昨夜は夕食のあと、田野倉君がやって来た。誕生日というといろいろの人が来る。伝統的数寄屋住宅を頼まれて設計することになったと楽しそうに語っていた。

奈奈が打って送って来てくれた原稿も字数や行数がオーバーしているから、縮める作業をしなければならない。それをパソコンならば簡単なのだが手で字数を数えるのはなかなか面倒な作業で、頭が妙になりそうだ。しかしお陰で退院したら直ちにホームページに掲載することが出来るだろう。

入院中は治療や検査のない日はただ毎日同じ生活なので書く事もない。「休み」にしてもいいが、折角だからこの東京大学病院建築の計画の変遷を簡単に紹介するのもよかろう。「東大病院建築計画略史」を掲載する予定。

2008年8月

1日(金)　右下肢動脈PCI治療
2日(土)　手術・治療が全部終った
3日(日)　1 東大病院建築計画略史(1)
　　　　2 東大病院建築計画略史(2)
　　　　3 東大病院建築計画略史(3)
　　　　4 東大病院建築計画略史(4)
4日(月)　眠られぬ夜のラジオ深夜便
5日(火)　ソウルから「娘」賢姫が来た
6日(水)　原爆記念日／退院予定
7日(木)　いよいよ退院!
8日(金)　休み
9日(土)　長崎原爆記念日に
10日(日)　回復期の日常生活
11日(月)　回復期の日常生活(つづき)
12日(火)　わが家の実測中止の報せ
13日(水)　阿部智子さんの来訪
14日(木)　休み
15日(金)　「終戦の日」
16日(土)　文文会留学生奨学金に関連し
17日(日)　長澤悟氏、初見氏の来訪
18日(月)　1 退院後初の外来診療
　　　　2 病棟ナースの勤務体制改革
19日(火)　紀伊國屋寄席に知子と
20日(水)　休み
21日(木)　膨大な量の郵便物にお手上げ
22日(金)　『建築計画学の足跡』の再読
23日(土)　神戸芸工大のHP刷新
24日(日)　大阪市大卒 科埜秋美氏より
25日(月)　映画「火垂るの墓」を観る
26日(火)　建築学会楽友会／友人の他界
27日(水)　休み
28日(木)　アフガニスタンでの悲劇
29日(金)　東大医学部一五〇年の写真集
30日(土)　こまつ座公演「闇に咲く花」
31日(日)　夏の終り

八月一日（金）

右下肢動脈ＰＣＩ治療

「右下肢閉塞性動脈硬化症」カテーテル治療（ＰＣＩ）。昨年奈良で近鉄駅から県庁迄のゆるい登り坂にも苦労して、内田夫人らからびっくりされたその脚の血管の治療である。午後一番ということだったが午前中の治療が長引き呼ばれたのは三時を廻っていた。前回はアンギオ治療室では足先が冷えて難儀したので今回は熱いタオルをくるみ足裏に置いて貰った。カテーテルは腕と腿の両方から入れ造影剤を注入して閉塞状況を見ながらワイヤを挿入し、八気圧との声が聞かれたのは風船で膨らませているのだろう。最後にステントを入れて拡げ約二時間半、その間も時々医師が声をかけてくれる。終って動画写真により解説してくれたが、経八ミリ長さ六センチのステントを入れ見事に血流が再建された。

八月二日（土）

手術・治療が全部終った

昨夜は右手右脚を固定され一晩中苦労した。これで心臓も大腿部も血管狭窄治療が完了し体調回復を待つばかり、めでたしめでたし。病棟では談話室やベッドに坐って専ら読書。疲れたら横になって休む。

『源氏物語』を読み終り、次は幕末維新をと司馬遼太郎の『龍馬がゆく』を読み始めた。日本棋院の雑誌『囲碁未来』も持って来たがまだ細かい思考をする気になれないのだ。

青木正夫氏遺著『中廊下の住宅史—青木正夫の建築計画学—』（仮題）の原稿も一応読み終った。中流住宅平面が人々の要求に基づく自然の流れと建築家や行政の先進的提案との相克で変遷する様を豊富な文献と実地調査により丁寧に追跡している。秋に出版されれば住居計画・住居史研究者の必読書となろう。

八月三日（日）１

東大病院建築計画略史（1）

明治期以来、内科・外科・小児科など夫々の木造平屋建病舎が並んでいたが、昭和初期に内田祥三教授の総合計画により中央に外来棟玄関、左右に内科系・外科系が両翼を拡げ、夫々に診療を行うＲＣ四階建となり、御殿下グラウンドに堂々たるファサードを向けた。戦後は手術・検査・レントゲン等診療施設の飛躍的な進歩に伴い、これを各科別ではなく中央化する事が要請され、一九五〇年代後半に吉武泰水教授の手により中央診療棟が造られた。丁度私が大学院から助教授の頃で日本の病院建築における最初の診療施設中央化である。しかしその後三〇年を経て医療技術の更なる高度化に伴い、この中央診療部を含め病院全体の改築総合計画が図られて、今日の東大病院が造られたのである。

戦前建設の外来診療棟ファサード　八月三日

八月三日（日）2

東大病院建築計画略史（2）

吉武教授の退官後、私が全学キャンパス計画委員会の一員となったが病院側からその総合計画立案が要請された。しかしこの大計画は一研究室の手で賄い切れるものでなく専門の設計事務所の協力を必要とする。病院建築を得意とする建築家は多く、特に吉武門下には数多く存在し研究室と共同した事務所も複数あるが、私は岡田新一事務所を推薦し委員会の同意を得た。東大キャンパスにふさわしいデザイン傾向ということもあるが、何よりもそのシステマティックな思考が長年に亘るであろう改築計画に最適と考えたからである。以後、先ず中央診療棟第一期、次に外来棟、入院棟と供給センター、中央診療棟第二期と建替が進み、二五年間かかってほぼ完成し、あとは研究部分の整備を残すのみとなった。

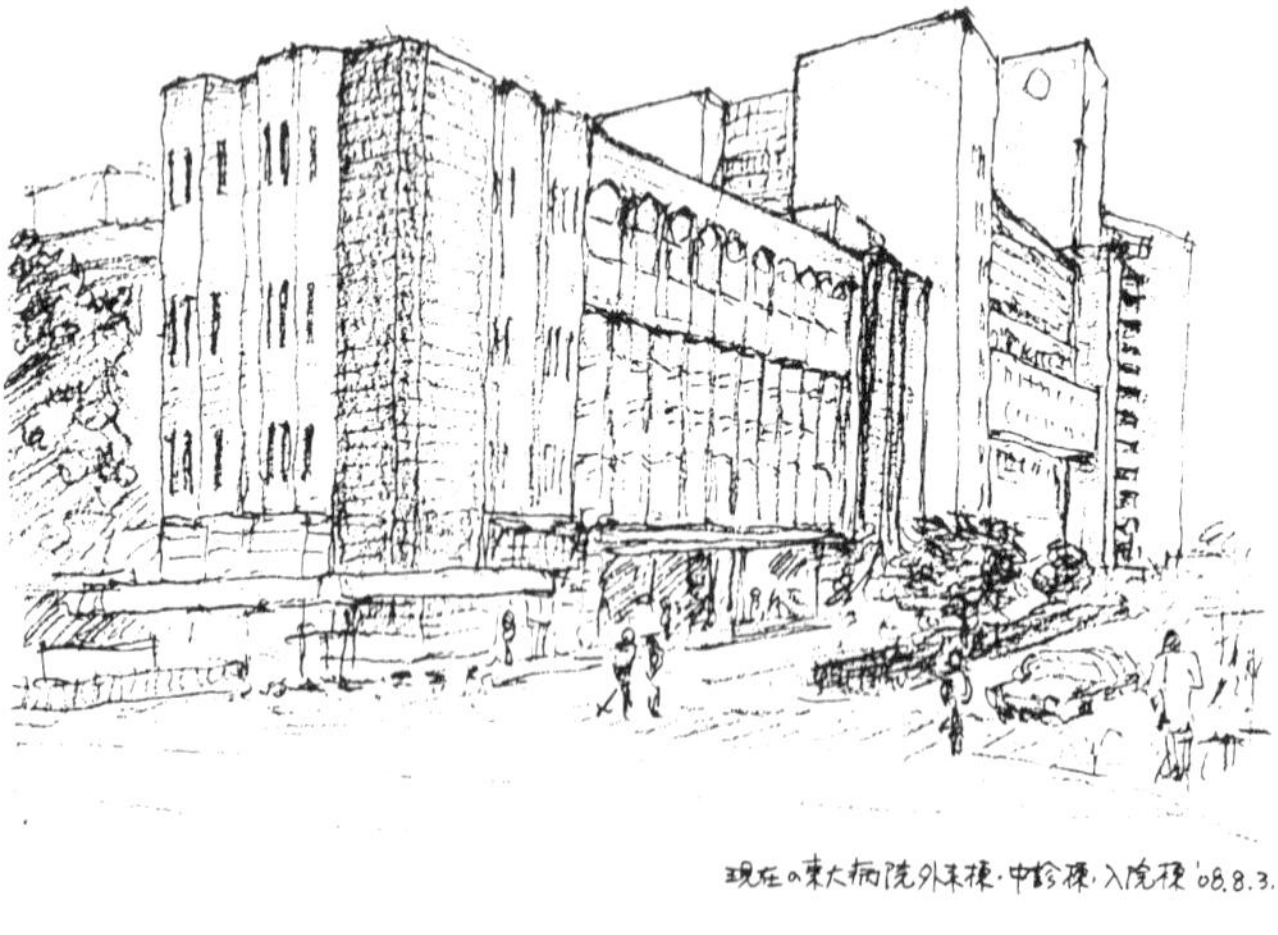

現在の東大病院外来棟・中診棟・入院棟　八月三日

八月三日（日）3

東大病院建築計画略史（3）

私が東大在任中に建設されたのは中診棟一期までだった。計画における一つの焦点は医療器材・薬品・食事等の搬送問題で地下に供給センターを置き各部門へ機械搬送する。大型・中型・小型の搬送設備があり、大型は建物の一つの階を横引き搬送に充て、夫々のタテ搬送用エレベータ位置に移動する。東大では中型を採用、スーツケース程度の箱で入院棟・外来棟は各階の受渡し位置が平面的にほぼ一定に出来るが、中診棟は手術・検査等全く異なる機能のものが重なるので受渡し位置も区々である。そこで中診棟は階高を高くして各階の天井裏に横引きスペース（ISS）を設け所定位置に運ぶ。手術室については実大（1／1）模型一個を建設し、人と物の動きや空調の空気分布等を実験しつつ設計した。

八月三日（日）4

東大病院建築計画略史（4）

私が東大定年の前年（一九八七年）に直腸癌手術で入院したのは旧病棟だったが退官直前に中診一期が完成し、工学部教官惜別懇親会では「日本一の手術室ができたばかりなので皆さん早く手術を受けることをお奨めする」と挨拶したのだった。入院患者一二〇〇床、外来患者が一日三五〇〇人の巨大病院で二四時間フル活動し、しかも体の不自由な患者を抱え全く異なる機能を複合する複雑な建築、機能性と人間性を重視するので設計も極めて興味深い。今回入院して実地体験できたのは幸せで手術室のみは全身麻酔の故に観察できなかったが、外来も検査各部も動線が明快、病棟各階のスタッフステーションの開放的なたたずまいは患者に大きな安心感を与える。岡田事務所の設計の質の高さを実感できた。

八月四日（月）

眠られぬ夜のラジオ深夜便

昨日は甥の鈴木基夫妻が来た。談話室で小一時間、血色よく元気だと安心して帰った。今日は「血圧脈波」検査。足首・手首を強く締めつけ血流の状態を見る。血をサラサラにする薬の量の決定に関係するらしい。

夜は九時に消灯しても二時頃に覚めてしまうのでＣＤの音楽やＦＭ放送を聴きつつうつらうつらする。ラジオ深夜便の「心の時代」は時々素晴らしい談話がある。今日は広島原爆資料館元館長高橋氏の、来館した高校生とのその後の心の交流が語られた。過去に印象的だったのは、ルソン島山中で戦後二〇年間も戦った兵士の話、実子の子育てを終ってから二〇人余の孤児の里親となって育てた女性の話、日本シリーズで巨人に三タテを喰った後四連投した鉄腕稲尾の語り等が記憶に残る。

八月五日（火）

ソウルから「娘」賢姫が来た

松子さんが来て豊島区の「リボンサービス」というのを調べて教えてくれた。利用会員に登録し、協力会員による家事援助や介護など各種サービスを受けることができる。利用料は一時間七〇〇円、家に近い協力会員が来てくれる仕組みで区が連絡調整してくれる由。

夜八時の面会時間の終る時刻に李賢姫が現れた。ソウルから見舞に来たと告げたら特別に許可してくれた由、私の痩せたけれど元気な顔を見て涙を浮かべつつ手を握ってくれた。初代の書生で奈奈から絶えず情報を聴き私を気遣ってくれていたという。大きくなった娘ジャーヨンのこと、昨年移籍した建築学科のこと等語りながら私の健康を心配してくれ、秋には「娘」達全員がわが家の座敷に集ろうと言う。私も涙の出るほど嬉しかった。

ソウルから李賢姫が見舞にきた

八月五日

ソウルから賢姫（ヒョニ）が見舞に来た '08.8.5.

八月六日（水）
原爆記念日／退院予定

広島原爆記念日。今日もじりじり焼ける様な暑さである。恨みを恨みで返しては平和は得られないと、昨夜の高橋氏は語っていた。

那須医師から血流についての説明があった。流動性指標（PCINR）の正常値は一以上だが治療前は〇・五に下っていた。一昨日は一・二二で良好、これで安定すれば退院できる。今朝の採血結果を夕刻に知らせて頂いたが一・六五に上り明日退院してもいいという。早速道彦と劉君に電話した。

従弟の建築家仲本隆が見舞に来た。私の手術と治療の概要を伝えると共に東大病院建築の構成と計画過程につき解説したが、物品搬送の種類と機構、入院棟スタッフステーションの開放性などにも興味を持って眺めてくれた。病院建築設計の面白さである。

八月七日（木）

いよいよ退院！

今日は立秋だが快晴で相変らず三四度の猛暑とラジオは伝えている。いよいよ退院。七月八日の入院から丁度一ヶ月、三一日目だ。院内ではすっかり元気な身体になったつもりでも帰宅して着替えたり荷物を開けたりしていたら流石に疲れ縁側に横になった。気温は三〇度を超していても風が入って気持いい。庭には緑がすっかり繁り、蝉がけたたましい声を出している。やはりわが家はいい。劉君がカレーや味噌汁を作っておいてくれた。一ヶ月も家を空けていると郵便物などが山と溜っているしパソコンにはメールが一二〇〇通以上も来ている、但し大半は迷惑メールで中から奈奈から送られた「文文日記」原稿を拾い出した。直ちに掲載をとも思ったが体が疲れていたので明日にまわした。

八月八日（金）

休み

八月九日（土）

長崎原爆記念日に

昨日は一六年前に膵臓癌で亡くなった妻淑子（貴美子）の誕生日。七月のお盆には入院中のこととて迎え火を焚くことも出来なかったので、旧のお盆にでも迎えることにしよう。仏壇に、私は心臓手術であと一五年ほど生き長らえる旨を報告した。当時を思い出すと、私の直腸癌とほとんど交互に入院しながらもずいぶん明るく生きていたものだった。

今日は長崎原爆記念日。一般市街地を対象にした米軍の暴挙に深い恨みをもつのは当然だが、これに恨みを以て返しては絶対に平和は得られない。しかし米国の若者たちの、自国の行為についての無知は嘆かわしいことだ。過去の罪科を知ってこそ今後の平和への行動の契機が得られる筈、これは日本とても同じことだ。

八月十日（日）

回復期の日常生活

北京オリンピックが始まりテレビや新聞では騒ぎ立てているが、個々の競技に一喜一憂しても始まらないので私は全然見てない。

奈奈に打って貰った「文文日記」を昨日からせっせとウェブに入力掲載し始めた。何しろ一ヶ月分で一日が二篇三篇に亙ることもあるのでなかなかの仕事量だ。ちょっと疲れたら無理せず休む様にしているので、二日がかりで漸く退院日まで漕ぎつけた。改めて手術・治療の経過を自ら振り返ってみるにも好都合だし、又術後のベッド上の横臥の苦しみなども体が回復すると忘れてしまうのでしっかり記憶するにもよい。何人もの方から見舞状や見舞品を頂いたが、それらへのお礼状と退院挨拶まではとても手が回らない。やはりまだ体が疲れるのだ。これは致し方なかろう。

八月十一日（月）

回復期の日常生活（つづき）

入院中には腹が全く空かずこれが一つの悩みだった。栄養は口からのみ摂取するのだから食べないわけにもいかず、食事の時刻の度にあぁ又食事かという気分になったのだった。家に帰ってからは普通の生活に近くはなったが運動する訳ではないので、空腹感にはまだ到達しない。でも時刻ごとには食事し食後は一時間ほど横になって休む。座敷の前の縁側に寝るのがまことに気持がいい。気温は外気と同じだから三〇度を超しているが、網戸を通して吹いてくるそよ風と見上げる楠や楓の豊かな緑が何よりも気分よく、心が休まる。汗はかくが、空調のきいた病院の空間よりも自然と一体のわが家の環境のほうが心身には適するようだ。茶色になったアジサイの花がまだ枝に付いていたので鋏で刈り込んだ。

八月十二日（火）

わが家の実測中止の報せ

私の住む東京の家を先日東京芸大光井先生と文化庁坊城氏に見て貰ったところ登録文化財にする価値は高いとの評価で、東京芸大学生の実習で実測調査をさせて欲しいとの要望、勿論歓迎し、八月二十五日から二十九日までとの日程も約束し、楽しみにしてそれなりの準備を整えていた。ところが急に光井氏から手紙が来て大学の都合でこの実測は中止し、実測は別の上野桜木の住宅を対象にすることに変更した由、ずいぶん勝手な言い分だとは思うが大学の日程の都合とあれば腹を立てても致し方ない。いずれ日を改めて実施したいとも言う。返す返すも残念なことだが、我慢するほかあるまい。

入院中は床の間の軸もそのままになっていたので、砕巌「江間漁夫」の図に掛替えた。

八月十三日（水）

阿部智子さんの来訪

退院後の見舞にと阿部智子さんが来訪。丁度お盆だからとてお供えのおはぎとバラ寿司を持参してくれた。寿司は小エビが入っていてなかなか美味い。更に新潟西村氏から大量に送られて来た茶豆は茹でて皮を剥き豆だけにして冷凍すればいいと教えてくれ、一緒に皮を剥いた。娘たちや劉君が私の体を気遣ってくれるので、折角松子さんに教えてもらった豊島区のリボンサービスも必要なさそうだ。入院中の「文文日記」の文章だけはまとめて掲載したが、写真を載せようとしてすっかりてこずった。暫くやっていないと入力の手順を忘れてしまうのだ。そこが若い人とは違うところで、一所懸命思い出しつつ何とか掲載はしたが、大分草臥れてしまった。体に影響してもいけないと適当に切り上げた。

八月十四日（木）

休み

八月十五日（金）
「終戦の日」

終戦の日。「敗戦」といわず「終戦」と称したことを非難する向きは多い。もちろん敗戦には違いないが、私達には長い戦争が終ったという気持の方が強かったのは確かである。尤も私には十二月八日の開戦の日の方が印象が強い。私はまだ中学生だったが、ＡＢＣＤ包囲網に痛めつけられた末、国力の段違いな超大国に対して歯向かわざるを得ない心境に立たされたのだった。無謀極まるバカな戦争に突入したのだが、維新の際の長州の心情がその侭日露戦争に引継がれ、更に太平洋戦争にまで及んだという解釈はさして見当外れではなさそうだ。日米開戦は互いの国の利害の衝突で、日本は死ねというにも等しい脅迫にもし屈していたらどうなっていたのだろうかとは歴史の演習問題としても面白かろう。

八月十六日（土）
文文会留学生奨学金に関連し

本年度の「文文会留学生奨学金」支給対象者は大学院一名、学部三名になったことは五月十八日に既に紹介したが、その四名から自己紹介を兼ねた礼状が教学課の担当者を通じて届けられたので、早速各人に返書を送った。大学院の頼文波君は特に四川大地震に関連し仮設住宅について研究したいという。復興の仮設住宅には先行研究や既往事例が多いのでしっかり目を通すべきこと、また住宅単体の計画や構造のみでなくその配置や集落構成についても考えるべきことを書き送った。入院中の一ヶ月間に何と五〇人近くの方から支援の寄附が寄せられていた。若い人同士の国境を超えた親交を育てて行きたいとのこの奨学金の趣旨に共鳴して下さる方が多いのが嬉しく、お礼を添えた領収書を発送した。

八月十七日（日）

長澤悟氏、初見氏の来訪

昨日は長澤氏、今日は初見氏が見舞に来訪、私の顔を見て元気そうだと安心してくれた。長澤氏は『近代建築』誌学校建築特集を持参し、福井至民中の計画を高く評価すると共に同誌の座談会での奈奈の発言内容についても讃めていた。卒業生を評価されると嬉しい。昨日までの猛暑が嘘の様に今日は小雨が降り肌寒い。初見氏が来訪、「文文日記」により入院中の様子がよく分ったと言う。住総研の創立六〇周年記念シンポジウムはパネリストを多く立てた為やや掘り下げが足りなかったが、若い人の来聴者が多く盛況だった由。北京オリンピックのテレビは全く見なかったが、昨日の女子レスリングだけは見た。伊調千春を応援したが攻めきれずに惜しくも銀、吉田沙保里は見事に金、共に笑顔が良い。

八月十八日（月）1

退院後初の外来診療

退院後初めての外来診療。診療の前に採血、胸部X線撮影、心電図の検査を受けたがそのそのデータや映像が即座に循環器内科に送られ、永井先生はパソコンでそれらを見ながら診療が行われる。全く便利になったものだ。映像を拡大したり移動して並べたりしながら説明して下さったが、自由に操れないで映像をそのまま見る先生もあるという。先生方もパソコン操作に習熟の必要があるとはご苦労なことだ。私の退院後の経過は良好、左胸の痛みは相変らずだが時の経過を待たねばなるまい。薬もそのまま継続される。「たいへんな大手術でしたね」と先生に言われ、改めて今回の治療の重大さを認識した。診療の後、病棟におけるナースの勤務体制の変化につき質問したら丁寧に説明して下さった。

八月十八日（月）2

病棟ナースの勤務体制改革

以前に比べ病棟空間も良くなったがナースの勤務状況も一新した。ナースが若く元気だ。国公立は勤続年限につれて給与が上るために古参ナースが溜るがこれを大胆に一新した。その結果、国の資格試験合格率も一〇〇％に上った。以前は三交替制で準夜・深夜勤務があったが日勤・夜勤の二交替にした。ナース側から反対もあったが今はこれが定着した。ナースの生活様態も大きく変化したわけだ。結果として超勤がほとんど無くなり経営的にもプラスになった。北病棟紛争の種になった「ニッパチ」勤務、即ち夜勤が最低二人、月八回以下も改善されたし、ナース定員の基準が一〇〇ベッドあたり六〇〇人が八〇〇人に増えたことが大きい。但し弱小病院は定員確保できずベッド数縮小に陥る例もある由。

八月十九日（火）

紀伊國屋寄席に知子と

退院後初めての遠出で新宿へ。紀伊國屋寄席には下浦知子を伴う。いわば付添いである。今日の演者は皆良かった。古今亭菊春「王子の狐」、三遊亭歌司「お化け長屋」は夫々好演、金原亭馬生「包丁」は話を崩さず端正に演ずるところが良い。柳家小三治「付き馬」は枕で寝棺と座棺の解説をしたが今日の聴衆にはそれが必要だろう。面白く語った。会食の席では松本氏・小川さん・田中さんはじめ皆さんから、良かった良かった、顔色がよく元気そうだと、退院を祝福され励まされた。酒は一杯だけで途中で失礼し、知子に付添われ早めに帰途につく。劉君が新大塚の交差点まで出て迎えてくれた。体調回復も順調なので、青木先生の遺著の座談会は九月中旬に、文文会ＫＯＢＥは九月二十七日を予定した。

八月二十日（水）

休み

八月二十一日（木）

膨大な量の郵便物にお手上げ

北京オリンピックのテレビは殆ど見ないが、女子レスリングに次いでソフトボールだけは見た。上野の健闘により米国を破り金を獲得したのは見事、こういう真摯なプレーは見る甲斐があるが敗けると分っている試合はどうも見る気がしない。

入院中の一ヶ月間に届けられた郵便物や雑誌や書籍が未だに山と積まれてその数はざっと一〇〇通余、一応表紙だけには目を通したが中身までは読んでいないしいちいち見る気分にもならず、折角贈って下さった方への礼状にも手が回らない。その上、これだけ大量の印刷物が畳の上に置かれると、必要なものも紛れてしまう。青木正夫氏の遺著についての座談会の為にわざわざ送って貰った資料も、どこに挟まれたか出て来ず苛々が募るのだ。

八月二十二日（金）

『建築計画学の足跡』の再読

『中廊下の住宅史―青木正夫の建築計画学―』に関する鈴木義弘・岡俊江両氏と植田実氏との座談会の日程が九月十二日に決まったとの連絡を受け、その準備にと私が東大定年退官の際に研究室全体でテーマ別座談会形式で纏めた大著『計画計画学の足跡』を拾い読みしたが、今改めて読むとたいへん面白い。「計画研究の開拓期」の章では生みの苦しみが語られているし、「設計活動の開始」の章では技術学として定立しようとの熱意が語られる。「住様式研究」の章での青木氏の補足意見では、当時の社会状況における周囲からの圧力に抗する激烈な反撥が強い口調で述べられている。「東大紛争と計画研究」の章の私と内田雄造氏の肌合いの異なる論理と口調もまた興味深い。建築計画学現代史である。

八月二十三日（土）

神戸芸工大のＨＰ刷新

この夏は異常な猛暑だったが一昨日から急に涼風、長袖を着た。十月の気温だという。神戸芸工大のホームページが一新され見易くなった。スッキリしたデザインだが、文字が小さいのが我々年配者には苦労だ。スマートなデザインには小さな文字が必須なのか。読者の便を慮って「受験生の方」「在学生の方」「卒業生の方」「高校教員の方」「企業の方」のボタンをクリックするようになっているが、私はどこを押せばいいのか困った。単にこの大学に関心をもって覗いてみようという人も多いだろうからそういう欄も作ってほしい。「卒業生」向けには各学科の卒業生紹介が二名づつ載り奈奈も出ている。卒業生の活躍こそが神戸芸工大の素晴らしさの象徴だから他の欄でも大いにＰＲして欲しい。

八月二十四日（日）

大阪市大卒 科埜秋美氏より

科埜秋美氏から見舞として珍しいジュース等と手紙を頂いた。彼は私が若い頃初めて教職についた大阪市大の学生で昭和三四年卒業、以後も幹事役となって「三四卒業生短信」というニュースを春秋に発行し送ってくれる。私の入院をウェブの文文日記で知って見舞を送ってくれたのだ。当時は大阪市大建築学科が出来て六年目だったが彼は第七期生、丁度上り坂の元気に満ちた時期に当たり、私とは一〇歳ほどしか違わず、私もまだ経験の乏しいながら製図室で一緒に図を描き、野球などで共に遊び、精一杯付合って青春を注いだのだった。今や彼らも定年を迎えた年齢だが、記憶にあるのは学生の頃の顔だ。梅田に近い扇町の古ぼけた校舎だったが懐かしい思いで一杯だ。私の以後の大学教育の原点だった。

八月二十五日（月）

映画「火垂るの墓」を観る

映画「火垂るの墓」を観た。原作は野坂昭如直木賞受賞作。空襲により焼け出され、父は戦地、母は死亡、幼い妹を背負って逃げ苦労を重ねる中学生を描く。「父と暮せば」の故黒木和雄監督が企画したが急逝の為、その助監督を務めた日向寺太郎の作というので期待したがやや期待に外れた。悲惨な戦時体験の話を批判はしにくいが、映画としては平板に見えた。防空壕の中で蛍を飛ばす場面や蛍の墓を作るシーン、父親との剣道稽古の回想等ジーンと来る場面もあるが全体に山場がなく丁寧に撮っているのは解るのだが……。

西銀座診療所で前から診て頂いている石井淳先生から電話を頂いた。先日経過報告の手紙を差上げたのだがそれに関して質問を頂き、親切にいろいろ助言を下さった。

八月二十六日（火）

建築学会楽友会／友人の他界

建築学会「楽友会」の委員会に招かれた。高野隆氏が委員長、私は顧問として出席しろという。実は二五年ほど前、グランドピアノを購入する為の募金趣意書を起草したのだが我ながら名文であった。学術・技術・芸術の殿堂たる建築学会に、ピアノひとつ無いのは如何かとの論旨だったが、ヤマハを予定した一八〇万円を大幅に超えて二八〇万も集まり一ランク上のカワイを購入したのだった。

委員会は十二月十二日に予定の池田直樹コンサート（バスバリトン）と十二月二日予定の合唱と音楽の夕べについて相談があった。

なお、高野氏から聞いたが、鬼頭梓氏と西野範夫氏が最近亡くなったという。もう皆よい歳であるには違いないが、親しい友人の死は身にこたえる。私は危うく長らえたが……。

八月二十七日（水）

休み

八月二十八日（木）

アフガニスタンでの悲劇

アフガニスタンでNGO「ペシャワール会」の伊藤和也氏が拉致されて殺害されたという傷ましい事件。米軍の侵攻により国土も社会も人心も荒らされたアフガンの復興の為に、緑化・水路建設・農業指導を住民の中に溶け込んで尽力していた方だという。彼が如何に現地で愛されていたかは、捜索に数百人が山に入ったというし、発見された遺体の搬送に数十人の村民が参加している写真でも明らかだ。彼は移動に自衛隊の援助は却って標的にされると単独で動き現地に骨を埋める気概で奮闘していたという。ところが外務省高官のコメントは呆れて腹立たしい。テロ防止の為に力を尽しインド洋での給油を強化したいという。米国への協力は当の伊藤氏の心情とは正反対の発想、事件の狡猾な悪用である。

八月二十九日（金）

東大医学部一五〇年の写真集

東大病院永井先生から医学部と病院一五〇年の歴史を写真で示す立派な本を戴く。題して『医学生とその時代』医学部では明治期より卒業アルバムを作る習慣があり、関連資料も加えて幕末以来の歴史を時代の変遷と対応させて語っている。永井先生が編集された由。建物の変遷、教授陣のプロフィル、教授風景や学内生活まで含め、東大医学部の歴史のみならず日本の医学の歴史を示して興味深く、社会の動きと対応させているのが特徴的だ。一頁一頁写真を辿りまる一日かけて眺めた。私が一九四一年に盲腸炎手術で入院したのは木造平屋建の大部屋だった。一九五五年には最初の中央診療棟の設計図を描き、八八年には直腸癌手術で旧病棟に入院し、改築の計画に携わり、今回新病院を体験したのだった。

八月三十日（土）

こまつ座公演「闇に咲く花」

こまつ座公演、井上ひさし作「闇に咲く花」を観る。こまつ座は井上の戯曲のみを上演し座付き俳優を持たず作品ごとに出演者を依頼するという。舞台は神田猿楽町愛敬稲荷神社の一ヶ所のみ、従ってかなり立派なセットが組める。敗戦後の食料難の時代に、神主牛木公麿（辻萬長）を軸に五人の戦争未亡人達が懸命に生きる。そこへ南方戦地で死んだ筈の息子がひょっこり帰還して来たことから起るてんやわんや。C級戦犯という無法、人々の戦後の態度豹変、神道、職業野球、記憶喪失と精神科治療、闇米とその摘発などの問題を織込み、戦後混乱期における思想のあり方と人々の生き方を描く。井上戯曲は科白の面白さと適度の娯楽性の中に戦争裁判批判や社会の変化の風刺を見事に語っている。

八月三十一日（日）

夏の終り

今日で八月も終り。この夏は前半の七月から八月初めまでは入院生活で猛暑の時期を空調のある病院で過ごすことを得たが、八月七日の退院の後もまだ異常な暑さは続いていた。二〇日過ぎに急に涼風が吹き肌寒い程の気候になったと思ったら又ぶり返して暑くなり、今度は集中豪雨で各地に洪水さわぎである。縁側に坐って庭を眺めた。楠が繁り、竹が所嫌わず生えて来る。笹の緑、そして相変らず雑草が伸びる。夏に咲き誇る夾竹桃の赤い花は終り、夏前から咲き出したムクゲの白い花もまだ一〇個ほど付けてはいるがこれもそろそろ終りだろう。連日の雨で庭の木々の葉はしっぽり濡れて時に射す日光に輝いている。体力はまだ十分ではないが体調はよく自信も回復したので、これからは活動の秋だ。

夏の終わりのわが家の庭

八月三十一日

2008年9月

1日(月) 福田の政権逃亡／青木遺著に
2日(火) 鬼頭梓氏の葬儀
3日(水) 今年初めて信濃追分に来た
4日(木) 初段にする会に向け勉強する
5日(金) 建築学会「楽友会」委員会
6日(土) 鈴木・阪田を初段にする会
7日(日) 塩川さん来訪／信濃追分行き
8日(月) 秋の信濃追分散歩
9日(火) 信濃追分の秋の日
10日(水) 自殺者が毎年三万人という
11日(木) 空自の撤退と海自の給油継続
12日(金) 『中廊下の住宅史』座談会
13日(土) 大阪市大建築東京支部の会
14日(日) 秋、蜘蛛の季節、祭の太鼓
15日(月) 敬老の日／小川暁子さん来訪
16日(火) 心臓外科の診療／経済危機？
17日(水) 雑誌の小規模集合住宅特集
18日(木) 建築学会大会欠席の代りに
19日(金) 大相撲九月場所／司馬遼太郎
20日(土) 奈奈が学会発表で表彰された
21日(日) 休み
22日(月) 従弟川鍋正敏の亡妻の納骨
23日(火) 曽根・在塚・長澤氏の来訪
24日(水) 久しぶりの神戸行き
25日(木) 前期卒業式に顔を出す
26日(金) 「くらし・すまい塾」にて
27日(土) 1 団地住宅再生プロジェクト
2 文文会KOBEで土の建築
28日(日) 政治家の資質
29日(月) 紀伊國屋寄席に劉君と
30日(火) 東京女子大キャンパス見学

九月一日（月）

福田の政権逃亡／青木遺著に

福田首相が突然辞意を表明したとの報道だ。指導力欠如が非難されていたが、秋の国会を前に急な逃亡とは……。安倍前首相に続いて政権投げ出しとは無責任、自民党もいよいよ末期症状か。彼は首相就任の際の談話で出処進退を弁えると語ったが、行き詰まって逃げ出すのが出処進退か。日本に志ある政治家の出ないのは何故だろうか。

青木正夫氏遺著の栞に載せる座談会が近づき改めて同書原稿を読み直した。庶民の自然の動きによる間取りの変遷と、建築家の意志に基づく改変の対立を描いているが、専門家による計画の位置づけがいまいち明瞭でない。歯磨きの慣習の変化を例に引き間取りの変化も速いだろうとの結びも尻切れとんぼの感、人間の意志による計画につき一言ほしい。

九月二日（火）

鬼頭梓氏の葬儀

「えるの会」の同窓鬼頭梓氏の葬儀が、彼の設計したキリスト品川教会で行われた。司式の吉村牧師の話にもまた彼の一高時代の親友前牧師佐伯氏の話にも、鬼頭氏の誠実な人生態度が紹介されていたし、息子たちの父親評でも「言葉と行動の違わない人」という言は彼の性格を見事に表現している。以前自分の事務所を設立した時も、建築設計とは建築家個人が頼まれて行うものだから、株式会社は馴染まないとて個人経営とし、友人たちからそれは税金がまるで違うから無理に筋を通す必要はあるまいと言われていたのだ。建築家の設計入札撲滅には力を尽したし、『建築家の良心』と題する本を著したのはつい先ごろだった。この品川教会建設の記録の本を頂戴したが彼の精神が如実に語られている。

鬼頭梓氏の葬儀　九月二日

九月三日（水）

今年初めて信濃追分に来た

昨日は鬼頭氏の葬儀の後、同席した山口昭一・田村明氏と別れその足で信濃追分に来た。ほんの三日間の滞在だが、この夏は入院の為一度も来なかったのでちょっと見ておこうと訪れたのだ。雨続きで室内の湿度は九〇％、ストーブを焚き部屋と寝具や衣類を乾かし、夜は盛盛亭で信州牛のステーキを楽しんだ。昨年の台風による倒木は片付けられ間引かれて家の前がやや明るくなり、短く切って薪も出来たので大斧も買わなければなるまい。今日は弟道彦の家に招かれた。夕方急に雷と大雨が来たので彼が車で迎えに来てくれた。大手術にも関わらず顔色もよく元気そうだと言われ、車のこと、文学のことなどを話す。彼は今年初めにＢＭＷを買替えたが、高齢者は何歳くらいまで運転できるのだろうか。

九月四日（木）

初段にする会に向け勉強する

「鈴木・阪田を初段にする会」を控え追分で学習するつもりで棋院の雑誌も持参したが、碁石はあるのに肝心の碁盤が見当たらない。折畳み式の粗末なものだが、広くもない家の中を隈無く探したのに出て来ないのだ。半ば諦めかけたが録音テープの下に隠れていたのを漸く発見、早速雑誌を見ながら勉強した。いかにも泥縄のつけ焼き刃だが、型の感覚を身につけるだけでもプラスになるだろう。

昼間は晴れていたのに夕方からはまた小雨。六時半の新幹線で東京に戻った。

自民党では福田辞任のあとを受け総裁選には麻生・小池ら四人が立候補して争う由。この騒ぎで民主党の小沢単独再選が霞んでしまい人気が自民に傾くかも知れぬというが、政治とはそんなお祭り騒ぎなのだろうか。

九月五日（金）

建築学会「楽友会」委員会

建築学会「楽友会」委員会に出席。二五年前のピアノ購入の趣意書の起草により「顧問」として招ばれるのだが私は音楽に詳しいわけではない。十二月十七日の池田直樹バリトンリサイタルの曲目やチラシのデザインにつき話しあう。タイトルの「歌の花束をどうぞ」の文言がいささか女性的ではないかとの意見を巡って議論がされた。ピアノを舞台に上げ下ろしして調律するのに八万円掛るという。

帰途、八重洲口地下の英国式足裏マッサージ「クイーンズウェイ」に寄った。足の疲れの癒しには最適だが結局マッサージはどこでも同じで家の近くの「癒快堂」が便利だろう。

夕食後、『囲碁未来』の「型で覚える布石の三〇手」をテキストに石を並べて学習する。明日の「初段にする会」を控え全く泥縄だ。

九月六日（土）

鈴木・阪田を初段にする会

「鈴木・阪田を初段にする会」高橋氏宅で。皆からは大手術のあとよくぞ回復したと祝福された。手術・治療は医師任せで患者本人の頑張りようもないが、回復期は本人の気力に依存する。但し毎朝のヨガはほぼ従前どおりだが懸垂屈臂はどうも体が持ち上がらない。体力がまだ十分に回復せず、腕の力が落ちているのは明らか。回復には日時がかかろう。手術以来囲碁からは遠ざかっていたので一日・二日前からの泥縄勉強では到底物にならずダメが詰まってからの攻防では全局の関連性が掴めなくなってしまう。今日は連戦連敗、少々本気で修業する必要がある。退院以来夜は十二時前に寝るように心掛けているが、またがだんだん遅くなる傾向がある。注意しなければなるまい。

九月七日（日）

塩川さん来訪／信濃追分行き

塩川さんが大学管理運営に関する会議に参加で上京し、私の回復見舞にと訪ねてくれた。劉君も日曜出勤だが出かける前に顔を合せることが出来た。彼女はこの九月から関西国際大学への再就職が決まり、国際交流センター次長の職で早速米国への交換留学の学生の為の先方との連絡業務で実力を発揮しているという。なだ万の弁当を買って来て下さり昼食を共にしながら話しあった。「文文会留学生奨学金」の私の没後のことにつき意見を求めたら、今は私の名で広く呼びかけているからよいが没後は誰か個人よりも大学組織に委ねるのが良かろうとの意見、成程と思った。夕方の新幹線で信濃追分行き。盛盛亭で和風ランプステーキ。但しこれは固くて私に向かなかった。夜は暖炉を焚く。

九月八日（月）

秋の信濃追分散歩

晴れて爽やかな日和。昼は今夏から開店したそばや「せん」に寄り、そのあと一時間ほど温水路付近を歩き、噴煙をあげている浅間を望み「プチ・ラパン」のテラスでコーヒー。

夜は家で暖炉を焚いて、パンとソーセージ。

そろそろ又、今年の「文文日記」のスケッチの整理を始めた。現場でラフに描いた構図を写真の助けを借りつつざっと仕上げる。本にした時のページ割りの関係からも、どの日にスケッチを挟むかを決めなければならない。

毎年、同様の作業だが……。

ラジオでは自民総裁選の模様を伝えている。

五人も立候補するらしいが、顔を出すことで名前を売る目的なのかそれとも賑やかにお祭騒ぎを演出することで人々の目を民主党から自民に向けさせようとする意図なのか。

温水路風景　八月八日

秋の浅間山　八月八日

九月九日（火）

信濃追分の秋の日

重陽の節句。九は陽の数とされ、これを二つ重ねた日に当るので重陽というのだそうだ。高気圧が日本列島を覆い気持ちよい秋の日である。気温は二二度。家の内部を乾燥させる意味もあって暖炉を焚く。倒木の処理により薪は沢山ある。昼は近くの「花」でカレー、夜は「盛盛亭」で上等の肉のステーキをと考えていたのだが、やや懐が寂しくなったのでハンバーグとワインにした。

青木正夫氏の遺著『中廊下の住宅史』の原稿をもう一度丁寧に読み直し気づいた点のメモを作った。明後日、栞の為の座談会があるが明日帰京したらこれをメールで送るつもり。

暖炉を焚き室内は二五度と気持いいが、やや足先が冷える。以前から私の癖だが血の巡りと関係があるのだろうか。

九月十日（水）

自殺者が毎年三万人という

自殺者が毎年三万人もあり一向に減少しないという。貧困老人だけでなく若い層にも多いとのこと。根本的には生きる希望を失わせている社会の構造が原因だろう。自殺予防の為の電話相談が各地に作られて全国同一の電話番号で対応できるとのこと。ラジオ深夜便でそういう電話応答の方の談話があった。夜中の対応になるのでスタッフも数十人、四時間交替で大そう疲れる仕事になる。身の上話や生活状況を聴くことになるが長い人は一時間も付合い、お互いに疲れたからちょっと休みましょうと一旦電話を切るのだという。励ますことはご法度、解決策があるわけでなく、むしろ相手から教わることのほうが多い由。しかしこんな組織を作らなければならぬとは生きる喜びの持てぬ社会になっているのか。

九月十一日（木）

空自の撤退と海自の給油継続

昨夕帰京した。東京も虫の声が繁くなった。9・11記念日。あれからもう七年にもなる。イラクから航空自衛隊を年内に引上げる由、イラクの治安状況が改善されたからという。一方インド洋の海上自衛隊の給油活動は継続する。テロ対策の国際協力だと称するが本気でそう思っている者はあるまい。米国協力であるのは明らかだ。9・11直後にこれは戦争だと叫んでアフガンへの攻撃を始めたのだ。弱い者が超大国の圧迫に抗するにはゲリラ的手段しかあるまい。なぜ「テロ」が起るのかその原因に触れずに弾圧で解決することなどあり得ない。その米国への協力が給油活動である。英国はじめ各國も致し方なく協力姿勢をとるが、むしろ給油から身を引きアフガン復興に尽すことこそ、真の国際協力だろう。

九月十二日（金）

『中廊下の住宅史』座談会

青木正夫『中廊下の住宅史』の巻末栞の為の座談会。植田実氏の下、共著者鈴木義弘・岡俊江両氏と語る。この住居史が青木氏の研究のごく一部分であり研究の全貌は九大竹下氏を中心に現在企画中の故に、副題「青木正夫の建築計画学」は除外の方向で再検討する。この本は住居および生活の時代的変化を辿ることで建築計画学の基本的理念を表現する。往時の文献を一般書まで含め広く渉猟すると同時に残存する旧い住宅事例を収集調査し、生活との対応を考察し、木村徳國氏ら歴史系学者の文献のみに頼る所論の誤謬を正す意味でも貴重な研究である。座談会は本の特色を示すと共に青木氏の人間性を楽しく語った。年末頃に出版の予定。住居研究者の必読書となろう。終って会食、気分よく飲んだ。

九月十三日（土）

大阪市大建築東京支部の会

今日も亦気持ちよく酔った。昨夕は八海山と酔鯨、今日は薩摩芋焼酎。大阪市大は若い頃に初めて教育に携わった場で学生とは年齢も七つ八つしか離れてなかった。たまたま内藤・富田らデザイン優秀な学生が居たので学会のコンペにも初めて優勝や入賞したが、鈴木が赴任して学生達の気分を一新させたからだと言われて嬉しかったものだ。今日は中村・科埜・山内ら当時親しく接した学生と楽しく歓談したが今や彼らも皆定年になっている。ついつい焼酎も度を過ごした次第、市大建築も学科再編で苦労している模様だ。その市大建築東京支部の会は賑やかこの上なく、大阪の本部総会よりも賑やかだという。年一回の会合に私も若返った。銀座和光ビル耐震改修の話を聴き、宵の歩行者天国を楽しんだ。

九月十四日（日）

秋、蜘蛛の季節、祭の太鼓

秋は蜘蛛の季節だ。うっかり庭を歩くと顔に引っ掛る。三～四米も離れた枝から枝に最初の一本をどうやって掛けるのだろう。大きいのは直径一米半もの繊細な同心円を拡げる。ムクゲが満開で沢山の花をつけている。七月初めからだからずいぶん長い。韓国の国花で無窮華が語原の由。近くの天祖神社の秋祭の神輿の掛け声と太鼓の音が聞こえる。

床の間の軸の頼山陽の詩を描いた砕巌「天草洋図」を道一筆「秋草鶉図」に掛け替えた。山陽の「水天彷彿青一髪」は有名だが彷彿は識別できず紛らわしいの意、青一髪は一線で天と海面が区切られている様子、どうもおかしいと調べたら原詩は「水天之間」だったという。後世の誰かが勝手に彷彿と変えたのが流布したのだろうという話である。

九月十五日（月）

敬老の日／小川暁子さん来訪

今日は敬老の日。小川暁子さんが退院祝にと尾頭付の塩焼きの鯛と成田の銘酒「長命泉」を下さった。見舞は入院中の哀れな身体の時よりは退院後の回復期のほうが良いという事を彼女はよく解って来て下さったのだ。彼女も東大職員を定年退官後、地域の文化教室に入学して園芸やコーラス等を楽しんでいる。成田は高齢者対策に市が力を入れ、入学資格は六〇歳以上、受講料はタダ、三〇人ほどの二クラスで、彼女は副級長にさせられた由。犬を連れての散歩や庭仕事の毎日を楽しげに語っていたが、私も東大病院の体験やら心臓手術の驚異的な進歩などについて紹介した。朝夕はやや涼しくなったとはいえ日中はまだ相変らず暑い日が続く。だがツクツクボウシの声が聞こえた。やはり秋なのだ。

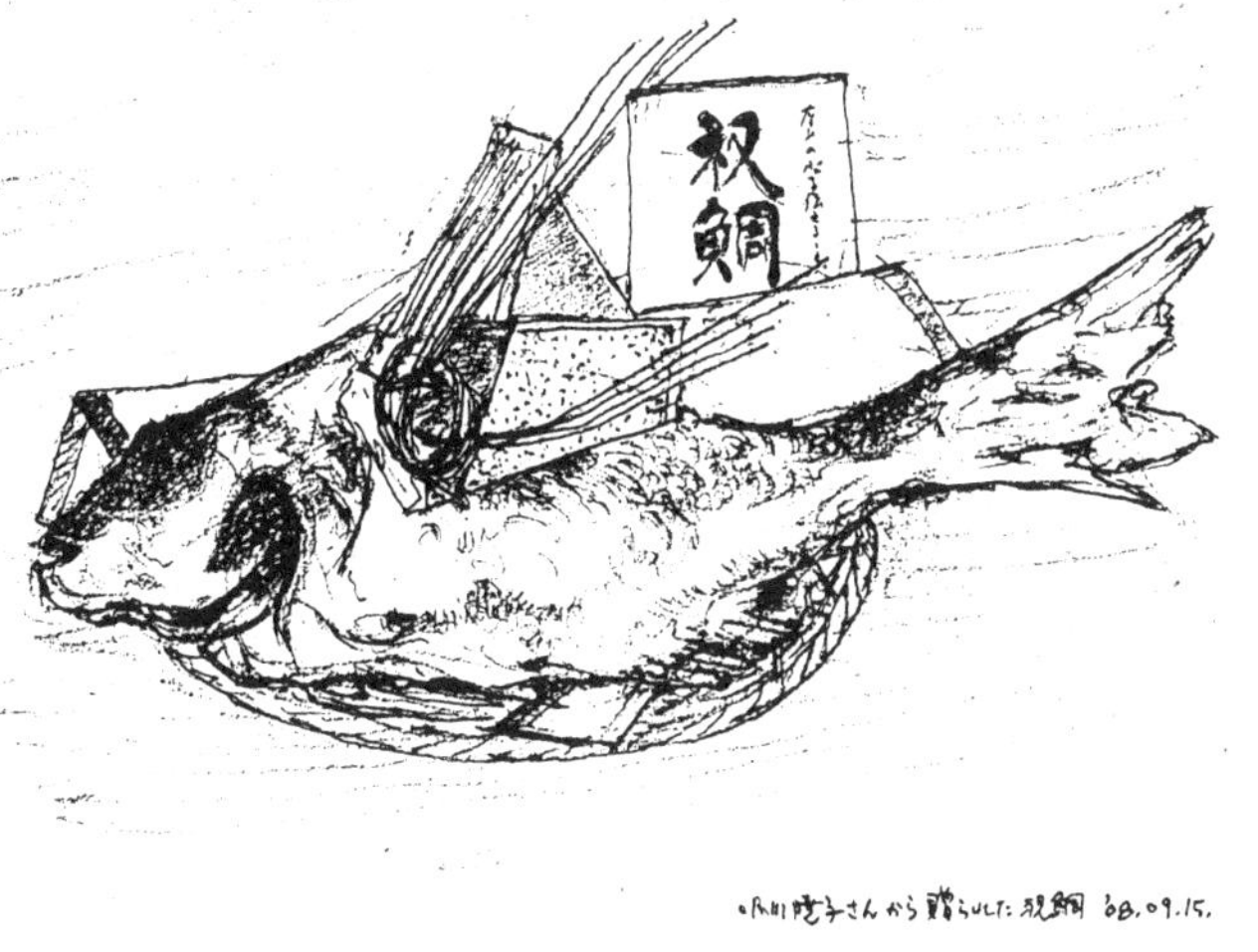
祝鯛
小川暁子さんから贈られた祝鯛 08.09.15.

小川暁子さんから贈られた祝鯛

九月十五日

九月十六日（火）

心臓外科の診療／経済危機？

心臓外科大野先生の外来診療を受ける。外科と内科の傾向の若干の違いが見えて面白い。循環器内科ではなるべく本来の血管の狭窄を修復しようとし、心臓外科ではバイパス等で繋ぎ血行の道筋を十分に確保しようとする。私の手術のバイパスで繋いだ内胸動脈接続部手前が細くなり血行が保証されないとの判断から、内科は元の血管を拡げようとしたが、大野先生の見解は血栓はいずれは吸収される筈だったという。両科の資質の違いは夫々の編集のパンフレットにも表れていた。

米国大手証券会社の経営破綻が新聞のトップの大見出しで戦後最大の経済危機、金融不安が全世界に及ぶという。投資や株式には無縁無知の私には遠い対岸の火事としか映らないが、日常生活にまで波及するのだろうか。

九月十七日（水）

雑誌の小規模集合住宅特集

『ディテール』誌の秋期号が送られて来た。「アーバン・スモール・ハウジング」特集で四例の小規模集合住宅を取上げ、私が聞き手として現場見学の上設計者と対談した記事である。改めて読み返すと私の理解や言葉不足が目立った。最初に与えられたシーラカンス「グレインズシモメグロ」は対象が集合から外れていた為もあって質問も不備が目立つ。しかし、他の三例、江川直樹「芦屋市営若宮住宅」、泉幸甫「アパートメント鶉」、遠藤剛生「箕面スワローハイツ」は私の共感する事例であり、対談を通じ夫々の対象の性格を十分に紹介した。特に集合住宅計画では住戸の間取りのみでなく、外部環境計画や街との関係こそが大事だしそれが生命だという基本理念をしっかり伝えることが出来たと思う。

九月十八日（木）

建築学会大会欠席の代りに

本日から建築学会大会が広島で開催されるが私は欠席する。実に久しぶりの欠席である。手術後の健康管理の意味もあるが、是非出席したいとの問題点も乏しく、意欲も湧かないのだ。お陰でまるまる三日間の空白が出来たのでふだんやろうと思っても出来なかった事に充てようと考えた。第一は本を読むこと、それも専門から離れ歴史小説をと司馬遼太郎『翔ぶがごとく』を選ぶ。『坂の上の雲』で日清日露、『龍馬がゆく』で幕末を読んだが明治維新をと考えた次第。それにしても司馬はよく調査ししかも人物一人々々の性格まで明確に作りあげて叙述している。その筆力には敬服する。塩野七生『ローマ人の物語』の最後の三巻も出たのでそれも読みたいが…。囲碁の精進までは手が回りそうにない。

九月十九日（金）

大相撲九月場所／司馬遼太郎

大相撲九月場所がもう始まっている。朝青龍がひと頃の鋭さがなく雅山に敗れ安美錦には立ち合いに変られあっけなく送り出された。盤石で隙がないと思われた白鵬も私の贔屓の稀勢の里の突進に屈し、面白くなった。夕方の二時間はテレビの前に釘付けにされる。

昨日は司馬遼太郎の筆力に感心したが、彼の調査能力とそれに掛けるエネルギーも亦敬服脱帽ものだ。しかもそれを的確に表現する。小説家だから当然と言えば当然なのだが…。西郷隆盛・勝海舟・大久保利通、岩倉具視・木戸孝允・大隈重信・伊藤博文・板垣退助等名前は昔から親しんでいたが、人物の立場、生立ち、性格などを改めて認識した。

大型の台風一三号が沖縄、九州、四国、紀伊半島に大雨を降らせ、明日は関東だという。

九月二十日（土）

奈奈が学会発表で表彰された

昨夜は台風で風雨が強かったが今日は晴れ、夏蜜柑が一〇個も落ちて来ていた。

建築学会大会では今年度から作品発表の部門が新設されて奈奈が福井市至民中学校につき構造設計との連番で発表し、その状況報告のメールが届いた。「デザインにおける構造の論理性と感性」という部門の発表二四篇の中で表彰された三組の一つに選ばれたという。講評者は川口衛氏。教育からの要求に対して意匠と構造がともに真摯に取組み、かなりの積雪荷重の中で豊かな空間を作り上げた点が評価されたという。とくにはっぱ広場の張弦スラブ構造による空間デザインが高く評価されたのだろう。構造担当者と二人で思わず涙したとの大喜びのメールだった。弟子である「娘」の名誉は私も我がことの様に嬉しい。

九月二十一日（日）

休み

九月二十二日（月）

従弟川鍋正敏の亡妻の納骨

昨日は彼岸の入り。墓参りをと線香を買ったが雨が降り出したので他日に譲った。

今日は従弟川鍋正敏の亡妻久子さんの七七忌納骨。葬儀の日は私は入院中でお悔み出来なかった。法事は九品仏の浄真寺。江戸期からの名刹で大きなお寺だ。上品・中品・下品の阿弥陀如来が夫々三体づつ三つの大きな堂に安置されているので計九体、それで九品仏という。浄土宗は南無阿弥陀仏を唱える。僧は二人だが声は堂内に響いてコーラスのように聞こえる。幸いにも雨は上がり納骨を済ませ一同マイクロバスで銀座へ。アルペッジオというフランス料理の店で会食する。大学人・出版・教師などが多く話題も豊富、心臓手術から始まり昔話やら現政局やら映像やら会話は八方に飛び、私も大分ワインを楽しんだ。

九月二十三日（火）

曽根・在塚・長澤氏の来訪

秋分の日の墓参り。墓は護国寺なので歩いて十五分。ツゲ・ヒバの刈込みにほぼ一時間。コンドル先生のお墓にも詣でたが、既に誰かお参りに来た方がありお花とお線香が上ってまだ煙が出ていた。

曽根陽子さんと在塚礼子さんが私の退院全快祝いにと来訪、お彼岸のおはぎとお花、更に自宅の庭で作ったというオクラやナスなどの野菜と肉ジャガなどをご持参下さる。後から長澤悟氏も加わり、劉君も刺身その他を準備してくれて思いがけず賑やかな会食となる。親しい仲とて大いに楽しく歓談した。まず私の手術につき紹介し、最近の大学事情、研究の態度、言葉の変化など愉快に語り、ビール・ワイン赤白・酒は大吟醸出羽桜、久しぶりに座敷を使っての宴会に気持ちよく酔った。

書院座敷で楽しく飲む
九月二十三日

九月二十四日（水）

久しぶりの神戸行き

爽やかな秋晴れ、湿度は四〇％以下。昨日の思いがけない宴会の余韻が残り気分は良い。この春急逝した小野丈晴君を悼んで勤務先のＩＮＡが社内誌「ＩＮＧ」に彼の追悼を大きく載せてくれ、その号がとどけられた。私も一文を寄せたが、新婚二年目で働きざかりの三〇代半ばの他界はさぞ無念だったろう。

久しぶりに神戸へ。四ヶ月ぶりだがこんなに神戸の家を空けたのは初めてだ。文文会ＫＯＢＥのためのプロジェクターは劉君が運んでくれるので、それならと私はノートパソコンを持った為に却って重たい荷物になり、安物のスーツケースのキャスターが遂に破損してしまった。荷物を持ち過ぎるのが悪い癖だ。

神戸の家に着いてみると、郵便物や広告等がポストにぎっしりと詰まっていた。

九月二十五日（木）

前期卒業式に顔を出す

前期卒業生の卒業式に参加した。北京入試の大学院生は後期入学だからこの時期に卒業となる。論文発表会や作品講評会で親しんだ顔ぶれである。但し今は大学全体は夏季休暇中なので静かだ。世の普通の大学は休み中でも運動部の練習等で賑わうものだが、この大学はスポーツよりも作品制作に没頭する連中が多いせいか、キャンパスは静寂そのものだ。

自民党の党首選で麻生が勝ち、国会で首相に選ばれて組閣人事が新聞を賑わせているが、どうせすぐ解散だから一応本人に箔をつける為の人事ということだろうか。

大相撲は朝青龍が臂の故障で途中休場となり白鵬の独り天下だが、琴光喜と安馬が星一つの差で追っているのがせめてもの見どころとなる。贔屓の稀勢の里はさっぱりだ。

九月二十六日（金）

「くらし・すまい塾」にて

「くらし・すまい塾」参加、石東さん・室崎さん達から私の回復を大歓迎された。

今日は室崎千重さんのインドネシア集落調査の報告。西山文庫の夏の学校でこの夏五日間ほど学生達と行動を共にした由。日本人学生五〇人、インドネシアの二大学の学生三〇人の大部隊で四班に分かれ、四つの集落を見学調査。彼女の参加したのは銀細工製作で有名な集落で入り組んだ細い路地の街。他の班の集落も荒れた川沿いのカンポンにおける川の自力改修や地震復興の為の米国援助のドーム型住宅の問題など。インドネシア学生と交流して報告を纏めているが、伝統文化と機能、自助の問題、貧困対策など課題は多い。この調査を企画・運営した西山文庫の労力も大変だったろうと敬服した。

九月二十七日（土）１

団地住宅再生プロジェクト

三上先生に誘われ各大学学生による団地住宅リノベーションのプロジェクトを見学した。取壊し建替予定の浜甲子園団地の一棟を利用し、その中の住戸の改修を六つの大学の学生が競作した。武庫川女子大、阪大、関西大、大阪市大、京工繊大及び神戸芸工大の六校。これがなかなか面白い。住む為の生活様式を考えるよりも内部空間のインテリアデザイン的な作が多いが、神戸芸工大の作品は贔屓目でなく優れていると見た。住戸全体に大きなテーブルを作り黙って坐っても心地よい空間だが、ここを使って団地映画ナイトショーや駄菓子屋などのコトのデザインを行った由。改修費として夫々に二二万円が与えられたが数十万円の費用がかかったものが多い中で、神戸芸工大は一九万円で上げたという。

九月二十七日（土）2

文文会KOBEで土の建築

文文会ＫＯＢＥ。七月例会を私の入院で中止した為五ヶ月ぶりの開催、久しぶりに劉君も参加した。倉知みどりさんが食事をすっかり準備してくれた。一期生淡田・梅原、三期生坂本、四期生上嶋、五期生田中、七期生田島喜美恵は五ヶ月の子を抱いて参加、今年度の文文会奨学金留学生頼文波・崔恵正・宋倫禎も参加してくれた。総勢一二名、発表は畑中久美子さんの土の建築。学内に造った版築造実験家屋から始まり、実施例、各地の土小屋や土塀、韓国、更にフランスまでの見て歩きの紹介も興味深く、分りやすい解説を含んで見事なプレゼンテーション、自然素材を扱う様々な技術に感心した。久しぶりの開催とて談話も活発、ビール・ワイン・日本酒を酌み交わし、愉快な賑やかな会であった。

文文会ＫＯＢＥ風景

九月二十七日

九月二十八日（日）

政治家の資質

新幹線で東京へ。車内で司馬遼太郎『翔ぶが如く』を読み進めた。小説だから脚色があるのは当然だが、明治維新の要路に立つ人々の国家を想う心の凄まじさを見る思いだ。

新聞では中山国土交通相が成田空港土地紛争問題や日教組非難の暴言の廉で辞任したとの報、事実上の罷免である。車夫馬丁にも劣る社会認識の（これは差別用語にはならないだろう、現代では居ないのだから。小・中学生にも劣るというべきか）欠如には呆れるほかない。うっかりの失言ではなく、思想や知識の水準が疑われる。こんな男を大臣に選ばなければならぬとは麻生も自民党も情けない。政治が党利党略ばかり考えて、日本の現在や将来の経綸を忘れているのは悲しむべきことだ。明治維新に学んでほしいものだ。

九月二十九日（月）

紀伊國屋寄席に劉君と

寒気が日本列島を覆い、小雨が降って気温は二〇度を下回る。ラジオでは十一月の気候だと伝えている。ウールのベストを出した。

紀伊國屋寄席には劉君を伴ったが、こういう書生なら成文さんも安心ですねと言われた。林家木久扇は木久蔵の名を息子に譲って自分の名を一般から募集して木久扇となったが、穏やかな語りぶりが好ましい。「湯屋番」を愉快に演じた。柳亭市馬「夢の酒」も楽しく聴けた。柳家さん喬「らくだ」は屑屋が飲むほどに次第に酔って強くなる様を巧みに表現し、最後の棺桶を担いで焼き場へ行くところまでを丁寧に演じた。久しぶりの参加で劉君は大いに楽しんでいた様子。つくづく落語は優れた日本芸能であると感ずる。一人で複数の登場人物を演じ分けるのが素晴らしい。

九月三十日（火）

東京女子大キャンパス見学

レイモンド設計東京女子大キャンパス見学会に参加する。歴史的建築の環境が大学の努力で丁寧に保存整備されているのに感心した。まずチャペルと講堂、更に学内の諸建築物を一巡見学する。創設時はススキの原だったというがその後卒業生たちの努力で植えられた樹木が繁り保存されている。大学というのは歴史を体現したものであるべきだ。開学以来の建学の理念、キリスト教精神を建物として又空間として表現し、またこれの維持・修復・保存に力を注いでいる様子。学生数を無理に増大せず三〇〇〇人程度に留めていることが環境保持の力になっている。ミッションの大学として財政的援助があるのかも知れないが羨ましい環境だ。見学後、紀落会の六人で「竹炉山房」の店でしゃれた中華を楽しむ。

東京女子大　本館と中央広場

九月三十日

東京女子大 チャペル

九月三十日

2008年10月

1日(水) 成蹊高校同窓会／知子来訪
2日(木) 忙しい十月の予定
3日(金) 秋の信濃追分行き
4日(土) テニスが下手になった
5日(日) 木葉会・早苗会対抗テニス戦
6日(月) 住総研清水康雄賞贈呈式
7日(火) 外来診療／次回文文会の予定
8日(水) 「文文日記」入力の不調
9日(木) 休み
10日(金) 三輪医院にて
11日(土) ノーベル賞四学者の談話から
12日(日) 若者をダメにしたのは入試
13日(月) 株の乱高下
14日(火) 神戸芸工大の留学生数
15日(水) パソコン操作のサポート委託
16日(木) 休み
17日(金) 舌の白斑の診療を受ける
18日(土) 青木氏著書を巡る座談会記録
19日(日) 劉君の料理
20日(月) 建築学会名誉会員懇談会
21日(火) 「紀伊國屋寄席」
22日(水) 映画「アキレスと亀」
23日(木) 「虫めがねの会」
24日(金) 1 福井至民中の公開研究会·1
2 福井至民中の公開研究会·2
25日(土) 入試対策優先に至民中は？
26日(日) 望怡会(もーいーかい)
27日(月) ギャラリー間の安藤展にて
28日(火) 舌の診療／映画「夢の……」
29日(水) 古書市／衆院選の時期を巡り
30日(木) デジカメ写真プリントの厄介
31日(金) 1 ガスボイラ修理／学園祭展示
2 くらすま塾で千里NTの変容

十月一日（水）

成蹊高校同窓会／知子来訪

成蹊高校理甲二組同窓会。数寄屋橋のニュートーキョー桃杏樓にて。戦中から戦後にかけ生活と勉学を共にした仲間である。この歳になると流石に病気治療と健康の話題が食卓を賑わし、私は心臓手術につき血管造影の写真を示しつつ説明した。しかし後半は一転して昔話、学校工場、栢間村の勤労動員、そして優秀だった先生方の授業と話は尽きない。

夜には前書生知子が見舞いに来た。私はもう普通の生活に戻っているのだが。劉君が餃子を準備してくれた。知子はこの夏はフランス・ドイツを旅行してきた由で、マルセイユのユニテ・ダビタシオンやサヴォア邸等で撮影した沢山の写真を示しながら楽しげに語ってくれた。会社では希望して営業からデザインの部門に移り苦労して励んでいるという。

十月二日（木）

忙しい十月の予定

国会討論は面白い。麻生が所信表明だというのに民主小沢への質問ばかり述べれば小沢は代表質問で所信表明を語る。まるで攻守所を替えたかの様相、近く行われる総選挙で逆転するのが前提になっているが如き様である。

十月の末には従兄弟姉妹の「もーいー会」が予定され、わが家の書院座敷で私の退院祝いを兼ねて行われるので心臓手術の模様を紹介するべく、カテーテル検査による血管の状態の写真をPhotoshopに取込みPowerPointで壁に映して示せるように準備をしている。

その前の二十四日は福井至民中の公開研究会がある由、奈奈から報せがあったので、まだカニの解禁には早いが参加することにした。明日は恒例の木葉会・早苗会テニス対抗戦に顔を出すつもりで信濃追分行きの予定だ。

十月三日（金）

秋の信濃追分行き

爽やかな秋晴れ、朝晩はやや寒くなった。先日スーツケースのキャスターが壊れたので買いに行った。デパートでは三万円もするが池袋ショッピングパークでは一万円の手頃なものが得られた。以前のは安物すぎた。

明日・明後日は木葉会・早苗会対抗テニスがあるので信濃追分行き。九月初めに行った時は六時半の新幹線だったが、山荘に着いた時は真っ暗で雨戸を開けるのに苦労したので、今日は三時すぎに発ち明るいうちに着いた。室内気温一一度、早速暖炉を焚いて二二度、湿度は五五％になる。気持ちのよい空間だ。夕食は近くの盛盛亭でハンバーグステーキと赤ワイン。薪割りを借りて帰った。暖炉の炎を眺めモーツァルトやブラームスを聴きつつのんびりと本を読んで夜を楽しむ。

暖炉の火を見て楽しむ

十月三日

十月四日（土）

テニスが下手になった

昨年の台風の倒木の処理で薪が沢山出来て、昨日借りた薪割りで割ってみた。ところが、刃がざっくり薪に食い込むだけで割れない。径一五センチ、長さ四〇センチの薪一本割るのにも散々てこずり、漸く二本割っただけで諦めた。体力的にも無理。木が枯れれば割りやすくなるのだろうか。

午後はテニスコートへ。吉田・神田・高田氏らの顔が見えちょっと練習打ちをしたが全く初心者に戻ってしまった。ラケットの芯に球が当たらない。足がもつれポジションが取れない。二回ほど打ったが、あとは専ら坐って眺めた。ロッジで入浴の後、吉田氏に星目置いて囲碁の指導を受ける。夕食後は懇親会、昔に比べ参加者が少ない。酒による人格破壊の話など。十一時にタクシーで山荘に戻る。

十月五日（日）

木葉会・早苗会対抗テニス戦

心地よく晴れて風もなく絶好のテニス日和。私は観戦だけのつもりだったがそういうわけにもいかず、吉田氏と組んで円満・湯本組と対戦。私のサーブはフォールトしても入った球からゲーム開始というルールで時には五回もサーブし直す羽目に。吉田氏が走り回ってくれたが結局六―四で敗退。番外で高田氏と組み円満・遠藤組と戦ったがこれも六―四で敗け。心臓手術の後の初めての運動だった。ミックスダブルスに与える鈴木杯三つ組銀杯は早苗会の降旗夫妻。参加者の総年齢を競う尾島杯は私が学生四人分の貢献だが五四六―五〇五で早苗会。もう一人中年ＯＢが来れば勝てたところだった。楽しく追分の秋を満喫したが早苗会の尾島氏の来ないのは寂しい。夕方の新幹線で帰京。偶然香山夫妻に逢う。

十月六日（月）

住総研清水康雄賞贈呈式

住総研が創立六〇周年を機に創立者を記念し「清水康雄賞」を設けこれまでの同財団助成研究中の優秀作を表彰することになり、その贈呈式と記念講演が行なわれた。受賞は小林秀樹氏と小谷部育子氏。小林氏は東大鈴木研出身、住居の心理的領域の研究から出発し、さらに供給方式問題に進んでスケルトン定期借地権方式いわゆる「つくば方式」の立案と実践が高く評価された。講演は研究と実践の緊密な関係を語り問題解決型研究と真理法則探求型研究の問題にも触れ説得力があった。小谷部氏はコレクティブ住宅の研究と開拓的実践が評価された。住居研究の親しい人たちが集ってパーティも盛り上ったが、昔の弟子に当る者が研究で社会的に公に認められるとは何よりも嬉しく、ワインも度を過ごした。

小林秀樹氏の受賞を祝う　十月六日

十月七日（火）

外来診療／次回文文会の予定

循環器内科外来診療。退院後二度目である。永井先生からは先日『医学生とその時代』という本を頂戴したがこれは明治以来の医学部学生卒業アルバムから編集した写真集。東大病院の建築の変遷と医学教育の発達について楽しい会話が弾んだ。私の体に関しては順調に回復していることを確認した。

「文文会KOBE」の次回十一月例会の予定を立てる。七月は私の入院で中止したので、その時に予定した石東氏の「北京の胡同」をと考えたが彼女はキューバに折紙指導に行く由。その元気さには敬服し、代りに私の出た「ディテール」誌所載アーバン・スモール・ハウジングを紹介し議論することにしよう。併せて東大病院の建築計画と私の心臓冠動脈手術についても写真で紹介するか。

十月八日（水）

「文文日記」入力の不調

米国金融危機で世界中が大混乱し一九二九年以来の大恐慌に襲われるのではないかと騒いでいる。私は株とは無縁だし経済に疎いのでただ関心もなく眺めているだけだ。

国会が開かれ来年度予算審議が行なわれるが解散はいつになるのだろうか。人気の落ちた自民党が先延ばししている様だが時が経てば人気が回復する訳でもあるまいに。

パソコンのファイルが不調になった。毎日の文文日記の入力用ファイルが開かない。何か間違った操作をしたのかも知れない。目次は出るのだが本文入力用ソフトが間違って削除されてしまったのだろうか。バックナンバーの方は健全なので、その方から今週分を修復できぬかと操作してみるのだが、とても手に負えそうにない。木全さんに来て頂くか。

十月九日（木）

休み

十月十日（金）

三輪医院にて

先日来、舌の先が辛いものにしみるので鏡で眺めたら白斑が見える。二〇年前に舌癌手術で一部切除し会話や食事にやや不自由があるが、またその上病変では堪らない。東大病院では院外の医師による紹介状が必要とのことで、三輪医院を訪ねた。徒歩二〇分、途中の坂に手術前は難儀したが今は楽になった。

手術とステント治療の経過を血管造影の写真などを示しつつ報告したが、三輪先生は回復は患者の気力によるところが大きく私の生活態度を讃めて下さる。紹介状は経過も含めて詳しく丁寧に書いて下さった。

インフルエンザ予防接種が始まっているが、区役所も財政難で今年からは高齢者全員には郵送せず希望者のみに配布するのだという。早速保健所に寄って用紙を受け取った。

十月十一日（土）

ノーベル賞四学者の談話から

ノーベル物理学賞に日本人学者が三人、更に化学賞にも一人が選ばれた由、久々の嬉しいニュースで沸き立っている。それぞれの学者の談話がいい。興味を持つ課題を見つけたら諦めずにやり遂げること、研究は正面からと斜めからの方法がある、など。日本の現代の教育に対する懸念も語られている。新聞社説では基礎研究に思い切った投資をとか、効率や応用に偏るななどと論じているが、むしろ受賞者が語っているのは日本の画一教育の弊である。個人々々が異なる考え方をするからこそその中に突破口を開く者が現れる、と。正に私が常々主張している日本の若者をダメにしたのは入試と受験勉強だということとも通ずる。これは理科教育のみの問題でなく、国語にも社会にも共通する教育欠陥である。

十月十二日（日）

若者をダメにしたのは入試

日本の若者をダメにしたのは入試と受験勉強だと書いたら、早速それはどういうことかと若い人から質問された。青春の一時期に精根こめて勉学に打ち込むのは尊いことだ。だがその勉強の方向と中身が問題だ。今日の大学入試とくにセンター試験は同時に数十万人を受験させるのでマークシート方式にせざるを得ない。問題にはたった一つの正解があり、それを素早く探す術を身につけた者が受験に勝つことになる。要するに「正解」探しだ。だが考えてみるに、デザインにせよ世の中で遭遇する問題にせよ、唯一の正解などはないのが一般である。人は問題に向き合い自分で考えることが重要だ。今の入試は、問題には必ず唯一の「正解」があるとの観念を若者に植え付け自ら考える習慣を奪っているのだ。

十月十三日（月）

株の乱高下

アメリカの金融危機で株価が軒並み暴落したのに、Ｇ７で各国が協調して公的資金による金融機関へ資本注入する行動が決まったとの報道で、今度は稀に見る株価上昇現象が出現したという。これで皆が儲かれば目出たいが損する人が沢山あるから抜け目なく操作する少数の人のみがホクホク顔をする事になる。だがこんな株の売買に神経を使うとは、本人はそれが楽しいのだろうが実に空しい人生としか見えない。その行為自体は世の中に何も生み出してはいないのだ。何も世の役に立つことのみを良しとするのではないが、この世に生きる何らかのしるしを刻みたいと思う。一応の暮らしさえ出来れば文化に関わる事で世に生きたい。但し今日『蟹工船』が人気の社会だ。米国追随の市場任せ政策が問題だ。

十月十四日（火）

神戸芸工大の留学生数

「文文会留学生奨学金」では春秋にニュースレターを出しているが、近く発行する一三号にはこれまでの留学生総数について纏めた。神戸芸工大は、学部定員一六〇〇名、大学院七二名の小規模大学だが、初代学長吉武先生が留学生援助には特に力を入れ、その面倒見良さは学外からも定評がある。開学以来二〇年間の卒業留学生数は約二〇〇名で、韓国・台湾・中国が特に多く各七三・五〇・四八名を数え、その他はいずれも五名以下、国籍別では二〇ヶ国、アジアを筆頭に欧洲、北米、中南米に亙る。文文会奨学金は当初六年前は年に一名だったが、支援の輪が拡がり昨年度から四名、累計一五名になった。単に学資の援助だけでなく「文文会」に招いて若者同士の交流の機会を作っているのが特徴である。

十月十五日（水）

パソコン操作のサポート委託

先日は「文文日記」掲載不調で大慌てしたが今日は木全知帆さんに来て頂きサポート委託の会員登録をした。実は大学の任期を終ったとき内田祥哉氏から言われたのは「もう学生も助手も傍に居ないのだから業者と契約しておきなさい」と。紹介されてBCセンターと契約し、何かの時には木全さんに見て貰っていた。今は彼女は独立し独りでやっている。この「文文日記」は市販のブログでなく杉浦康平先生の学長日記のレイアウトを踏襲し、プログラミングもアップロードも卒業生達がやってくれた。だが次第に自分でやりなさいと教えられ操作だけは出来るようになったがひとたびトラブルに遭うと全くお手上げだ。木全さんにはそう頻繁に来て頂く訳ではないが、その安心感は何ものにも代えられない。

十月十六日（木）

休み

十月十七日（金）

舌の白斑の診療を受ける

東大病院の口腔外科で舌の白斑につき診療を受ける。二〇年前に通ったがその時のカルテは流石に手許に保存されてはいない。経過を詳しく記録した上、先ず写真撮影。頭部全体を正面、左右側面および四五度前方から撮影されたが、これは舌の治療よりも頭骨形状の研究用かも知れない。舌の白斑は二〇年前の手術の際移植した腕の皮膚上に発生しており癌の再発は考えられずウイルスによる黴ではないかとの診断、口内を清潔にし食後に歯を磨き嗽をするようにとの注意。患部の表面を拭って検査に回した。来週に結果を聴く。三輪医院に回りインフルエンザの予防接種。ワクチンにつき懇切丁寧な説明を頂いた。鳥インフルエンザが騒がれているがワクチンを医療関係者に試験的に接種している由。

十月十八日（土）

青木氏著書を巡る座談会記録

青木正夫氏らの著書「中廊下の住宅史」の本の巻末栞の為の座談会を先日行ったが、その記録原稿が届けられた。鈴木義弘氏・岡俊江さんとの勝手な喋りを植田氏・中野照子さんが整理し要領よく纏まっている。著書原稿は一般の人々の自然の営みによる住宅平面変化に対し、建築家や社会運動家や役所等による生活の近代化を意図した主張や提案が紹介されているが、その対立についての著者青木氏の評価が書かれてないように見えるというのが私の発言。青木計画学というからには自然の変化に任せるだけでなく人間の意識的介入に関しての評価が必要ではないかとの意見である。原稿では建築家の主張等を淡々と紹介していて、事実によって語らせるという姿勢である。座談会原稿に赤を入れて返送した。

十月十九日（日）

劉君の料理

高気圧が日本列島を覆い気持ちよい秋の日和である。季節に従い軸や額は替えるが、本の整理や書斎の掃除や庭の草木の手入れなどはつい億劫になってなかなか手が廻らない。ふだんは忙しくて帰りの遅い劉君が久しぶりに土日が休みになって食事を作ってくれた。もともと料理が好きだったというし、神戸に居たときにはアルバイトで訓練したとて結構上手に作る。昨日はオムライス。オムレツをふんわりと焼くのは高等技術だ。今日の夕食はトンカツとサラダ。キャベツを細かく刻むのも巧みだしカツも立派な出来である。本年度の「文文日記」は既に四月から八月迄の挿入スケッチをアート印刷に送っていたがその校正刷りが届いた。ウェブの横書きが縦になると微妙に異なるので大分赤を入れた。

十月二十日（月）

建築学会名誉会員懇談会

二年に一度、建築学会新名誉会員が選ばれ、全員の懇談会に招かれた。斉藤公男会長より現況の紹介、真木康守事務局長より問題点の報告があったが、公益法人制度への移行対応が大問題だという。事業による儲けが規制されるが、出版事業の利益で表彰事業等を運営していたのが不可となる由。従来の文科省による監督が総務省に移行すると学術や文化への理解が失われて財政面のみ規制されるとは日本社会にとって由々しき問題である。ホールと建築博物館ではアーキニアリング・デザイン展を開催中で、テクノロジーと建築デザインの融合進化を古今東西の著名建築の模型で示す。構造や技術の進歩と建築形態の関係が見事に解説されて見応えがある。これだけ沢山の模型がよく作られたと感心した。

十月二十一日（火）

「紀伊國屋寄席」

「紀伊國屋寄席」に天坂亜希子さんを伴う。最初に出た柳家喬四郎は初顔だが、まだ到底高座に出られる芸ではない。しかし客の前で語って上達するのだろうから辛抱しなければなるまいか。入船亭扇橋「へっつい幽霊」は歳のせいか時に声を落すのが後の席まで届くのかどうか気になった。古今亭菊之丞はまだ若いのだろうに巧くなった。語りもいいし、仕草もまたいい。「お見立て」を演じ十分に楽しめた。トリの三遊亭小遊三は、出囃子の曲が「ボタンとリボン」なのは変っている。「厩火事」を面白く語った。今日はこの二人が特に良かった。会食はマルイの上の「銀座アスター」にて。天坂さんの衣装制作につき皆さんに宣伝した。彼女は舞台衣装も好んで手掛けている由、話も弾んだ。

十月二十二日（水）

映画「アキレスと亀」

北野武監督の映画「アキレスと亀」を観る。アキレスが遂に亀には追いつけないとの詭弁をテーマに才能がないのに画家になるという夢を追い続ける男（ビートたけし）と、この男の一途な生き方を素晴らしいと信じ込んで身も心も捧げて協力する女房（樋口可奈子）の馬鹿馬鹿しいが健気な生活の物語。画塾の同僚の言や友人の画商の批評忠告をその都度真に受けて、コンセプトアートだ何だと実行する勘違いの人生のストーリーはそれなりに面白い。ベネチア映画祭（だったか）の出品作品だと聞いたから混雑するのかと思ったらガラガラだった。一般受けはしないのか。庭の端の椎が一本枯れて傾いているが、まだ押してもビクともしない。倒れるのに備え、脇の楓の枝を一部下ろして場所を空けた。

十月二十三日（木）

「虫めがねの会」

高師附属小の同窓の「虫めがねの会」を東大駒場構内のレストラン「橄欖」で行なった。旧一高同窓会館内の由。地下鉄「副都心線」で初めて渋谷に出たが駅のどこに出たのかが解らずうろうろ迷ってしまった。集ったのは男性六人、女性二人。皆同年の八一か八二歳で会話の七割方は身体と病気のことになってしまうのもやむを得ない。伊藤淳君が現われないので電話したところ日を間違えていて、会の終り近くに駆けつけて来た。昨年は私も成蹊高校の同窓会で同じことをしたがこれも歳のせいか。幼時の仲間は顔を見るだけでも嬉しいものだ。存命中でも故障で出て来られない者もあるのは気の毒だ。

明日の至民中の公開授業見学に福井へ赴く。奈奈の実家柳川家にて歓待をうけた。

十月二十四日（金）１

福井至民中の公開研究会１

柳川正尚氏「顕塾」設計福井至民中学校公開研究会。大阪から上嶋喜登君も駆けつけた。奈奈に案内され授業風景を眺めつつまず建物全体を参観。この学校は教科センター方式と異学年によるクラスター構成が特色である。午後は公開授業の見学。数学・理科・英語・美術・技術の五教科の公開があったが、私は数学授業を見た。これが実に面白い。生徒は四名づつの六グループで夫々机を囲む。前回の授業で具体的な七つの事象を生徒が式・表・グラフで表し掲示され、変化の様相に共通の性質を見つけ更にそれを言葉で表現する。これをグループ毎に相談してまとめて黒板に表し教室全体で比較検討する。教師から与えるのではなく生徒から出てくるのを待つ辛抱強さ、それには七〇分授業が有効である。

数学の公開授業風景

十月二十四日

技術の公開授業。周囲に立つのは参観者

十月二十四日

十月二十四日（金）2

福井至民中の公開研究会2

授業見学の後は体育館で全体集会。生徒代表の挨拶が立派だった。市教育長渡辺氏・福井大教育学松木教授・山下校長の鼎談で至民中の目指す教育の紹介があった。最後は分科会で私はまた数学に参加、中学教育には門外漢だが抱いた感想を記そう。いちばんの印象は生徒に考えさせる授業に徹していることと、協働学習の実践である。日本の若者をダメにしたのは正解探しの入試受験勉強だと「文文日記」に書いたが、この中学では協働で考えさせることに集中しているのが素晴らしい。そしてこれを学校全体、教師全員で創り上げ発信しようという熱気が感じられる。この日実に四五〇人の参観者があった由。その空間を造った奈奈も幸せである。夜は柳川家で鍋を囲み、教育と建築について語り合った。

十月二十五日（土）

入試対策優先に至民中は？

私のこれまでの認識では、小学校ではかなり意欲的な教育を行なう例があるが、中学から更に高校へ進むにつれ受験勉強優先になり、良い教育がなくなってしまうと思っていた。しかし至民中では生徒達に考えさせる教育、協働して取組む教育が積極的に行われ、その熱意溢れる動きが見られたのが嬉しかった。神戸芸工大とくに環境デザイン学科で学生の自主的活動や協働作業を育てようと仕向けて来た事とも通ずる。現代の偏差値信仰に対し偏差値など関係なしと主張してきた。至民中の教育が現代日本社会の入試優先とどう対抗できるか、今後に注目しよう。

公開研究会の昨日は生憎の雨だったが今日は好天、天候が一日ずれてほしかった。十時半の北陸線しらさぎで帰途につく。

十月二十六日（日）

望怡会（もーいー会）

母方の従兄弟姉妹の望怡会（もーいーかい）をわが家の座敷で催す。母の実家が材木問屋で我々が子供の頃材木置場で「かくれんぼ」をしたことに因む命名、「怡」イはよろこぶの意。従弟仲本隆が毎年世話を焼いてくれ、「天国」の天ぷら、「今半」の総菜を用意しわが家では皿や汁椀を準備する。九人が集り相変らず昔話に花が咲いた。文学少女だった故宣子叔母の恋のこと、大勢に囲まれて他界した従弟昇平のこと、木材は今日外材主体で商社が扱い材木問屋は衰退したこと、産科が主体だった故昇平の勝山病院は娘の小児科医晶子が継いで産科は廃止されたこと、等々。言葉の変化と乱れについては今日も相変らず話題になる。私は東大病院と心臓冠動脈治療を紹介した。劉君が参加し手伝ってくれた。

望怡会　書院座敷にて　十月二十六日

十月二十七日（月）

ギャラリー間の安藤展にて

神戸の喜美恵から電話で「ギャラリー間」の安藤忠雄展に誘われた。生後半年の子を連れ新幹線で来るとは強い女だ。建築学会の編集委員会への参加で、日帰りだという。展示は「住吉の長屋」の実大模型が作られていたがスケールの身体的把握の実感はあるものの、狭い展示場では中庭が空に抜ける感が出せず効果はやや疑問。他は小ぶりの写真と模型で目新しさはない。会場で偶然黒坂昌彦君から声を掛けられた。九五年卒。東京で事務所を二人でやっている由、土曜の会に来たこともあるという。しかし卒論がサウンドスケープだと聞き、尾道の昔の音の記憶を調べた卒論も鉄板を踏む卒制も、明瞭に記憶にあった。特色ある論文や作品は、当人の顔は忘れても教師の記憶に残るものなのだ。

十月二十八日（火）

舌の診療／映画「夢の……」

東大病院口腔外科で舌の診療。先週の表面を拭った検体の検査では特に悪性のものは見られないというが、念の為組織を採って顕微鏡検査をしようと二ヶ所から各三ミリ程の切片を採取した。これは舌に傷がつくのでやはり痛い。結果は一〇日後に来院し聴く予定。

岩波ホールで映画「夢のまにまに」を観た。長年映画の美術監督として華々しく活躍している黒木和雄が九〇歳を迎え初めてメガホンを持った長編劇映画。戦時に親しい人を失い心に傷をもつ老夫婦（長門裕之・有馬稲子）と現代の一人の若者との心の交流を軸にして老いと若さ、戦争の空しさ、その思いと現代の対比をゆっくりしたテンポで描く。老人の心の記憶の断片の積み重ねは、作者黒木氏の心情そのままだと思われた。

十月二十九日（水）

古書市／衆院選の時期を巡り

昨日の神保町はちょうど古書市が開かれ歩道沿いに古書の屋台が並び街は賑わっていた。だがここでたまたま良い本を見つけるには、のんびり時間をかける必要がありそうだ。

麻生首相が、十一月末の予定だった衆院選を来年に延ばすとの方針を語った由、金融情勢が大事な時に政治空白は作れないことを理由にしているが要するに不利な総選挙を避ける為の口実だろう。現閣僚も小泉チルドレンも賛意を表しているというが解散を一日延ばしに先送りしても自民の人気の回復の見込みがないばかりかますます追い込まれてしまうだろう。その上景気対策を優先すると称しても景気が好転しなければ責任を問われることになろう。経済には全く疎い私の素人見解だがこんなことは当り前だと思うのだが…。

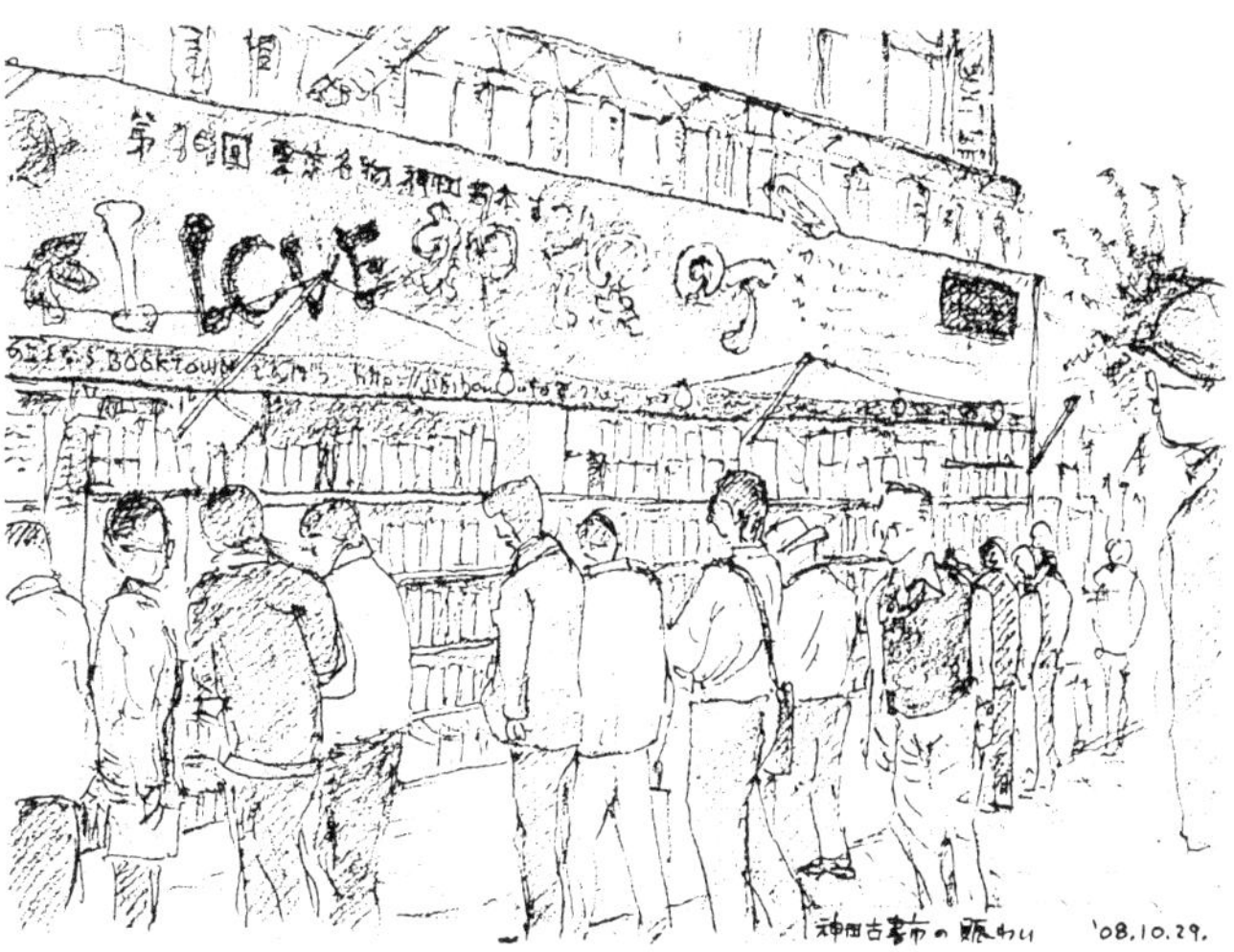

神田古書市の賑わい

十月二十九日

十月三十日（木）

デジカメの写真プリントの厄介

「虫めがねの会」幹事佐々木康氏から電話があり先日の写真を催促された。カメラを持参したのがたまたま私だけだったが、焼増しを頼まれたのにすっかり忘れていた。デジカメから取り込んだ画像をフラッシュメモリーに移し写真屋に持参したが反応しないという。他のデータも入っていたのでそれらを捨てて持って行ったがそれでもダメ。夜劉君に見て貰ったらメモリーの中にデータが沢山詰っているという。クズカゴに捨ててもそれはまだメモリーの中なので、クズカゴを空にしなければならないのだ、と。こんな初歩的なことも知らずに操作しているのだから、高齢者にとってパソコンとは厄介なものだ。

明日の「くらしすまい塾」、明後日の大学院総合プロジェクト発表会の為に神戸へ。

十月三十一日（金）1

ガスボイラ修理／学園祭展示

ガスボイラーの故障か給湯が出なくなったので大阪ガスに連絡しメンテナンスサービスの人が来てくれた。電気コードの複雑な配線を調べ接触不良らしきヶ所を修理したが三〇分後にまたお湯が出ない。夕方また来て今度は二人で散々苦労の末ようやく完了。私が常住しないので修理に来て貰う日取りの打合せが厄介だが、兎に角復活してやれやれだ。

先日の学園祭には参加出来なかったが環境・建築デザイン学科の展示が大好評だった由、写真を見せて貰ったが、三年生主体で作品・図面とスタジオの様子を展示し、入口に教員全員の二分の一大モデルを置くなどよく出来ている。近年は食べ物屋台のみ多く辟易していたが作品の展示がデザイン大学の本来の姿である。更に大きな展示物を期待したい。

十月三十一日（金）2

くらすま塾で千里NTの変容

「くらし・すまい塾」は千里すまいの学校の太田博一氏を招き「変容し続ける千里ニュータウン」の話。二七年間住み続けてその変容を写真に収めている。七〇年代に完成して緑豊かな街になったが、都心に近い利便性故に九〇年代からは建替えが進み急速に変容している。中低層主体だったが大阪府の赤字補填の為高層化して余剰地の売却やＰＦＩによる分譲で、見るも無惨な景観に変りつつある。人口は当初計画の一五万人が家族人数減少で戸数は増やしたが九万に減少、高層化により一〇万を超えたがこれは人口増加が目標ではなく将来像がない。都市全体の計画がなく、地区整備計画の立案が望まれるが、小泉政権以来の市場原理任せの国家政策に一自治体が抗し得るかどうか、状況は悲観的である。

2008年11月

1日(土) 大学院総合プロジェクト発表
2日(日) 酔永会に招かれ長岡へ
3日(月) 山古志村の震災復興を見る
4日(火) 住民の力と森市長の姿勢
5日(水) 米大統領選オバマ勝利と日本
6日(木) 住総研創立六〇周年パーティ
7日(金) 新蕎麦を食べる会
8日(土) 「初段にする会」にて
9日(日) 倒れた椎/パソコンデータ
10日(月) 鈴木淑子『友と生きた日々』
11日(火) 舌の治療/安美錦と稀勢の里
12日(水) 「文文会留学生奨学金」の最近
13日(木) 都市小規模ハウジング
14日(金) 旧留学生たちとの愉しい会食
15日(土) 1 開学二〇周年式典と記念講演
　　　　 2 「文文会KOBE」例会
16日(日) 開学二〇周年記念誌
17日(月) 大相撲は既になか日過ぎ
18日(火) 総理には政策と教養が欲しい
19日(水) 中国映画「さくらんぼ」
20日(木) アニメの安彦良和先生の来訪
21日(金) 「ALWAYS続三丁目の夕日」
22日(土) 土曜の会・文文会KOBE
23日(日) 大相撲千秋楽の安馬・白鵬
24日(月) 「紀伊國屋寄席」に丁さんと
25日(火) 第一〇〇回「吉武ゼミ」
26日(水) 大学院研究中間発表会(1)
27日(木) 1 大学院研究中間発表会(2)
　　　　 2 奈奈の入選/『王道の狗』
28日(金) 富安氏「東独の団地再生」
29日(土) 西山文庫フォラム/二川幸夫
30日(日) 谷岡学園創立八〇周年式典

十一月一日（土）

大学院総合プロジェクト発表

大学院「総合プロジェクト」発表会。教員が実社会と関係するテーマを出し希望者が参加する。七テーマのうち私が関心もったもの。○本年春に廃線となった三木鉄道の跡地利用計画＝川北教授指導。住民参加の検討協議会に協力し遊歩道と駅舎利用計画。地方都市の田園風景の記憶保存の意味はあろうが、全長六・六キロの短区間で利用者は誰か、協議会のみとの対応でよかったのか等疑問も残る。○NHK大阪放送土曜ドラマ「ジャッジⅡ」のポスター・DM・ホームページのデザイン＝長濱教授指導。ロケ地奄美群島の観光紹介を兼ね地域活性化提案の意図は意味あろうが最優秀はドラマ内容をも的確に表現したＶ三年生の作となった。他に○六甲山中の居場所スポットづくり、○視覚障害者用カード等。

十一月二日（日）

酔永会に招かれ長岡へ

東大建築一九七二年卒「酔永会」に招かれて長岡へ。鈴木研長澤悟、小林恭一、森民夫らのクラスだ。到着するや早速森市長の案内で西部丘陵地区視察、市が安く手に入れた土地への企業誘致、市もこんな事業をしている。建設中の千秋原「子育ての駅」は信濃川沿いの公園内に子どもを連れてきて遊ばせる施設で、雪国では屋内公園が必要との説明に納得した。一番興味深かったのは市民センター。駅に近い都心部の旧デパート建物をまるまる市が借りて市民や中・高生らが自由に使える場所にし運営も市民に任せている。近く建設されるシティホールも都心に市役所・公会堂・市議会等が屋根付の広場を取り囲む建築。市民の力を信じまちなかに市民と役所の協働の場を育てようとする姿勢が好ましい。

模型によりシティホールを説明する森民夫市長　十一月二日

十一月三日（月）

山古志村の震災復興を見る

昨夜投宿のよもぎ平温泉のお湯はよかった。今日は文化の日、市長は功労者表彰式のため代って秘書課や担当課課長らの案内により、中越地震復興状態を見学。先ずお福酒造で酒の醸造工場と利き酒。酒造りも機械化されて昔の杜氏とは様変わりした。妙見の土砂崩落現場。埋込まれた車の中から三日後に二歳児雄太君が奇跡的に助け出された現場である。錦鯉の養鯉場。大部分は輸出の由、高額の鯉は一尾一〇〇万円、若いうちに買い成長変化過程を楽しむのだという。木造復興公営住宅は姿形も良い。崩落ヶ所を巡る。起伏ばかりの山古志では土砂崩れが当然だと思われた。最後に名物牛の角突きを見る。生憎降ったりやんだりの天候だったが、重量級の牛の激突は確かに迫力がある。三時の新幹線で帰京。

木造復興公営住宅の展示　十一月三日

牛の角突き　山古志闘牛場　十一月三日

十一月四日（火）

住民の力と森市長の姿勢

今回の長岡はぎっしり見学が組まれ内容豊富なツアーだった。森民夫市長の積極的施策と自信満々の姿勢が印象的で、学生の頃の体は大きいがやや気の小さい様子からは随分成長したものだと感心した。何と言っても市民と一体となった開放的な施策が良い。市役所をまとめて郊外に移す自治体が多いのに反して駅近くの都心に帰りまちなかに分散配置して施設は市民の運営に任せ、市民と親しもうとする姿勢が良い。市民センターで試みた市民運営の実態から学んで更にそれを押し進める姿勢も立派。山古志の復興を見ると養鯉も牛の角突きも村民たちが昔からの土地に愛着を抱き、帰村し復興したいとの願いを感ずる。こういう民衆の気分を敏感に把握して施策に具体化するのは、正に建築計画の理念だ。

十一月五日（水）

米大統領選オバマ勝利と日本

米国大統領選はオバマが勝利し、米国内では久しぶりの民主党だ！、初の黒人大統領だ！変革だ！、と騒いでいるが、何よりも八年間に亙るブッシュ政権のアフガンやイラク戦争の不手際やテロ不安や金融不況が大きな引金になったことは間違いない。オバマ氏の父君の故郷ケニアで大騒ぎの由だが福井の小浜市も大喜びしているらしい。ここで我々日本としては小泉政権以来のブッシュべったりから脱皮できるかどうかが問われる。米国追随の規制緩和・市場原理任せの政策が格差社会を生みワーキングプアが生まれているが、本家米国が変れば日本も変らざるを得まい。但しこの数年間盲滅法に進んできた行政が直ちに舵を切れるかどうか。自民が退いても行政が果して直ぐに変るだろうか。

十一月六日（木）

住総研創立六〇周年パーティ

「住宅総合研究財団創立六〇年感謝の会」に招かれた。新橋の第一ホテルにて。来会者は約一六〇名。スピーチは一切なく自由に会話できるスマートな立食パーティ。会場の一端には財団の六〇年間の活動の紹介のパネルが並び、女性の弦楽四重奏がＢＧＭを奏でる。「六〇年史」が発行されたが、一九四八年に清水康夫氏の提唱により「新住宅普及会」として設立され、研究運営委員会は一九七三年に発足し私が初代委員長となり研究助成事業が始まった。毎年の「シンポジウム」開催、江戸・東京フォーラムなどの各種研究活動、「研究論文集」「すまいろん」等が刊行され住居研究の総本山ともいうべき組織に発展したのだった。住居関係の親しい仲間と愉しく歓談してアッという間に二時間が過ぎた。

十一月七日（金）

新蕎麦を食べる会

先日の曽根陽子さんの提案で新蕎麦を食べる会を催した。手帳に「新そばソネ」と書いてあったが何の事か忘れたのでメールし、何時にどこへ行けばいいのかと訊ねたら私の家でやる予定だという。彼女自身も手帳に「鈴木先生」と書いてあり何のことか忘れ在塚さんに電話して思い出した由。酔ったときの約束とはこんなものだ。彼女の故郷会津から取り寄せた蕎麦が抜群に美味いし、家で作ったという菊のお浸しや野菜の煮物も上々。在塚・小柳津氏に長澤悟氏が遅れて駆けつけ、大学の様子、定年後の生活、中学校建築の動向、長岡市長森氏の積極姿勢等々、賑やかに盛り上った。来年八月には長岡の花火を皆で見に行こうと話が纏まったが、酔った席での約束は忘れぬ様フォローする必要がありそうだ。

新蕎麦を食べる会、書院座敷にて　十一月三日

十一月八日（土）

「初段にする会」にて

「鈴木・阪田を初段にする会」内田氏宅で。心臓動脈治療以来、しばらく碁の勉強をしていない。今回も泥縄で棋院発行の雑誌を読み石の形の美しさなどを頭に入れて出かけたが敗け続きだ。今回から新たに参加した初段の石崎夫人に二子を置いて対戦したが序盤から腕力の差が歴然として惨敗、精進不足と実戦経験の無さを痛感させられた。

数日前から神戸芸工大ヴィジュアルデザイン三年生の喜多君を泊めている。橋本教授から至極丁重な頼みの手紙があって、映像関係の就職口はほとんど東京なのでその会社実習の為に上京し四週間ほど泊りたいという。わが家は八畳六畳の座敷があるので学生や卒業生達がしばしば会合や泊りに利用するが、明治初年の建物だから冬場は寒さ対策が必要だ。

十一月九日（日）

倒れた椎／パソコンデータ

庭の東端の椎ノ木が枯れて傾いていたが遂に倒れ、横の細い楓の枝を折り引掛っている。劉君に頼み楓の枝を切って地面に横たえた。長さ約六米・太さ径四〇センチ程の大木だが根は意外に張ってない。重さはかなりあってとても動かせない。植木屋に処理を頼んだ。

「文文会留学生奨学金」の寄付者名簿がどうしたわけかパソコンから消えた。他の場所に移っているのではないかとパソコン内を探したが見付からない。毎年の寄附記録はあるし住所も年賀状その他のファイルにあるので、復原することは出来るが一覧の名簿の消失の不便は大きい。パソコンはこれだから困る。データを常に小まめに外付けハードディスクにコピーしておくべきことを痛感した。この名簿復原にほぼ一日を費やしてしまった。

十一月十日（月）

鈴木淑子『友と生きた日々』

先日石東直子さんが右手を骨折し左手のみで不自由そうだったが、思い出したのは二五年前に家内故淑子が神戸の自宅で転んで右腕を骨折した時のこと。一ヶ月半の入院だったがその間リハビリで左手で食事をし、字を書くことを訓練し、友人宛に葉書を出していた。

淑子は晩年は膵臓腫瘍の悪化から設計事務所を畳み知人宛に沢山の絵手紙を送っていたが没後一周忌の記念に彼女の絵入り通信の一部を『友と生きた日々』という冊子にまとめて親しい方々に贈った。その最後の方に左手の葉書も二・三枚載せたのを思い出して冊子を石東さんに贈ったところ、大層な賛辞を頂戴した。「同感し感動し、涙した。昭和の生活史、懐かしい風景の甦ってくる絵物語本ですね」と。家内が讃められると私も嬉しい。

十一月十一日（火）

舌の治療／安美錦と稀勢の里

舌の白斑の診療で東大病院口腔外科へ。先日は舌の表面一部を検体に採ったが顕微鏡検査の結果は癌の虞は無くカビの一種だとの事。なぜ起るのかと質問したがそれは分らないという。食後に嗽して清潔に保つようにと。

大相撲九州場所はもう三日目で、相撲巧者の安美錦がいい。初日に白鵬、二日目には千代大海、今日は琴欧洲と、横綱・大関を連破、何れも完勝である。稽古場で自分は取らなくても他人の取組みを観察し相手の弱点を発見し、作戦を立ててその通り実行したという。これぞ相撲の醍醐味だが、勝負の終った後のインタビューでも細い目を更に細くし飄々と語るところが又いい。好きな力士の一人だ。大関狙いの安馬を、贔屓の稀勢の里が一気に寄り切ったが、これにも喝采を贈った。

十一月十二日（水）

「文文会留学生奨学金」の最近

パソコンの不具合で「文文会留学生奨学金」の寄付者一覧データが消え、毎年の記録からこれを復原しつつ気づいたのは、支援者の枠が近年急速に拡がったことだ。それも学外者が多い。私が学会その他の会合での近況報告の度に最近の関心事として留学生援助を紹介しているが、そんな影響もあるのだろうか。

近隣諸国との関係が歴史認識問題などで時に不協和音を発し、そのさ中に田母神論文などアナクロ認識が発生したが、政治のトップの駆引きに左右されるのでなくもっと人と人が親しく接することが大切だ。日本のデザインや学問を学ぼうと来日した留学生達は日本が好きなのだ。文文会などを通じ若者どうしが本気で議論することが将来の国家間の親密な関係に繋がることを期待している。

十一月十三日（木）

都市小規模ハウジング

今度の「文文会ＫＯＢＥ」は『ディテール』誌に載った「アーバンスモールハウジング」を紹介の予定。四件の小団地を見て設計者と対談した記録である。江川氏の芦屋若宮町、遠藤剛生氏の泉幸甫氏のアパートメント鶉、箕面は私も推薦した対象だが、最初に与えられたシーラカンスの下目黒は僅か四戸で集合の妙味も乏しいので割愛し、代りに寺川氏の現代長屋ＴＥＮを加えた。これらを見直したが、ディベロッパーが法定容積率いっぱい迄建てるのを経営上の常識だとするのに対し、何れも容積を低くし良好な環境を作ったことが将来にわたる健全な経営を保証している。また住み手と一体になった企画・計画の事例もある。企画を不動産会社から建築家の手に取り戻さなければならぬと力説されている。

十一月十四日（金）

旧留学生たちとの愉しい会食

明日の神戸芸工大二〇周年記念式典を控え、旧留学生で母国に帰っている者も多数来学の模様なので、開学以来国際交流室で留学生の世話に尽力した塩川さんの前もっての呼掛けで彼らの神戸の宿泊ホテルを確保し、新神戸「金宝来」で会食。集ったのは十数名、台湾からの者が多いが、韓国・中国を含め、現在大学院に在学中の者や教職員数名も交え中華の二卓を囲んだ。母国で立派に仕事している者が多く、卒業から十数年も経つと学生時代の面影を残しながら大人の顔になっている。簡単に現在の仕事などを自己紹介したが最後は大いに騒がしく愉快に旧交を温めた。皆、神戸芸工大が大好きで在学中の時代を懐かしんだが私も気分よく紹興酒ですっかり酔い、皆と一緒に新神戸サンホテルに泊った。

旧留学生たちと愉しく会食する

十一月十四日

旧留学生たちと愉しく会食する。
2008.11.14.

十一月十五日（土）1

開学二〇周年式典と記念講演

神戸芸工大開学二〇周年式典が吉武ホールで行われた。海外協定校の北京理工大ほか四校の代表の方も来賓で見え、バックスクリーン映像も華やかでしかも簡素な良い式だった。次に杉浦康平名誉教授の記念講演「二にして一、一にして多」。太鼓の打撃音に始まり、雅楽に用いられる火炎太鼓の左右一対の日と月、その文様に見られる龍と鳳凰、内裏雛の左右の飾り、相撲横綱の不知火型と雲竜型、鶴と亀、唐獅子・高麗犬の阿吽、何れも陽と陰の一対を為し両者が一体となって総合的に宇宙を形作る様相を美しい映像で示し、開学二〇周年に相応しい見事な講演であった。「おかえりなさい」のパーティには子連れもあり二〇年の歳月を感ずる。長渡氏の息子の太幹君から二〇歳誕生日祝い胸飾りを貰う。

十一月十五日（土）2

「文文会ＫＯＢＥ」例会

「文文会ＫＯＢＥ」例会。卒業生が集り易いだろうとこの日に重ねて開いた。倉知みどりさんがおでんとお握り等を準備してくれた。話題は私から「ディテール」誌に掲載された「アーバン・スモール・ハウジング」紹介。江川氏、泉氏、遠藤氏、寺川氏の計画を紹介しつつ、良好な環境を創ることが将来に亙り健全な経営を保証すること、ディベロッパーが法定容積率一杯に造るのは現在の儲けのみを考えた建て逃げだという主張を紹介、また公共と民間の一体となったまちなみ形成や、住民主体の面白い計画事例も紹介した。付録として東大病院の変遷と私の心臓冠動脈治療を映像で説明したが、好評だった。ワイン・ビール・紹興酒・日本酒を傾け、歴史認識の重要性や開学前後の事情等を賑やかに語る。

「文文会ＫＯＢＥ」風景　十一月十五日

十一月十六日（日）
開学二〇周年記念誌

一昨日、昨日と気分よく酔ったので、今朝はゆっくり起き午すぎの新幹線で東京に帰る。開学二〇周年記念誌が作られ頂戴したので、車中でのんびり拡げ目を通した。紺色ハードカバーの瀟洒な出来である。だが残念ながら頁数が一二五頁と限られ内容がやや乏しい。開学初期から一〇年間の様々な動きを纏めた当時の記録冊子を私からも提供したのだが、そのほんの一部しか掲載できなかったと環境デザイン学科の編集委員の川北教授が語っていた。初期の、この新しい芸術工学の大学を創ろうという学生達の熱気や、様々な試みと幾つかの面白い事件などもほとんど割愛されているのが惜しい。だが、中身よりは体裁、教育内容よりは宣伝広報だということは私の学長時代に学んだ、いや学ばされたことだ。

十一月十七日（月）
大相撲は既になか日過ぎ

大相撲の今場所は既になか日を過ぎた。福岡の体育館は上のほうの席がガラ空きである。朝青龍不在で優勝の行方の興味がなくなったせいか、それとも一般に相撲が下火なのか。私はテレビは野球も大河ドラマも見たことがないが相撲だけは欠かさずに見る。いちばん面白い番組だと思うのだが…。関脇の安馬や平幕では雅山や稀勢の里が頑張っているが、やはり白鵬中心の展開なのだろうか。把瑠都が褌さえ取れれば滅法強いのが面白い存在だ。今年もやがて十二月に近づくので、そろそろ年賀状のデザインを考えなければならない。毎年干支をテーマにするので来年は丑、即ち牛だ。絵巻物から牛車や、山古志の角突き、あるいは古代の織物などから何か得られないだろうか。牛の正面の顔があればいいが…。

十一月十八日（火）

総理には政策と教養が欲しい

日本国の総理がまことに頼りない。総選挙の先延ばしの口実としてこの未曾有の経済危機に政治の空白は許されないと称したのにその経済政策の裏付けとなる第二次補正予算案の国会提出を先延ばしししているのは誰が見ても矛盾だ。インド洋給油活動継続の為の新テロ対策特別措置法を急ぐのは全く米国追随の為だが、そもそも給油が本当にテロ対策か否かを問わずにこれを前提とするのもおかしい。全てが米国追随の姿勢だ。その結果国内では市場経済任せ、民間委譲で今日の格差社会を招いている。ニュータウンの民間への切売りもその一環だろう。米国追従で日本はどこへ行くのか。首相の器に相応しい人物は居ないのか。漢字の読みも間違えて教養を新聞記者にからかわれる様ではまことに恥ずかしい。

十一月十九日（水）

中国映画「さくらんぼ」

映画「さくらんぼ、母ときた道」を観た。素晴らしい作品だ。雲南の美しい棚田の続く貧しい山村で、脚の不自由な夫と知的障害を持つ妻。子どもを欲しがっていた時に、林の中で偶然拾った捨て子を深い愛情で育てる。赤ん坊が成長する過程での母子の心理の変化を見事に描く。途中で何回か涙を拭ったが、最後に母親が行方不明になってしまった際の水辺での娘紅紅の嘆きの場面などは、広がる美しい風景を背景に涙が止らぬ思いだった。主演の妻桜桃は中国四大女優の一人というがその美人女優が知能障害の貧農の女の汚れ役を見事に演じている。その他の配役はすべて地元の人たちからオーディションで選ばれたという。カメラや音楽などは日中合作。良い映画を観た後は夜まで愉しい気分が続いた。

十一月二十日（木）

アニメの安彦良和先生の来訪

メディア表現学科教授安彦良和先生が来訪。学生喜多望仁君をアニメ制作会社での研修のための東京滞在に私の家に泊らせているが、指導の安彦先生が挨拶に見えたのだ。挨拶の為なら大学でも顔を会せているのでわざわざお出で下さらなくてもとお伝えしたのだが、この際ちょっと変ったわが家を見て頂いた。戦災から守った昭和初期建設のＲＣ造書庫、戦後に建てた木造の茶の間、埼玉の田舎から移築した明治初期の日本間座敷といった時代の異なる建物を、愉しげに眺めておられた。機動戦士ガンダム等で著名な方だが、まんがやアニメの印象とは全く異なる温厚そのものの人柄で十二月には韓国と台湾の女子留学生を泊めて欲しいとのこと、この古い和風住宅が若い人や留学生に活用されるのは嬉しい。

十一月二十一日（金）

「ＡＬＷＡＹＳ続・三丁目の夕日」

「続・三丁目の夕日」の映画は見損なったがテレビで放映されたので期待して見て、前作同様実に面白かった。昭和三十年代の東京の下町風景とその人情物語を再現したもので、子どもたちの演技も実に自然で巧い。だが、その頃の町並みや日本橋や羽田空港や当時のこだまをどうやって再現したのか、どこまでが模型やＣＧなのか、一所懸命に凝視しても私には判別不可能だった。荒唐無稽な物語のフィクションをＣＧで作るのなら分かるが、普通の生活を古い街に嵌込んで作るとは映像技術も進歩したものだ。演技者もスタッフもその時代にはまだ生まれてなくて知らないのだから、時代劇の一種なのかも知れない。民放を見なれてない私としてはＣＭで物語がズタズタに分断されるのは腹立たしい。

十一月二十二日（土）

土曜の会・文文会ＫＯＢＥ

私の入院などでしばらく開かなかった東京での「土曜の会」を久しぶりに企画した。私の全快祝いをと言われたり心臓治療の報告をとも考えたが、あまり先になっては気が抜けてしまう。忘年会を兼ね、『ディテール』誌の「アーバン・スモール・ハウジング」紹介と心臓手術紹介を話題に十二月十三日に（土）に行なうこととし、幹事の下浦・熊野の両人と相談した。一方「文文会ＫＯＢＥ」の方は七月に予定しながら私の入院で延期した石東直子さんを招いて北京の四合院と胡同の話を聴くこととし、連絡の結果一月二十一日（土）に行なうことに決まった。

今年の芸術工学会秋期大会は熊本の崇城大学で来週末に行われるが春に続き今回も欠席。だんだん疎遠になる様な感があって寂しい。

十一月二十三日（日）

大相撲千秋楽の安馬・白鵬

テレビは何と言っても、相撲が一番面白い。その大相撲九州場所も今日が千秋楽、安馬の活躍で盛り上がりを見せた。十三日目に安馬が白鵬を破って二敗で並んだので、にわかに面白くなった。今日は安馬が巨漢の把瑠都に相撲を取らせず一気に押し出したし、白鵬はいささか強引な下手投で琴光喜を下していよいよ優勝決定戦。しかもこの勝負も組合って長引いたのだから安馬も強くなったものだ。最後は首筋を押さえつけて無理やり捩伏せる荒技で白鵬が勝ったが、この軽量で大相撲が取れるだけの実力をつけたのは安馬としては大したものだ。十三勝二敗は立派な大関昇進の星、だが二人ともモンゴル勢だというのがちょっと悔しい。やはり日本人力士が割って入ってほしい。稀勢の里に期待したい。

十一月二十四日（月）

「紀伊國屋寄席」に丁さんと

雨が降って寒い。北の国では雪だという。「紀伊國屋寄席」には丁志映さんを伴った。来日して七年というが日本語は巧いし冗談も達者だ。立川志らべ「粗忽の釘」の芸はまだまだ。入船亭扇遊「片棒」は旦那と息子三人を賑やかに演ずる。鈴々舎馬桜「文違い」は花魁と客三人の食違いを夫々の声色・性格を巧みに分けて語った。立川志らく「寝床」は最もポピュラーな噺だがこれもいとも賑やかに演じた。トリに期待した古今亭圓菊が体調不良の由で休演、三遊亭圓窓が「火事息子」を代演したが彼は人情ものを好んで演じ思い入れが強いのか全体をじっくり語ろうとして長くもなるしダレる。緩急をつけてテンポを大事にしてほしい。もう若くもないので彼に忠告助言する者が居ないのだろうか。

十一月二十五日（火）

第一〇〇回「吉武ゼミ」

吉武ゼミも今日が第一〇〇回の由、テーマは理科大初見氏による高知の沢田マンション。加賀谷哲朗氏が大学院生の時に住込んで修論をまとめ、更にその後も何回か訪れて単行本を上梓した。全く建築の教育は受けず正規の技術の訓練も受けなかった沢田氏が、体験を通じて施工技術はおろか設備、機械、さらに経営まで身につけて独特のマンションを造り立派に経営している、全国的に有名になり、テレビでも放映され、若者たちの見学が後を絶えない。常識を問い直す意味はあろう。今回は工学院大学で行われたが長澤研学生も多数参加して賑やかだった。丁度よい機会と映画「蘇る玉虫厨子」を紹介、更に建築学会楽友会主宰十二月十七日のバリトン池田直樹コンサートも宣伝したが、皆喜んでくれた。

十一月二十六日（水）

大学院研究中間発表会（1）

大学院研究（作品）中間発表会。朝、東京を発って午後から参加。ギャラリーに展示され本人の説明を聴く。私が聴けたのは二六名中約半分だったが、面白いのがある反面、最終提出にあと二ヶ月しかないのに作業はおろか基本コンセプトも出来てない者もある。私が多少とも興味をもったのは簷瑾「中国高齢者の為の衣服デザイン」、エレガントな衣服を作り北京でファッションショーをやり反応を調べた由。黒瀬空見「テキスタイルを使った立体造形」は美しく可能性が見える。頼文波「四川大地震後の仮設小学校の提案」は現地の材料などへの考慮が欲しい。多く見られる傾向は目的を明示せず操作によって作られる形態や空間が何か新しいものの提案になるという錯覚だ。現実から逃げてはいけない。

大学院研究、作品発表会風景　十一月二十六日

十一月二十七日（木）1

大学院研究中間発表会（2）

昨日に続き研究発表、午前中は作品の数点を見る。白木恵美「布のプリントによる衣服」は面白く発展しそうだ。だが今日も空間や形の自動生成や多様な可能性をもつ空間だの、目的なしに形態を作ろうとする作があるのは気になる。午後は論文。今年は作品が多く、論文は一一編のみだった。羅光志「日本統治時代の台湾の日本人絵師による鳥瞰図作成」はまことに興味深い。木下怜子「瀬戸内海の固有価値を生かした居住環境」も船舶により横断的かつ海陸両面の視点からの現地調査を行なっており、この発展性に期待が持てる。終ってワインパーティで親しく会話を交す。一方環境デザイン学科ではアーバンデザインの設計中間講評を行なっているのでちょっと覗いた。立派な講師陣の指導が厳しい。

十一月二十七日（木）2

奈奈の入選／『王道の狗』

奈奈からメール。山間部の小規模校安居中のプロポーザルコンペを獲得したとの大喜びの報告である。三上先生にも伝えたところ役所が偉いという。地方では設計事務所を順繰りに指名するなどの例が見られるが、福井市は内容の良い物を良いと正しく判断する態度があったのだという。これで「設計工房顕塾」と奈奈の力も一段と高まることだろう。

メディア表現学科の橋本教授から安彦良和著『王道の狗』一・二巻を戴いた。私が「機動戦士ガンダム」しか知らないようだがこんな歴史小説（劇画）も出しておられるのだとのこと。明治初期の民権運動に巻込まれた青年の行動と時の政治の状勢、和人のアイヌ蔑視の情景などが、よく調査して描かれている。安彦氏を少しく理解することが出来た。

十一月二十八日（金）

富安氏「東独の団地再生」

くらし・すまい塾は富安秀雄氏を招き、東独における団地再生事例紹介。東西ドイツ統合後の人口流出によってライネフェルネ団地も荒廃したが、新市長の対応策が成功して高く評価された。長大な住棟を分割して小規模にしたり階数を減じたり除去建物の跡を庭園にしたり共同施設を設けたりして、団地の魅力を引き出して再生した。議論は、環境の良さが日本では評価されにくい、心情的には評価されてもそれが経済的に金に反映されないと保持されない、今日の市場原理優先の政策による社会の中では明るい期待が持ちにくい、とくに戦後はアメリカ型の経済に従わされて公共の役割や規制がおろそかである、など。今日は常連大学院生達は多忙の時期で少なくＵＲや自治体などの専門の人々が多かった。

十一月二十九日（土）

西山文庫フォラム／二川幸夫

西山文庫フォラムは、東大都市工の窪田亜矢准教授を招き「サステイナブルのまちづくりの未来」。会場梅田スカイビルの大阪駅からのアクセスに苦労した。Ｊ・ジェイコブスを語り、ＮＹの都市再開発に抗して生活環境の保全、歴史的地区の特別の性格をどう守るかの制度と運動の歴史を分り易く解説、東京の超高層住宅等による環境破壊に対して生活者の立場からの対処の事例が紹介された。

討論は割愛し神戸に帰って二川幸夫氏の特別講義を傍聴。学生に、自分のレベルを知れ、良いものを沢山見ろ、良いものと悪いものを見分けろ、自分の判断を作れとけしかける。先人からの考え方を学ぶことも大事だろうと反論もしたくなるが、学生たちは大人しい。福井から奈奈もわざわざ聴きに来ていた。

十一月三十日（日）

谷岡学園創立八〇周年式典

神戸芸工大の経営母体谷岡学園創立八〇周年記念式典がホテルニューオータニ大阪で行なわれた。最初に箏演奏、物故者追悼、理事長挨拶、来賓祝辞、永年勤続者表彰、鏡開きと乾杯、祝電披露と、延々一時間も立って待つのは、心臓治療の結果苦にはならなかったがスマートさに欠けた。私は舌の故障のために話しながら食べることが出来ないので、専ら飲むばかりだったが、芸工大開学の初期の頃の方や学園の方々に久しぶりに顔を合わせ、愉しく会話した。谷岡郁子さんの学位論文の出版を折角出版社に紹介したのに議員などで跳び回り原稿が纏まらないのに文句を言おうと思っていたのに、彼女が早く帰られて会えなかったのが残念。八〇周年記念ロゴマークを芸工大学生が作ったのは天晴れだった。

八〇周年記念ロゴマークと制作者梶川貴子さん
十一月三十日

2008年12月

1日(月) 韓国・台湾の女子留学生来泊
2日(火) 建築学会楽友会合唱の夕べ
3日(水) 陶磁器修理／文学座「口紅」
4日(木) ソフトは単純なほうがいい
5日(金) 開戦の日とジョン・レノン
6日(土) ビッグ3救済と自由経済
7日(日) 経済不況の嵐と日常生活
8日(月) こまつ座「太鼓たたいて…」
9日(火) 宛名ファイルの更新
10日(水) 手紙人間、ラジオ人間
11日(木) 母と妻の命日／不況の嵐
12日(金) ゴルフ場へ／日本の慣習
13日(土) 「土曜の会」の賑わい
14日(日) 吉野平八郎氏の一周忌
15日(月) 親友武藤倫男氏の自伝
16日(火) 青木正夫氏の本の最終校正
17日(水) 池田直樹演奏会／鈴木智子が
18日(木) 三年生「都市と地域」講評会
19日(金) UR住宅ストックの再生再編
20日(土) 黄宝羅さんの結婚披露
21日(日) 不況／文文会留学生奨学金
22日(月) 家内の兄の急逝
23日(火) 休み
24日(水) 大掃除／「くるみ割人形」
25日(木) 義兄の通夜／暮の火の用心
26日(金) 葬儀／コミック『医龍』
27日(土) グルジア映画「懺悔」
28日(日) 喪中の年賀状について
29日(月) 「日記」のサーバ接続不能
30日(火) 「紀伊國屋寄席」と忘年会
31日(水) 二〇〇八年の大晦日

十二月一日（月）

韓国・台湾の女子留学生来泊

東大病院で外来診療。ホールには何と「本日の予約患者数三七一二」と表示されている。心臓と脚の動脈治療の結果、階段も坂道も何なく登れるようになったが、循環器内科では今後また血管に血栓が溜るかも知れないので身体に少しでも異常を感じたら注意する様にと。だがこれは実に難しいこと、「疲れる」等を異常と言えるかどうか。舌のほうはまだ白斑があるが口腔外科では口内炎の原因究明は難しくせいぜい嗽して清潔に保つ様にと。薬局で待たされ二時帰宅予定がやや遅れたが夕方韓国と台湾の女子留学生が泊りに来る筈が一向に現われない。九時頃に漸く喜多君に伴われやって来た。若い者は連絡するという礼儀を知らないらしい。「准書生」の心得を渡し家の中を案内。明日からは会社研修。

喜多望仁・李嘉蓮（韓国）・徐于婷（台湾）　十二月一日

十二月二日（火）

建築学会楽友会合唱の夕べ

建築学会楽友会の催す「第二二回合唱と音楽の夕べ」を聴く。まず大成建設ジャズバンドで始まる。「イパネマの娘」や「酒とバラの日々」など。楽譜なしでなかなか達者に演奏するものだ。清水建設男声合唱団は多田武彦の組曲「雨」。難しい曲をよく唄っていた。楽友会器楽アンサンブルはシューベルト作曲八重奏曲からの抜粋。曲が必ずしも私の好みでないがなかなか立派な合奏、ヴァイオリンの南条氏が活躍していた。最後は学会楽友会男声合唱団、「鶴」をロシア語で、「美しき青きドナウ」をドイツ語で頑張っていたが、メンバーの集合に苦労している様子だ。

「准書生」留学生二人に、朝は雨戸を開け、蒲団は毎日押入にしまう、それが日本の慣習だと教えた。喜多君は本日神戸へ帰った。

楽友会器楽アンサンブル　十二月二日

十二月三日（水）

陶磁器修理／文学座「口紅」

寒くなって冬の到来だ。石垣の蔦の葉も大分落ちたが、今年は奇麗な紅葉がなかった。

在塚さんが強力接着剤を持参して、餅搗きや新蕎麦の会の時等にうっかり壊れた皿を修理してくれた。磁器は補修しやすいが、陶器は柔らかいので割れ目に砕けた部分もあって、接いでも僅かな隙間が出来てしまう。

文学座「口紅」を観る。サタケミキオの作。下町の公衆浴場「紅の湯」を舞台に、以前は年中繁盛していた銭湯だが内湯の普及に伴い次第に寂れ廃業売却の話も出る中で、何とか頑張ろうとする主人の気概とそれを取り巻く家族や近所の人たちのからむ芝居。文学座としてはいささかドタバタの感があり、又若い役者の発声に言葉の不明瞭もあり気掛りだ。やはり芝居は心理の綾のあるものがいい。

十二月四日（木）

ソフトは簡単なほうがいい

パソコンの面倒を見てもらっている木全知帆さんが来て宛名のデータをファイルメーカーに移す作業をしてくれた。私は始めた昔からクイックアドレスを使っているがそのソフトがMacBookのOSXには無いので、今でもデスクトップG4のOS 9.2を使っているがもしこれがダウンしたら修復できないのだ。

OSXにも宛名職人というソフトがあり様々な機能が付いているのだがどうも使い難い。メーカーは新しいソフトを購入して貰う為に年々新たな機能を付加して売り出すのだそうだが、宛名などは検索機能さえあればあとはなるべく単純なほうが使い易い。バージョンアップは禁物。木全さんはファイルメーカーで独自の宛名フォーマットを作りこれへ移行したが、慣れるには時間がかかりそうだ。

十二月五日（金）

開戦の日とジョン・レノン

ＮＨＫ‐ＦＭで面白い放送。「十二月八日がすぐですが何の日かご存じでしょうね」と。言わずと知れた太平洋戦争開戦の日、昔なら「大詔奉戴日」だ。我々にとっては終戦の日と同様、或いはそれ以上に記憶に残る日だ。ラジオからは軍艦マーチが流れる。超大国に対して果敢に戦争を挑んだ日本、非道な経済圧迫と貿易封鎖に苦しみ重苦しい日々を過ごしていた暗雲が一気に晴れて、到底勝つとも思われぬ相手に反抗する、いわば悲壮な気分の漲った日だった。それにも拘らずハワイ・マレー沖の勝利に沸き立ち、ひょっとすると勝つかも、という錯覚さえ生じたのだった。しかしＦＭ放送の言葉は、全く違っていた。「何方もご存じ、ジョン・レノンの命日ですよね」と。音楽番組だったから当然か。

十二月六日（土）

ビッグ３救済と自由経済

新聞によるとアメリカでは経営不振の自動車大手三社（ビッグ３）ＧＭ、クライスラー、フォードが夫々数十億ドルから百億ドルを超す低利融資の政府支援を要請し、議会で審議されるという。そもそも日本経済がアメリカに追随して、自由経済、市場原理任せに踏み切ったのは小泉政権以来の政策だった筈だ。その結果格差社会を生み「蟹工船」ブームを来したのだが、自由競争こそ最も効率の良い経済だとの理念だった。その本家アメリカでいざ経済不況となると、超大資本が政府援助に頼る。援助が無ければビッグ３のうち二社は経営破綻のおそれも濃厚の由。一体、市場原理信仰は何だったのか。日本の政策がただ単にアメリカに追随して規制緩和・民間委譲に走るのから、この辺で舵を切るべきだ。

十二月七日（日）

経済不況の嵐と日常生活

女子留学生二人は今日は休み。一緒に昼食をとの申し出で焼きそばを作ってくれた。

経済不況の嵐は日常生活に迄及んできている様子。私は引退の身だから直接には伝わって来ないが、劉君の勤めている会社は制作部門を縮小し大幅の人員削減があった為べらぼうに忙しくなった由、制作は外注に頼ればいいという。近所の薬屋では、街が静かになり客も減っていると女主人は言う。こんな身近なところの変化を聞くとあらためて経済不況の大きさが知られる。一方、凶悪犯罪や子ども殺しなど奇妙な事件の頻発はどうした事か。

経済が傾くと人の心までおかしくなるのか。尤もその原因は大分前から醸成されていたのだろう。現在の二〇代三〇代世代の家庭教育が既におかしくなっていたのに違いない。

十二月八日（月）

こまつ座「太鼓たたいて…」

今日は開戦記念日。だが新聞では全くこれに触れてない。既に風化したのだろうか。

こまつ座「太鼓たたいて笛ふいて」を観る。

井上ひさし作、林芙美子の戦中戦後を描く。

当時の人気作家芙美子は情報局に踊らされて国の為戦争の為にと太鼓たたいて奮い立つ。だが従軍作家として見たボルネオでは、資源獲得の戦争だったのだと悟り、翻然、人間の為、日本人の為にと走る。筋そのものは大変感動的で特に第二幕では涙すら誘う。歌あり踊りあり大仰な振舞いの大芝居でそれなりに面白いが心の綾は乏しく、つい途中で居眠りをしてしまった。大竹しのぶが大奮闘。

年末が近づき「文文会留学生奨学金」を整理し大学と連絡をとった。来年度も四人に支援できるし、もう少し集れば五人になるかも。

十二月九日（火）

宛名ファイルの更新

どんより曇って肌寒い。いよいよ冬だ。木全さんが先週に続いて宛名ファイル更新の作業をして下さる。これまでMac OS 9.2で使っていたクイックアドレスからMacBookでのファイルメーカーへと移す作業である。従来私は年賀状用、文文会奨学金用、文文会KOBE用などと、使用目的に応じて別々にファイルを作っていたが、変更が出ると夫々のファイルを修正しなければならぬ。むしろファイルは一つにしてそこから検索でピックアップするのがいいという。しかしその都度ピックアップは手間がかかるのではないかと気掛かりだ。またデータを五十音順にあ行、か行と分けていたが、これも一連にした方がいいと言われる。何れにせよ使ってみて試さなければ判らない。整理とは厄介なものだ。

十二月十日（水）

手紙人間、ラジオ人間

NTTから送られて来る領収書の通話明細を見ると一ヶ月の通話は僅か三、四通、それも宅配便への連絡等で他人との会話はほとんど無い。一方手紙や葉書はよく使う。一ヶ月間に三〇～四〇通、季節によってはもっと多くなる。ポストと郵便局が近いのが何よりだ。だが宛名は最近はほとんどパソコンで打ったラベルになってしまった。結局私は電話嫌いの手紙人間なのだ。これとやや似ているのがラジオとテレビだ。テレビは大相撲だけで、ドラマもニュースもほとんど見ない。一方、ラジオはFMを絶えず流す。朝は「バロックの森」を寝床で聴き、音楽を常に流しているが最近は幼稚な喋りが多いのが腹立たしい。「気侭にクラシック」や「世界の快適音楽」の様な機知に富む高級な喋りは歓迎だが。

十二月十一日（木）

母と妻の命日／不況の嵐

昨日は妻淑子の、今日は母花子の命日だが、護国寺のお墓に行く余裕がなかったので仏壇に果物を供え親しく会話して近況を伝えた。家内が他界してもう一六年になる。

今日も木全さんが宛名ファイルの整理に来て下さった。これで年賀状も大丈夫だが新しいソフトに慣れるかどうかが気掛りだ。

為替レートが一ドル九〇円を割った由、ついこの間まで一二〇円近かったのだから大変な変動だ。ソニーやトヨタで大量解雇があるとの報道、経済には疎い私だが一九二九年以来の世界的大不況になるとの観測だ。二九年は私は二歳だったから記憶にないが、その後も「大学は出たけれど」といった歌謡や漫画は耳にし目にしている。今日は就職内定取消が騒がれている。本格的恐慌の到来なのか。

十二月十二日（金）

ゴルフ場へ／日本の慣習

心臓手術後初めてゴルフ場に。ゆっくり起き昼前に野田コース到着、今日は練習場のみで一時間程打って食事、その後また暫く打つ。久しぶりに広々とした自然の中、緑に囲まれ爽快な気分に浸った。約一年ぶりだがまるで下手になった。止っている球を静止状態から十分に注意して打つのだがまともに飛ぶのは半数以下、フォームが悪いとは思わないが、どこかに欠陥があるのかも知れない。

会社研修の為に二週間泊めていた女子留学生二人も今日が最後、滞在中は雨戸の開けたてや蒲団の上げ下し、毎朝の落葉掃き、床の間に物を置くな、座敷は散らかさぬ様になど、日本の慣習を教えた。蒲団の畳み方が韓国は日本と違い、三つ折りは海苔巻きの様に巻くということを新たに知った。

十二月十三日（土）

「土曜の会」の賑わい

私の心臓動脈手術などで四月以降休んでいた「土曜の会」を久々に開く。研究発表のほか私の快癒祝いと忘年会を兼ねる。鈴木明先生が見え、最高学年の89A嘉納愛夏、92M池田佳人から今春卒業04V北山正和まで、学外者や夫人も含め一二名、賑やかな集りとなる。私から「アーバン・スモールハウジング」の小規模団地見学と設計者との談話を紹介、次に東大病院建築の変遷と私の心臓冠動脈手術の経緯をPowerPointを使って披露、これは大いに皆の興味を惹いた。幹事の熊野さんと劉君が準備して寄せ鍋に雲呑、讃岐うどん。快癒祝いにシャンパンを抜き、酒はビールと日本酒、小玉先生から戴いた太平山「天巧」は大好評だった。劉君の友人視覚出身の三人が泊り夜を徹して語り合っていた模様。

「土曜の会」風景　十二月十三日

十二月十四日（日）

吉野平八郎氏の一周忌

従妹康子さんの夫君吉野平八郎氏が今年一月に亡くなり、一周忌が墓所西多摩霊園の斎場で行われた。昨日の暖かさからは打って変りの小雨で肌寒い。立川から青梅線で福生、多摩の丘陵地を開いて丘の上の方まで何百という墓が並ぶ大きな霊園である。式は神道、故人は命（みこと）となり、五年毎の祭祀を経て五〇年後に神になるのだそうだ。日曜のこととて法事も数十件、斎場も二つ、一〇分刻みのスケジュールが掲示されていた。マイクロバスで八王子鶯啼庵に直行、会食では元東大総長森亘先生と隣合せで同席した。

そろそろ年の暮に向かい家の整理や「文文会留学生奨学金」支援者への正式領収書送り等何かと仕事がたて込む。年賀状の版画や宛名の準備にも取りかからねばなるまい。

十二月十五日（月）

親友武藤倫男氏の自伝

成蹊高校時代の親友武藤倫男氏から彼の自伝とも言うべき『追憶の断面図集』という冊子を頂いた。副題に「ただの人の昭和稗史」。神戸への往き帰りに車中で読もうと思ったらなかなかの大作で到底読み終わらない。ほぼ八〇〇枚の長編である。生立ちから始まり、住まい、師と友、食べる、着る、旅、伴侶等と章を分けて記述している。大学は東大だが千葉の第二工学部だったので一緒でなかったが、ダンスサークルで共に遊んだ。クラレに入り浦辺鎮太郎氏の薫陶を受けた文化人だ。退職後は事務所を営み更にそれを後輩に譲りこの著作のパソコンに向かっていた由。その記憶力には敬服した。恩師、友人、その後の建築関係の記述など実に詳しい。私の家でのすき焼も出ている。昭和の貴重な記録だ。

十二月十六日（火）

青木正夫氏の本の最終校正

青木正夫氏の遺著ともいうべき中廊下型住宅の形成・発達を語る本の最終校正が送られて来た。巻末栞の座談会について特にチェックしてくれというが、既に原稿段階で校正したことを忘れていた。ほとんど問題はないが、更に本文の方も目を通して気づいた点に赤を入れた。「茶の間」や「応接間」の事項解説には若干の意見の相違を書いたが、いちばんびっくりしたのは書名である。これ迄の仮題「中廊下の住宅史」が『「中廊下」めぐり』に替った。「明治大正昭和の間取りを読む」の副題は付いているものの主題がこれでいいのだろうか。「めぐり」では時代的な変容の追跡の気分が表れないのでは、と気掛りで、植田氏と鈴木義弘氏の熟慮の上の提案に嘴を入れる筋合いはないが、心配を書き送った。

十二月十七日（水）

池田直樹演奏会／鈴木智子が

建築学会楽友会主宰の池田直樹バスバリトンコンサートを聴く。かつてピアノ募金趣意書の名文を起草した縁で顧問にさせられたが、切符を割当てられて親しい方々に差上げた。小川信子さん、田中美恵子さんならびに娘の阿部智子、鈴木智子と同席した。コンサートは「冬の旅」抜粋、日本歌曲数曲、最後には「フィガロの結婚」からフィガロとバルトロの歌など、解説の談話を交えて愉快な演奏会だった。夫人早苗さんのメゾソプラノも参加しその掛け合いも愉しい。

終って地下の店で会食したが鈴木智子さんは先日入籍し赤坂さんになったとの報告。親友の阿部さんも初耳だというのにはびっくり。五年も前からの関係だったのに誰一人知らなかった。文文日記に書いてよかったのかな。

十二月十八日（木）

三年生「都市と地域」講評会

朝の新幹線で神戸へ。好天で富士が美しい。三年生デザイン実習講評会を傍聴。神戸市内に各自対象地を選んで、ランドスケープ又は建築の設計をするというかなり高級な出題。対象地選び、計画目標設定、そしてデザインし発表。来年の卒業制作の前哨戦だというがやや力不足の作が多い。私は指導の立場ではないのでレクリエーションのつもりで参加し芸工生ガンバレという気持で見た。先生方の批評指導の言葉の巧みさには感心する。これぞという作品も十数点あったが、思いつきや好みを形にするものが多い。都市は時間的・時代的に変化するもの、地域的に連続し互いに影響しあうもの、投企した物の他への波及を期待するとの観点が希薄だ。模型は立派だが図面の完成度の低いのが気掛りである。

十二月十九日（金）

UR住宅ストックの再生再編

くらし・すまい塾は増永理彦氏を招き「UR賃貸住宅ストックの再生・再編」について。公団に二四年間勤め、樟蔭女子大教授に転進してから既に一一年という。小泉政権以来の民間市場原理主義により団地住宅のとり壊し建替が進んでいる。昭和三〇年代建設のものは建替、四〇年代はリニューアル、五〇年代は設備改善がURの方針だという。建物には価値を置かず空地を作る為の取壊しである。居住者は住み続けコミュニティの維持を求めるが、話しあいが持たれて多少とも好ましい整備が行われた団地は僅か数例に過ぎない。過去二〇年間に九万戸が潰され今後一〇年間に八万戸を壊す予定という。建替は空間資源の滅失だが、住宅計画を経験した人的資源も今後数年で無くなると知って愕然とした。

十二月二十日（土）

宝羅さんの結婚披露

黄宝羅さんの結婚披露に招かれた。韓国から来日し東大大学院長澤研で学び岡田新一設計事務所で病院設計などに参加、今は鉄道駅舎等を扱う事務所に勤める。新郎は岡田事務所で設備設計を担当した人、共に三七歳という大人の結婚だが会場の九段開館の方式に従いやや若者風の演出。尤も配られたプリントに今後の夢として「ついていきます」「大きな愛を育てよう…」と書いているから、これは彼女の可憐な性格なのだろう。最初は純白のウェディングドレス、お色直し後は現代風のチマチョゴリで絵のように美しい。私の挨拶で、住居研究や留学生支援で韓国に親しんでいるが日本の若者は韓国が好き、韓国も日本が好き、政治のトップに関係なく大いに将来の日韓交流の力になって欲しい、と訴えた。

松崎徹也氏と黄宝羅さんの晴れ姿　十二月二十日

十二月二十一日（日）
不況／文文会留学生奨学金

不況の嵐が吹き荒れている。トヨタ、ソニーを初めキャノンなど大企業で大量解雇の報、派遣社員の継続停止とその住居の問題、就職内定取消の波紋などが連日新聞を賑わわしている。なるほど一九二九年以来の大恐慌なのだろう。給与生活を脱して年金生活の私にはまだ直接に実感として及んではいないが…。

一方「文文会留学生奨学金」は卒業生や本学教職員のみならず、多くの学外者からも関心が寄せられた。台湾の黄世孟氏からも五万円の寄附が届いたので来年度は一名増やし五名の留学生への援助が可能になる。月々三万円を学資として給付、「文文会ＫＯＢＥ」の会にも招いて先輩達との議論に参加して貰う。このような若者同士の親交が将来の国際交流の発展に繋がることを期待しているのだ。

十二月二十二日（月）
家内の兄の急逝

昨日親類の者から電話で私の家内の兄の徹夫が急逝したとの報、驚いて駆けつけた。彼の住まいに行ったのはまだ家内の居る頃だったから二〇年も前である。記憶を頼りに訪ねたが周りの風景もすっかり変ってしまってうろうろと探す羽目になった。私より歳上だから致し方ないとも言えるが、今春以来、大学の同級生の次々の他界を見るにつけ自分自身の最期についても考えざるをえない。この夏の心臓治療で一五年は寿命が延びたような気があり、周りからも大手術の後とも思われない元気ですねと言われるが、日常の行動とくに転倒などのないように注意せねばなるまい。故人の顔は眠っている様に穏やかだった。

昼間は暖かだったが夜になって雨が降り風が出て寒くなった。いよいよ年の暮だ。

十二月二十三日（火）

休み

十二月二十四日（水）

大掃除／「くるみ割人形」

暮の大掃除。毎年近所の掃除屋を頼むが万事心得ていて任せられる。私自身は溜った雑誌や寄贈された本が畳の上に積まれているのを分類整理するのに二時間もかかったが、結局中身を見ずに棚に移しただけである。分類のできないものの処理がいちばん困る。

バレエ「くるみ割人形」に招かれた。音楽は馴染みだがさして面白い曲でなく踊りを沢山見せるだけだ。弟道彦の孫の中一姫菜が大役クララを踊り最初から最後まで出ずっぱり、踊らないシーンも会話などの仕草をしていてさぞや緊張し疲れたろう。客席は家族づれで賑わう。出演者が数十人でその両親や親類が観に来るから二日間の公演は安泰だ。パンフレットはダンサーの顔を並べるだけで解説も専門家の寄稿もないのに千円とは高い。

十二月二十五日（木）

義兄の通夜／暮の火の用心

家内淑子の兄徹夫が急逝しその通夜が護国寺桂昌殿で行われた。小雨に見舞われ肌寒い。親類の若い人たちに会うのは久しぶりだが、ほとんど大学を出て勤めていて皆立派になり誰が誰だか分らなくなった。宗旨は日蓮宗で護国寺から式場だけ借りるという形である。ごく内輪の密葬ということだったが、親族のほか会社関係の方も数十人は見えた。十二月は逝去が多い。私の母と家内は十二月十日と十一日だったし故人の奥さんも十二月十九日だった。法事を纏めて出来るから便利だ。

夜十時過ぎに「カッチ、カッチ、カッカッ」と拍子木の音が聞こえてきた。暮には近所の町会で火の用心の見回りを出すのが慣例だが最近はこれに従う子供たちの声が聞かれないのがちょっと寂しい。

十二月二十六日（金）

葬儀／コミック『医龍』

葬儀の後、焼場へ向かう車の列がやや遠回りして小学館・集英社の前を通ったが社員一同が社屋の前に並んで手を合わせて下さった。焼場では炉の扉の閉じる時に惜別の感が胸に迫る。小さく骨と化すのが無情である。

昨日の通夜の席でコミックで心臓外科手術を扱った『医龍』という本があることを聞き、早速池袋で買い求めた。一八巻もある大作で取りあえず四巻までを求め一巻を読んだが、専門的医療技術もよく調べて解説がつき結構面白い。序でに安彦氏の『王道の狗』の続き三・四巻を買い求めようとしたがリブロにもジュンク堂にも品切れで置いてなかった。

テレビでNYリチャードロジャース劇場中継の「シラノ」を観たが、名科白も省略が多く面白くない。日本の「シラノ」方が巧い。

十二月二十七日（土）

グルジア映画「懺悔」

旧ソヴィエト時代のグルジア映画「懺悔」を観た。名作である。スターリン治下の厳しい統制と粛清に逢い、両親が反体制のレッテルを貼られ捕えられて死亡したその娘が、権力を振るった市長の没後、彼の墓を暴き遺体を掘り起こす。裁判でもこれは復讐でなく墓の中に安らかに眠るのを許さない、市長の罪の告発だと主張する。映画がソビエト統制下の一九八四年に作られたのは凄いが、暫く上映されなかったという。八七年のカンヌ映画祭で審査員特別大賞を獲得し、ペレストロイカの後に漸く一般公開された由。単に粛清への告発というだけでなく、共産主義の無宗教と信仰の問題、社会状勢への順応と真実を語る良心の問題等を含み、過ちへの懺悔を問う。状況に盲従する現代日本も考えさせられる。

十二月二十八日（日）

喪中の年賀状について

義兄が他界したので私は喪中になり年賀状は遠慮すべきなのかも知れないが、関係ない人にまでこれを周知する必要もあるまい。喪中の欠礼は身内の範囲だけに留めて、その他の人には例年どおり年賀状を出そうかと思う。年賀状書きを煩わしい習慣だという人もあるが私はこれが好きだ。ふだんは疎遠の人でも年一回の挨拶によって親しく会話する気分になれる。来年は丑年だから牛の図柄の版画を彫り元日に出す。郵便局は暮のうちの投函を要請するが年賀は本来新年の清々しい気分の下で行なうものである。宛名は以前は毛筆で書いていたがだんだん枚数が多くなるにつれ万年筆になり今はパソコンで打出したシールになってしまった。数百枚にも上るので暮のうちに整理して準備しておくのだ。

十二月二十九日（月）

「日記」のサーバ接続不能

数日前から「文文日記」ウェブ掲載が不能に陥った。Golive を開いても「サーバに接続できません」と出る。BCセンターを介して接続しているが、接続切替えが行われ不具合が発生したらしい。年末は既に会社は休みになり復旧は年明けになるだろう。親しい友人からは、日記がストップしているが風邪ではないかと問い合せのメールが来た。気遣ってくれるのは有難い。「文文日記」の掲載が私の健康状態の指標になっているようだ。

正月の準備に、門松を立てた。近所の花屋で求めたが、玄関飾りはもう売りきれたというので今年は三尺の注連縄を張った。なかなか玄関が立派に見える。床の間の掛軸を「蓬莱春色図」に、玄関の額も「胡蝶蘭と埴輪」に替え、次第に正月を迎える気分が高まった。

十二月三十日（火）

「紀伊國屋寄席」と忘年会

護国寺の鈴木家墓地の清掃。劉君が同行して手伝ってくれた。秋のお彼岸に植込みを刈り込んだので今日はさして手間はかからない。コンドル先生の墓も清掃し花をあげた。

夜は紀伊國屋寄席。劉君を伴う。柳家さん喬「文七元結」は無難な出来だが往年の古今亭しん朝の語りが耳に残っているのでどうしても比べてしまう。暮のこととて漫才が入り、のいる・こいるの他愛ない語りだが面白い。トリは柳家小さん「真二つ」。山田洋二作。但し落語として面白い噺でもなく語りも平板で、彼は願い下げにしたい。紀落会忘年会は例年どおり京王プラザホテルの特別室にて。立食パーティだからオシャレして来いと劉君に伝えたが、折角の龍の模様の中国服を派手すぎると着て来なかったのは残念だった。

十二月三十一日（水）
二〇〇八年の大晦日

今年ももう大晦日だ。ずいぶん事件と変化の多い多難な年だった。私自身については何と言っても心臓冠動脈治療。大分前からの準備を経て軽い気持で受けたのだが考えて見れば人間の生命の元の大手術だった。結果として息切れが解消し寿命がほぼ一五年は延びた。世間的には、一九二九年の大恐慌以来の経済不況。会社の倒産や社員解雇、就職内定取消などが相次いだ。これまでオイルショックやバブル崩壊等の不況には見舞われて来たが、こんな大規模な不況は初めての経験である。一体これからどうなることか。経済に疎い私だが他人ごとでは済まされなくなってきた。米国大統領選挙では黒人オバマの登場。日本では麻生の不人気がその極に達しているが、政権交替して今や米国依存から脱却したい。

2009年1月

1日(木) 弟道彦宅の新年の集り
2日(金) 年賀状の発送/コミック
3日(土) すき焼鍋を囲む
4日(日) 志茂先生と玲男奈君来訪
5日(月) 娘たちの心遣い
6日(火) ウェブ復旧/書籍の流通事情
7日(水) 松の内も今日まで
8日(木) エアコン取換え/新年互礼会
9日(金) 今年もまた胃痙攣が起った
10日(土) 休診/青木氏著書の出版予定
11日(日) 餅搗案内通知の大失敗
12日(月) 「成人の日」で休日
13日(火) 映画「英国王給仕人に乾杯」
14日(水) 「紀伊國屋寄席」
15日(木) 寒い日/大相撲初場所
16日(金) 休み
17日(土) 大震災記念日/センター試験
18日(日) すき焼パーティを愉しむ
19日(月) 年賀状の壁掛づくり
20日(火) 「すまいのデザイン」講評会
21日(水) 1 博士請求論文発表会を聴く
2 デザイン研究について考える
22日(木) オイルヒーター購入
23日(金) 建築学会「楽友会」にて
24日(土) 鈴木研の集い
25日(日) 鈴木・阪田を初段にする会
26日(月) 年賀状壁掛出来上る
27日(火) 心臓と舌の外来診療
28日(水) 環境・建築デザイン学科HP
29日(木) 休み
30日(金) 国会で二次補正予算成立
31日(土) 1 大学院修士研究発表会
2 大学院修士の作品発表
3 文文会KOBEで北京の胡同

一月一日（木）
弟道彦宅の新年の集り

好天。年賀状がどっと届いた。この数百枚を一々見ていると優に一時間以上かかる。最近は版画が少なくなった。一年間の行動を記述したものもあるが、細かい字は読むのに苦労する。これは、他人に知らせるというよりは本人の記録として書いているのだろう。

弟道彦宅に招かれる。最近数年間の慣わしで家内を亡くして独り暮らしの私と下の弟寧が招かれる。道彦の息子二人は出版社勤務で、今や人の上に立ち雑誌の企画などをする身分になっている様子。孫の姫菜が先日のバレエ「くるみ割人形」の大役クララで活躍した。仲の良い親子だ。将来はどう進むのかと道彦が頻りに尋ねていたが、中一ではまだ考えてないのも無理ない。現在はバレエを踊るのが愉しくてしょうがないというところだろう。

一月二日（金）
年賀状の発送／コミック

正月三が日は年賀状の発送を愉しむ。図柄は十三世紀「駿牛図」を模したが、貴族が自分の牛車の牛を自慢する為の絵だという。以前に比べ作業がのろくなり発送がまだ半分も終らない。だが寝る前の一杯と同時に先日求めたコミック『医龍』を開くとこれがまた面白く、つい寝るのが遅くなる。心臓手術の緊迫した場面で、左回旋枝・僧帽弁・オペ看・グラフト・トリミング・クーパー等の医学用語や略語がポンポンとび出し、欄外に細字で解説はあるが私は昨夏に一応の基礎知識を得たので理解ができて面白い。また医局制度の封建性、教授会の教授選挙の駆引き、出世志望と人命尊重のジレンマなども絡み合う。若者がマンガから思想や歴史や技術や社会を学ぶのもむべなるかなと思わせる。

二〇〇九年
己丑元旦

一月三日（土）

すき焼鍋を囲む

独り暮しで正月を過ごす者もあるので新年の会をしようという劉君の提案で、何人かに声を掛け天坂さんと熊野さんが集まり、四人ですき焼鍋を囲んだ。以前にも紹介したことはあるがわが家のすき焼は昔の銀座裏の鴨料理「さんみや」の方式で、白葱を二センチ程に輪切りにし、酒を等量混ぜた醤油にちょっとつけて鉄鍋の中央に立てる。肉を周りに置き弱火で焼くと脂が中央に流れ葱の下からジクジクと上る。肉と葱は大根おろしで食べる。肉は浅草今半の切り落とし肉、百グラム五百円程度のものを求めた。純粋な自然の味で、正に絶品である。日頃の仕事の話、芸工大の思い出、最近の不況のこと、ファッションのことなど賑やかに喋って時の経つのを忘れ、十一時過ぎに終って別れた。

すき焼鍋を囲む　一月三日

一月四日（日）

志茂先生と玲男奈君来訪

劉君が芸工大で指導を受けた志茂浩和先生を一度お招きしたいとの劉君の希望で志茂ゼミの人たちに声を掛けたが、正月には家へ帰る者が多く、来たのは米本玲男奈君一人、彼はゼミのピカ一の由で映画「三丁目の夕日」等のCG制作に携わる「白組」に勤める。先ず先生に劉君の部屋を見て頂き更に書斎や座敷も案内して彼の暮しぶりを紹介する。四人ですき焼やご持参の蟹などを愉しんだ。最近の不況でCMの仕事も減りCGの業界も影響を受け大分変化している由、劉君の会社の制作部門がリストラを受け、残った人の仕事量が増えて忙しくなっている。更に後輩の諸君の就職の話、将来の見通しや生活のことなどをざっくばらんに談話する。CGは現代の先端技術だが社会の影響で変化も激しそうだ。

一月五日（月）

娘たちの心遣い

年賀状の発送も今日までにと思ってせっせと行い一年ぶりに賀状で交わす会話を愉しむ。最近のシンポジウムや会合で会った方なども増えたが、一方他界した友人も数名、年賀状の相手もすこしづつ変化していく。

大宇陀の陽子から電話があり年末から十日間も「文文日記」の掲載がないが体の具合でもおかしいのではないかとの見舞。福井の奈奈からも劉君に問合せがあったという。娘たちが私を気遣ってくれるのはまことに有難い。「文文日記」が私の健康の指標になっているが、体でなくサーバ接続の不調だと答えた。

イスラエルがガザを空爆し、更に地上部隊も進攻したとの報道である。イスラエル支援のブッシュ大統領の任期中にとの思惑だろう。米政局が国際紛争にまで強く影響している。

一月六日（火）

ウェブ復旧／書籍の流通事情

正月の休み明けをまって漸くＢＣセンターに連絡がとれ、早速ウェブ復旧に来てくれた。サーバの移転に伴い接続切替えがあった由、私のパソコンからの操作ですぐ復旧したが、二週間分の入力には手間がかかりそうだ。

先日コミック『医龍』を買ったときに一六巻だけが無かったので近所の書店で取り寄せて貰おうと思ったら一冊だけだと取次店はすぐには送ってくれず、冊数が纏まる迄二週間、時には一ヶ月も待たされるのだという。書籍の流通事情を知らないが意外に不便なものの様だ。大規模書店が栄えて街の小規模書店は通俗書ばかりになるのも道理だ。

年賀状は今日あたりもまだ何通も届けられ、中には美しくデザインされたものも数多い。恐らく正月にゆっくり制作したものだろう。

一月七日（水）

松の内も今日まで

松の内も今日まで。門松や玄関飾りの注連縄などを撤去した。これは焼くのが本来なのだろうが都内では焚火して煙を出すことが禁じられている。さりとてゴミとして出すのも気がひける。さてどう処置すべきものか。劉君も一昨日から会社がはじまった。今年は仕事始めが月曜なので、最初から一週間まるまる勤めることになるが、新年早々仕事は多忙な様子である。街も通常の賑やかさになった。私は年賀状も終りのんびりした正月である。

今年の正月は好天に恵まれたが、空気はカラカラだ。さかんに火の用心を訴えている。

明日の神戸芸工大新年互礼会に出席のため、夕方の新幹線で神戸へ向かう。弁当は大丸でうなぎ弁当を求めた。温かくなっているのが嬉しい。「ひかり」は空いていた。

一月八日（木）

エアコン取換え／新年互礼会

神戸の住まいのエアコンが故障して昨年暮にメーカー三菱電機に見て貰ったが機種が古く修理は無理で新機種に取換えることになり、今日の午前中を予約した。来たのが十時半だが結構時間がかかり三時間近くかかった。エアコンの耐用年限を訊ねたらほぼ十年だという。建築に比べ何と短いことか。暖房器具でもディンプレックスのオイルヒーター等は私は何十年も使っているが…。

お陰で午後一時からの新年互礼会には、大分遅れて出席したが、多くの教員や事務の方と会話して実に愉しい時間を過ごした。やはり私は神戸芸工大が好きなのだ。教員と事務方がこんなに親密に仲間のように会話が出来る大学も珍しいのではなかろうか。

夕方の新幹線で東京に向かった。

一月九日（金）

今年もまた胃痙攣が起った

久しぶりの雨、カラカラ天気もひと休みだが気温は低い。北日本では大雪だという。

池袋に買物に出て食事を含め三時間ほど歩き回ったが、目指す暖房の器具は無かった。

夜、腹痛が起った。夕食の時もやや怪しいかと思ったが軽く食べたところ、食後に次第に胃の痛みが増す。毎冬の寒い頃にほぼ一回は胃痙攣が起るのだ。翌朝にはケロリと直るのは経験済みなので心配はないが早めに寝た。しかし痛みが増したり引いたりしてなかなか眠れない。胃が動いてない様子が感じられるので起き出して無理に戻した。痛みが引いた訳ではなかったがそのうちに自然に眠った。

毎冬一回は必ず起るのは何故だろうか。状況は毎年同じだがこんな事を日記に書くとまた娘たちが心配してくれるのかも知れない。

一月十日（土）

休診／青木氏著書の出版予定

昨夜の胃痛は何ごともなかった様にスッキリしたが、一応報告の為に三輪医院に赴いた。ところが「本日休診」の張紙がある。奇数週の土曜は休みとは知っていたが、偶数週でも十一時迄だったのだ。だが往復四〇分、急な坂道を含め楽々と歩けるようになったことを改めて確認した適度な散歩であった。今日は食事は全て控えめにしのんびり生活した。青木正夫氏の著書の最終ゲラを暮に見て気のついた点をチェックして渡したがそれが返却され、細かく見たことに礼を言われた。青木さん本人が亡きあと鈴木義弘氏が責任もって纏めているが、青木さんに近い後輩としてはせめてもの恩返しだ。書名は『中廊下の住宅—明治大正昭和の暮らしを間取りに読む』となり、二月二十五日ごろに出版予定という。

一月十一日（日）

餅搗案内通知の大失敗

毎年二月にわが家で餅搗きの集りをするのが恒例である。凡そ三〇年も前故宮脇檀氏から彼の臼杵を「成文の家には庭があるから…」とて預かったのが発端で、その臼を返し私の臼を世田谷ぼろ市で求めたのが一九九一年だからそれからでも一八年になる。以来、友人や若い人たちが時には六〇人余も集って座敷は大入り満員になる。毎年は二月十日前後の日曜日に行うが、今年は内田先生を囲む白馬スキーと重なり、翌週は神戸芸工大の卒展と重なった為、やや遅く二月二十二日（日）となった。ところが案内通知に大失敗をした。報せをシールにプリントし常連には年賀状に貼付するが、一部の人には誤って二月十一日と書いて出してしまったのだ。改めて大慌てで訂正ハガキを送る羽目になった。

一月十二日（月）
「成人の日」で休日

今冬いちばんの寒さ、都内でも雪が舞った。一昨日の胃痙攣の報告に三輪医院に出かける身支度をしたが、今日は「成人の日」で医院も休診だと気がついた。毎日の勤めがないと休日・平日の観念がなくなり、また無駄足をふむところだった。

定額給付金法案の是非で政局が揺れているが二兆円もの金を国民にばらまいて渡すというのはどう見ても馬鹿げたことだ。これが景気浮上対策だというのは余りにも子どもじみている。纏まった金ならもっと有効な使い道は幾らでも考えられるだろう。麻生はただ発言や姿勢が悪いというだけでなく根本的に能力が欠けているのではあるまいか。自民党内でも反撥が多いというのに辞めさせる手がないというのも党の資質の欠陥だろう。

一月十三日（火）
映画「英国王給仕人に乾杯」

三輪医院に赴いて先日の胃痛の報告をしたが診察の後先生は図解しつつ胃・胆嚢と胆汁・膵臓からのリバーセ等の構造・機能を丁寧に説明して下さる。素晴らしい医師だ。

映画「英国王給仕人に乾杯」を観た。チェコ映画は初めてだが愉快な作品だ。初老の男が刑務所から出所するところから始まり、若い頃からの回想を辿る。機転が利きユーモアがちりばめられる。駅頭のソーセージ売りから機知と幸運に恵まれて金を貯め、レストランの給仕見習から高級娼館、更にプラハ第一のホテルの給仕長になるがナチスドイツの侵攻に遭う。民族問題や血の純潔、適度のエロチシズムを交える。切手で大金持になった結果戦後の社会主義政権により投獄される。国際社会問題を扱いつつ軽妙な寓話を仕立てた。

一月十四日(水)

「紀伊國屋寄席」

紀伊國屋寄席には天坂さんがインフルエンザで急に行かれなくなったが、阿部智子さんが同行してくれた。三遊亭金馬「薮入り」ではいかにも金馬らしい面白さが出たが枕で当時の道徳としての主人に忠、親に孝を説明をしオチは「チュウのお陰だ」と結んだ。以前に聞いたのでは「昨夜はネズに待ったのだ」というのや、志ん朝は「ネコババかと思った」というのがあったが私はネコババがいちばん良い様に思う。柳亭市馬「堪忍袋」は女房が手拭で袋を縫う仕草の巧みさで微笑を誘う。五街道雲助「淀五郎」は忠臣蔵五段目を主題の佳い噺、私は歌舞伎を観ないが判官切腹の場は周知の物語だけに芸談としても面白い。会食の際にすき焼の話が出て、次の日曜にはわが家ですき焼の会を行なうことになった。

一月十五日(木)

寒い日/大相撲初場所

寒い日が続き朝方の気温は零度だ。縁側前のムクゲの枝を切った。次第に大きくなるので陽射しを妨げぬ様にとの処置だが夏には白い奇麗な花を間近に沢山つけるのが嬉しい。大相撲初場所が始まっている。新大関の安馬改メ日馬富士が四連敗、今日漸く一勝したが心理がこれ程に左右するとは。琴光喜も負けがこむ。これぞという型のないのが寂しい。態度が非難の的の朝青龍が稽古不足とは言いながら抜群の角力勘で何とか連勝し、白鵬は盤石、魁皇、千代の富士、琴欧洲も良い。新聞広告に建築模型制作が家庭で出来る良いアルバイトで一点五万円にもなると宣伝している。だが建築の基礎的学習、とくに仕上や窓まわりディテールの知識が無ければ使い物になるまい。制作材料売りの勧誘だろう。

一月十六日（金）

休み

一月十七日（土）

大震災記念日／センター試験

阪神大震災から一四年目の記念日。神戸での鎮魂の催しなどが報道されている。今や現在の小学生は震災後の生まれだが、近年は新潟だの海外の災害も報道されて震災対策の関心も喚起されているように思われる。

大学入試センター試験第一日。私は以前から日本の若者の考え方を駄目にした原因の一つがセンター試験だと唱えてはいるが、しかし若い頃の一時期に真剣に勉強する機会をもつことは貴重であろう。だがその勉強の方向性を誤らぬように誘導することが大事だ。尤も昔と異なり高校卒の半数以上が大学に進学し全国で六〇万人近くがセンター試験を受けるという状況では、昔のような大学入試の意義を考えることが既に的外れだろう。しからばどんな方法があるかを考えると実に難しい。

一月十八日（日）

すき焼パーティを愉しむ

先日の紀伊國屋寄席の際の相談に従いわが家ですき焼パーティを催した。先ず池袋三越の今半で肉を購入し準備する。集ったのは田中美恵子さん小川信子さん峯成子さんの三人。関口氏は本日だったかどうかの問合せ電話が田中さんにあった由だが残念ながらお出でがなかった。私と劉君を交え五人で鍋を囲む。汁のタレを用いず鉄板の鍋で直に焼くすき焼だが真ん中に立てた葱も実に美味、三人とも大いに満足して下さった。三人は私の亡妻を含め日本女子大の同窓の仲の良い人たちとて話は活発に弾んだ。女性の仕事のこと、学生教育のこと、結婚と独身のこと、社交ダンスのこと、その他さまざま、夕方から五時間も賑やかに喋った。劉君がサラダなどを作り、その他万事整えてくれたのには大感謝だ。

一月十九日（月）

年賀状の壁掛づくり

戴いた年賀状から美しいものを選定し、これを貼って壁掛を作るのが毎年の楽しみだが、その準備として候補作をざっと選んでみたら一七〇枚にもなった。ハガキは六枚で約三〇センチ角の正方形になり、これをヨコ四列、タテ五段でハガキ一二〇枚が壁掛の大きさである。即ち五〇枚ほどを割愛しなければならない。テーマの近いものを纏めるように配置する。建築や風景の版画やスケッチ、丑や牛の文字、牛の絵などがあるが、一方、芸工大卒業生はなるべく集る様にといった別の考慮も働く。色彩配置も考えねばならない。一応並べてみたが、なかなか一二〇枚に絞りきれないのだ。親しい人や熱心な学生からのものも泣く泣く落すことになるので、やむを得ずもう一段下にぶら下げることにした。

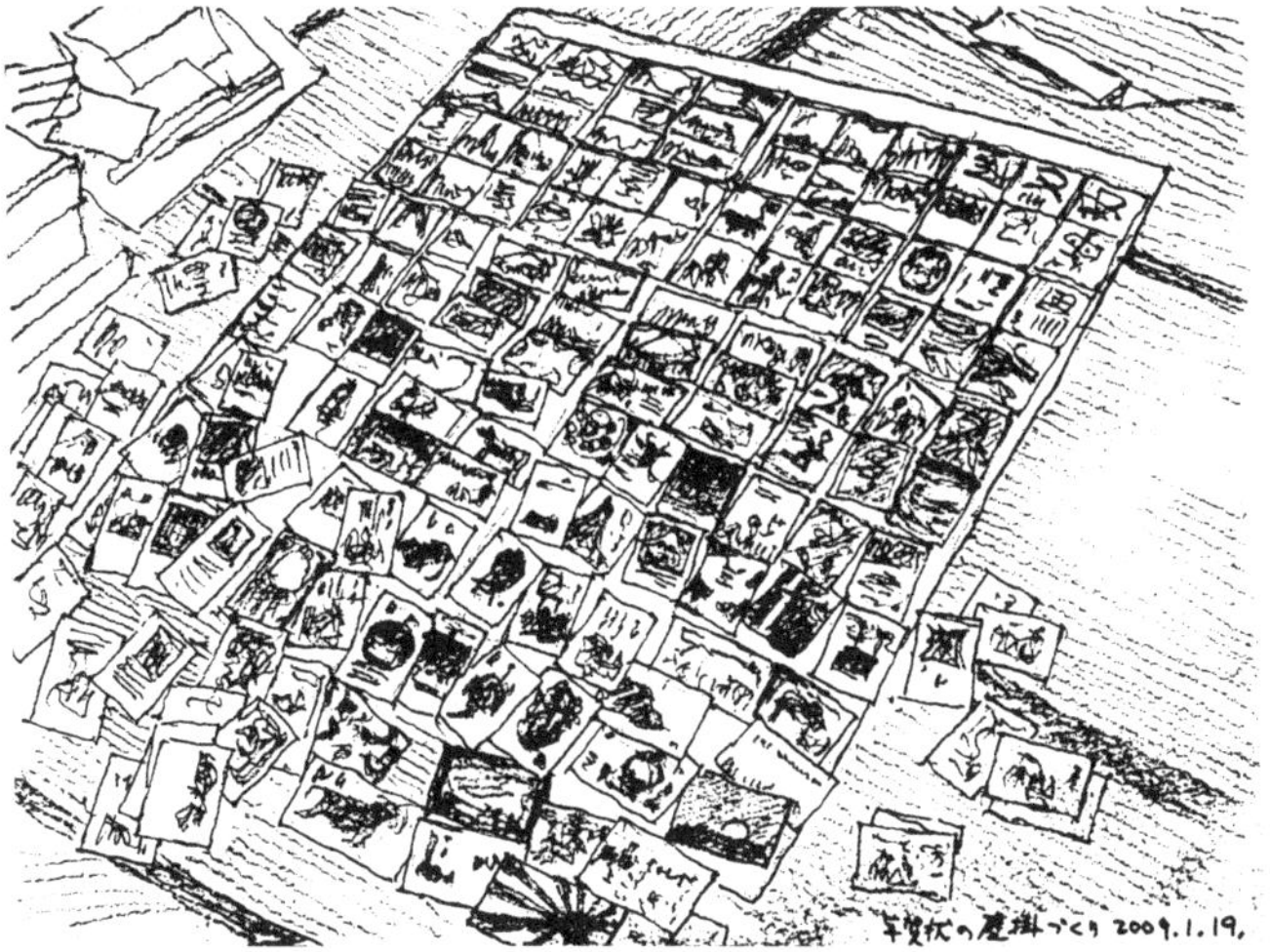

年賀状の壁掛づくり　一月十九日

一月二十日（火）

「すまいのデザイン」講評会

朝九時の新幹線で発って一時すぎに大学着。二年生の「すまいのデザイン」作品講評会を傍聴した。阪急王子公園駅近くの大小三個所の敷地を与えてその一つを選び、二世帯住宅或いはカフェ付住宅を設計する課題である。私はただ黙って見学したが、先生方は途中のエスキス指導や中間講評を経ているのでその批評は具体的かつ的確で、感心させられる。学生全員に見えるようにと、ビデオカメラを駆使して批評に合せて図面や模型の指摘箇所をスクリーンに投映するのも親切な指導だ。最後にひと言喋らされたが、全般にありありとした生活の具体的なシーンの想定が乏しいように思われた。時間的な変化、時代の流れなども反映してほしいものだ。

夜はテレビでオバマ大統領就任式を眺めた。

一月二十一日（水）1

博士請求論文発表会を聴く

博士請求論文発表会を聴く。鎌田誠史「近世末期の沖縄本島における間切番所が置かれた村落「主村」の空間構成原理に関する研究」が優れていた。大戦末期に破壊された村落の宿道や間切番所などの施設の配置を、史料、絵図、聞き取り、現地調査により出来る限り復原し、古琉球型村落形態から近世期村落型への再編を追跡し考察している。発表の言葉も図示も良かった。宮代隆司「田園都市思想とガーデンシティの系譜にみる持続する計画コミュニティに関する研究」はレッチワース以下の五都市におけるコミュニティ形成原理を考察し、現代の「舞多聞」計画への適用を紹介したが、二〇世紀初期と現代の社会条件や財政事情および人間心理の相違と変化をも考慮する必要があろう。

一月二十一日（水）2

デザイン研究について考える

博士請求論文発表を聴いてデザインに関する研究のあり方について考えさせられた。北谷幸恵「採光壁による自然エネルギー利用の研究」はごく基礎的な工学研究としてなら兎も角、デザインへの適用を目指すなら条件の厳しい限定が必要であろう。快適光環境といった思考は、特定の作業環境を対象とするならよいとしても抽象化された実験室データを直ちに住宅の居間空間などへの適用を意図するのは危険だ。それは跛行的なデザインとなるだろう。デザインを総合的な営為として捉えるのが芸術工学である。デザイン研究とは？ということを真剣に考える必要がある。論文発表と同時刻に、中村昌生氏の特別講義「数寄屋造の特質」が行われ、建築の見学と実測を行え！と熱心に説いておられた。

一月二十二日（木）

オイルヒーター購入

今年の冬は寒い日が続く。書院座敷は餅搗きの集りや土曜の会、卒業生や学生の泊り等に時々使うがその都度オイルヒーターを洗面所から運ぶのは煩わしい。座敷にも一台置こうと見て回ったが昔ながらのディンプレックスは無く、三越で小型五〇〇W「デロンギ」と一五〇〇Wの「DBK」を求めた。不在の時も多いのでラジエータヒーターが最も安全だと考えたのだ。売場の年配の店員の説明は、前者はイタリー製、後者はドイツ製とのことだったが、配達されて見たら前者は中国製と書いてある。イタリーモデルで製造は中国ということだ。中国製なら買わないという訳ではないが、やはり店員の落度というべきだ。早速電話で注意してやったが老舗の三越でもこんなことがあるのだ。

一月二十三日（金）

建築学会「楽友会」にて

建築学会「楽友会」会合に出席した。楽友会の歴史を記述し本にしようとの相談である。この会は一九七七年ホールにグランドピアノを寄贈したのを機に発足した。ピアノ購入の為の募金の趣意書は代表近江栄氏の名前だが実は私が起草し墨書したもの、我ながら名文だと思っている。その一部を紹介しよう。

「……その会館ホールは、研究発表にシンポジウムに講習に式典に祝宴に、我々会員一同常に親しんでいるところのものであります。ただこの文化の殿堂たる学会ホールが、学問技術の場としては活用されながら、いささか芸術の香の乏しきを感ずるのは豈吾人のみではありますまい。…（中略）…会員の相集い相親しむ場にミューズの神のおわしませぬとは画龍点睛を欠くの誹を免れません。……」

一月二十四日（土）

鈴木研の集い

年一回催す「鈴木研の集い」、神田の鳥料理「ぼたん」にて。慣れているつもりが淡路町交差点からの道に迷い十五分も歩き回った。地下鉄から出て方角を九〇度間違えたのだ。今回は上の方の卒業生の顔が見えず最年長が井上裕氏、以下在塚・佐野・丸山・初見……で約二〇名。相変らず賑やかに話が弾んだ。井上氏の最初の挨拶で「小泉政権以来の市場原理任せの政策が格差社会を生み不況に遭遇したが、今日こそ建築計画学的思考を積極的に広めるべき時だ」と。昨年のこの会で荒川千恵子さんから社交ダンスを勧められたが、その彼女が歳をとって体の柔軟性や運動性が衰えたのでせいぜいあと三年ほどだという。私が折角心臓手術して息切れもなくなったのだから今年は是非手引してほしいと頼んだ。

一月二十五日（日）

鈴木・阪田を初段にする会

定例の「初段にする会」今日は高橋宅にて。最近実戦から遠ざかっているし勉強も不足で昨日から文字通りの一夜漬けだ。棋院の雑誌『囲碁未来』の講座「布石の三〇手」に従い盤面に並べてみたのだが、急にやっても身につくものでない。石が混みあってくると見えなくなってしまい敗け続きだ。この時だけは「よし、もっとやろう」と思うのだが家では他のことに追われてさっぱりなのだ。

今日は大相撲初場所の千秋楽、一敗の白鵬と全勝の朝青龍の結びの対決で、白鵬が一気に押出して勝った迄は良かったが、決定戦では両差しに入られ寄り切られたのは残念至極、横綱としての態度風格は白鵬のほうが優れているので、やはり応援したくなる。

地下鉄最終電車で夜十二時半に帰宅した。

一月二十六日（月）

年賀状壁掛出来上る

先日来、美しい年賀状選びからその貼付けを進めていた壁掛がようやく出来上がり、座敷の襖の前に吊るした。今年は佳作が多かったので一二〇枚に絞りきれず、もう一段加えて一四四枚になってしまった。昔からの常連が二人減り三人減り代りに若い人達が増えたが版画は減少の傾向にあり、CGは増えた。

乃木坂太郎作のコミック『医龍』が面白い。既にざっと読んだのだが人物関係を覚えた所でもう一度読み返してみた。次々と心臓手術の異なる状況への対応の緊迫した情景も興味深いが、一方、教授選挙への駆引き、米国の医療と日本の違い、医局における教授権力、女医の妊娠への抵抗、クオリティオブライフと手術の関係、研修医と看護師の立場等々、医療を巡る問題が見事に描かれている。

一月二十七日（火）

心臓と舌の外来診療

東大病院の外来にて心臓と舌の治療のその後の経過報告。血液・心エコー・心電図・胸部レントゲン検査の後、循環器内科永井先生の診察は丁寧で階段での息切れ等があればその日の調子の指標になる由。口腔外科ではまだ舌の白斑が淡くあるが、癌の懸念は全くなく嗽をして清潔を保ち自然治癒を待つ様にと。

心臓が復活したのである程度運動したほうがいいと言われている。万歩計を先日買ったがこれがなかなか優れものだ。腰に装着せずにポケットに入れればいい。時計機能がついてその日の歩数が計測され、翌日はまた零から始まる。歩数は記憶され前日から七日前までの毎日の歩数を見ることが出来る。このほか歩幅や体重データを入れれば消費カロリー等の表示もできるが、私は歩数だけで結構だ。

一月二十八日（水）

環境・建築デザイン学科ＨＰ

芸工大のホームページの環境・建築デザイン学科のものが素晴らしく、オリジナルＨＰが面白い。「プロジェクト」では学生や教員がこれまでに携わったもの、たとえば舞多聞、住みコミュニケーション、西脇・播州織等の諸プロジェクトが紹介され、「日々の学科」ではスタジオが臨場感をもって披露される。特に愉快なのが「特派員だより」で、日常の動きを学生特派員が交替で楽しく記述する。二回生のデザイン実習講評会の模様、三回生の卒論ゼミ選択・決定の騒ぎ、卒業制作ではスタジオの徹夜作業が認められた嬉しそうな報告、模型制作のあの手この手、弁当の注文と作業と休憩等、学科の雰囲気をありありと伝えている。「文文会」に参加した際の模様も載っていた。読んで面白い優れたＨＰだ。

一月二十九日（木）

休み

一月三十日（金）

国会で二次補正予算成立

国会で二次補正予算が成立した。参議院での民主党の反対に遭いながら衆議院優先の規定により成立したのだ。国民の大多数から批難されている定額給付金の除外という民主党の提案がどう見ても妥当と思われるのにこれを無視して強行されたのは、国民に背を向ける姿勢があらわである。麻生総理の無能ぶりと無教養は目に余るものがある。

東京建築士会女性委員会より、昨年六月末のミニシンポ「はつらつと住まう」の記録原稿の再校正の要請がありこれをすませて返送。士会機関誌への掲載だがあらためて継ぎ足し継ぎ足しのわが家での生活と「文文日記」に紹介した私の意見や生活態度を見直した。

明日の大学院研究発表会への参加と「文文会ＫＯＢＥ」開催の為、夕方神戸へ発つ。

一月三十一日（土）１

大学院修士研究発表会

大学院修士の研究発表。論文での発表が六点と少ないのが残念だ。その水準も高くない。松原加代子「福祉用具開発におけるデザイン思考」、岩田谷由香、柳川翔太の神戸ビエンナーレ関係などは、当り前の事柄しか述べてない。向井昌幸の「デザインマネジメントの手法とコンサルティング」は、企業における製品化の過程での心得を述べたのみで研究としての実証性がない。修士ではまだ研究上の考察の意義が理解されてないようだ。僅かに一点尹智弘「デ・スティルの造形とシェーンベルクの十二音技法音楽の類似性」は、その絶対的規則の優先、無重力性、中心性の排除などの特徴を抽出し研究における思考の実践として評価できる。但しこの時代の他の事例でも同じ傾向を指摘できそうではある。

一月三十一日（土）2
大学院修士の作品発表

午後は作品。ギャラリーに展示された一四点を次々と回って批評する。休憩一回を挟んだとはいえ立ちづめの姿勢は疲れる。携帯用の腰掛が欲しい。幾つか面白い作品があった。岩永潤「種子をモチーフにした玩具」はフンワリとぶもの、クルクル回って落ちるもの等興味深いが如何にも弱々しくすぐ壊れそう。黒瀬空見の「つながる」をテーマの立体造形は制作努力は買うが人が着て他人と繋がった衣服では如何にも直接的で幼稚、つながるの精神性を考察して欲しかった。タイから留学のS・スットケートの備長炭と錫の自然素材を用いたジュエリー作品は美しく魅力的だ。アイルランドから来たD・マクデーモットの「ゲームで学ぶ文化の理解」はゲームの操作よりも日本の神道の理解の労を買いたい。

一月三十一日（土）3
文文会KOBEで北京の胡同

「文文会KOBE」は石東直子さんを招いて中国北京の四合院と胡同の話。まず四合院の形式と胡同（横丁・路地）の形成を説明し、活気ある下町胡同の生活情景を描写、一方で都市化の再開発により次第に壊され消え行く状況と追われる住民の反応を丁寧に紹介し、観光産業化した胡同ツアーの情景も伝える。オリンピックに伴う都市改造に対して伝統的町並み保存と一般市民の生活の保護は、都市近代化に伴う大問題であることを指摘した。本日の「文文会」は上のほうの卒業生の参加が少なかったが代って二回生・三回生の現役学生が多数参加して賑わったのは喜ばしい。年賀状壁掛も吊るして披露したが、皆感心し興味をもって眺めていた。来年は彼らからも年賀状を送ってくれるだろうか。

学生達と話す石東さん

一月三十一日

2009年2月

1日(日)　神戸の日曜日
2日(月)　卒業制作の展示を眺める
3日(火)　卒業制作講評会と賞の選定
4日(水)　非常勤講師との懇親／立春
5日(木)　卒業生交流会の通知の未着
6日(金)　劉君が調理師免許に合格
7日(土)　義兄相賀徹夫の七七日忌法要
8日(日)　白馬スキー第一日
9日(月)　転倒して脚を痛める
10日(火)　痛めた脚を引きずって帰宅
11日(水)　「文文日記」掲載／脚の故障
12日(木)　病院で脚の診療
13日(金)
1　神戸へ／卒展「カオス」
2　環境・建築デザイン作品
3　環境・建築デザイン作品・続
4　安彦良和『王道の狗』に感動
14日(土)
1　映像作品と選抜研究発表
2　続・選抜研究発表
3　続々・選抜研究発表
15日(日)　大学院作品プレゼンテーション
16日(月)　ファッションデザインの新潮流
17日(火)　裁判員制度の効用私見
18日(水)　倒木処理／KDUと餅搗き
19日(木)　無能政治家の効用
20日(金)　川村眞次『集住体デザイン』
21日(土)　安彦良和『虹色のトロツキー』
22日(日)　餅搗きの集い
23日(月)　餅搗きの後の食器の片付け
24日(火)　映画「小三治」
25日(水)　日本映画の隆盛か／コミック
26日(木)　病院外来の待ち時間
27日(金)　映画「おくりびと」
28日(土)　社会学の「51C」認識

二月一日（日）

神戸の日曜日

今日から二月で、神戸での日曜日。こういう機会は滅多にないので嬉しい。囲碁の精進の為には神戸の家にも碁盤・碁石を置こうと、ゆっくり起きて昼前から出かけた。確か三宮センター街に碁盤屋があった筈だとの記憶で歩いたが、元町まで行っても見当たらない。デパートにはあるかと大丸を覗いたが、磁石つきの玩具しかない。諦めてセイデンに寄りステレオコンポのCDプレーヤーの故障修理を訊ねたら、オーディオ製品は一〇年かせいぜい十五年で変るので、震災前の品では部品が無いかもしれないという。資本主義市場はそんなものかと悟る。生田通りを上り、以前利用したレストランを覗いたら結婚式をしていて駄目。別の店でのビーフシチューで遅い昼食をとって帰る。今日の歩行八一二六歩。

二月二日（月）

卒業制作の展示を眺める

明日は環境・建築学科の卒業制作講評会だがそれに先立ちスタジオでの展示をざっと一巡して眺めた。大雑把な印象では箸にも棒にもかからぬような酷い作品はほとんど無く底のレベルは上っているようだが、一方、ピカ一がない。テーマ設定では纏まった建築や地区を企画する者が乏しく、自分の心情の表現といったものが多い。これはおそらく全国的な傾向なのだろう。社会性が希薄で自己の中に篭るが、かと言って志を表現する訳ではなく思いつきや好みを表わすものが多い。社会に希望が持てないという世情の影響だろうか。バカでかい模型が多いのも妙な流行である。むしろ精度を上げ作品内容を的確に表現して欲しい。下級生が手伝うのは良い慣習だから良い方向に導いて欲しいものだ。

二月三日（火）

卒業制作講評会と賞の選定

卒業制作講評会。予め良い作品一六点を選び類似のテーマ又は対照的な傾向の作二点づつを掲示して教員二人が説明・批評し学生本人にも喋らせる。聴く学生全員にも解り易いし傍聴の下級生の為にも良い催しだ。全八組、一時に始まり五時半に終ったが、賞の選定の学科会議で議論が対立し延々四〇分も待たされた。総合的にしっかり計画した作は概して面白みが乏しく、感性に頼ってそれを肥大化させたものは特色ある作が生まれ易い。過去に建築の進歩の元になったのは後者かも知れないがその方向性が問われ、建築のレベルを確実に上げるのは前者だろう。学生達を待たせて激烈な議論をするこの学科の教員組織は素晴らしい。結局学長賞は前者の宮崎智行君と決まり、ワインパーティで公表された。

卒業制作講評会風景　二月三日

二月四日（水）

非常勤講師との懇親／立春

昨日は卒業制作講評会のあと非常勤講師との懇親会があった。教育にカリキュラム構成はもとより大事だが、いくら精密に組立ててもそれにぴったりの教員が得られることの保証はない。教育の質は結局は教員に依存する。良い教員を集めそれに応じたカリキュラムを組立てるのが開学時の本学科の方針だった。懇親会では各自の自己紹介と挨拶があったが非常勤も粒揃いの方々である。私の挨拶では今日の卒制の講評や賞の決定に見られる如く学生が一色でなく様々な方向を持ち、教員も異なる傾向を持つ人の集合で互いに議論するのがこの学科の素晴らしさだろうと述べた。今日は立春、東京への新幹線の車窓は春霞にはまだ早いが湿気を含んだ空気で風景がぼんやりし、富士も姿を見せなかった。

二月五日（木）

卒業生交流会の通知の未着

神戸芸工大卒業生交流会が行われるという。KDU-Netの主催、神戸では卒展最終日の二月十五日、東京では二月二十二日（日）。昨年も行われたが神戸より東京の方がむしろ盛況だった。ところがその通知が未だ来ない。私は最近知ったが生憎わが家の餅搗とかち合い出席できないのだ。もっと早く知らせてくれれば餅搗は日を違えることも出来たのだが。しかし折角の機会だから劉君や周囲の者には交流会への出席を勧めた。幸いにも交流会は一時半～四時、餅搗は四時から夜までだから流れて来ることも出来よう。差し出がましいとは思ったが私の知っている東京在住卒業生約四〇名にはメールで知らせた。東京で働く者同士互いに知りあうのは心強い事だろう。KDU-Net も事務的に整える必要があろう。

二月六日（金）

劉君が調理師免許に合格

暦の上で立春とは言えまだ寒い日が続く。劉君が夜中に仕事から帰って来て嬉しそうな大声で「合格しました」と言う。調理師免許の試験を受けていたのだ。以前から彼の料理上手は定評があり、それも餃子や焼売や雲呑だけでなくオムレツや煮魚等も結構できる。日本に来てからトンカツ屋などのアルバイトで腕を磨いたのだという。試験は実技でなく筆記試験で、単に調理技術だけでなく栄養学や公衆衛生等の問題も多く、彼はそれらの本を買って勉強した由、役所への手続きを経て正式免許が下りる。好きだからこそ上達したのには違いないが、CG映像の本業とは別に余技を持つことは好ましい。しかも料理とはかなり高等な趣味だろう。劉君とはなかなか愉快な人物ではある。

二月七日（土）

義兄相賀徹夫の七七日忌法要

義兄相賀徹夫の七七日忌法要。日本橋浜町の日蓮宗清正公寺にて。故人の姉妹や息子娘達の家族のみ約二〇名の法要だが、今や高齢者は私の義姉三品夫妻と私の三人だけとなり、故人の子や孫たちが主体となった。その孫も今や皆二〇代、まだ学生なのは一人だけで皆社会人になった。海外留学をした者も多く、その先は英国・フランス・中国・ニュージーランド等、今は皆日本に居る。これまで正月の集まり等で顔は覚えているが、誰が誰の子だったか解説を聴かないと解らなくなった。顔・姓・名・仕事・留学先の結びつきを覚えるのが大変なのだ。家族合せのゲームの様で独り愉しんだ。お清め会食は日本橋のホテルマンダリンオリエンタル三七階、東京の市街を見下ろしつつ中華の点心を囲んだ。

二月八日（日）

白馬スキー第一日

内田先生を囲む会の白馬スキー。安岡氏の車で松本氏・平田氏と同行する。七時半に出て十一時半にはヒュッテニポポに到着。長年の定宿で奥さんが女子美出身、キルティングの美しい壁掛が至る所に掛けられまことに気持がいい。同行は幹事役佐藤芳夫氏の同級生ら夫妻を交え総勢一一名、息子の大学生一人を除けば平均年齢は七〇代半ば。午後から早速出かけたが強風で上の方のゲレンデのリフトは止っている。咲花ゲレンデで足ならしの後北尾根その他で滑った。私は二年ぶりなので最初はおそるおそるだったが、直ぐに調子を得た。カービングスキーは自転者と同様、体に付いた技術は忘れないものだ。体重を前にかけることだけを心掛けていればいい。但し夜中に脚が攣り気味になって苦労した。

ヒュッテニポポの談話室にて　二月八日

二月九日（月）

転倒して脚を痛める

今日は晴天、リフトを乗り継ぎ、八方山頂の第一ケルンまで登って記念撮影する。唐松・白馬鑓・杓子・白馬岳の景観が素晴らしい。黒菱ゲレンデで気持ちよく滑る。ほぼ二年前までの技術を思い出した感がある。ところが午後、ツルツルに凍ったリフト降場で転倒し左の脛と膝の外側を強打し、その脚をかばいながら滑るのでどうも調子が出ない。黒菱下の振り子ゲレンデで皆とはぐれ独りになってしまった。朝の指示に従い兎平へ行く。左脚の不自由の懸念はあるが折角ここまで来たのだからリーゼンスラロームを一回は滑ろうとゆっくり下ったが、右回りが不自由で何回か転んで右膝までもおかしくなった。注意してパノラマを下り咲花でやっと皆と再会、鈴木探しで一同に迷惑をかけた模様、恐縮した。

第一ケルンにて。バックは白馬鑓・杓子・白馬岳　二月九日

二月十日（火）

痛めた脚を引きずって帰宅

痛めた脛と膝は、どうも力が入らない状態で宿でも掴まり歩きとなる。昨夜安岡氏に湿布を貼って貰い、平田氏からはマッサージして貰った。今日は半日だがスキーは休んで宿でのんびりと読書して過ごす。東京へ戻ったら早速整形外科の診療を受けようと三輪先生に電話して紹介状をお願いし、都立大塚病院に予約電話を入れたが明日は建国記念日で休みと知った。予約は明後日となる。三〇年前に蔵王で足首を捻挫したことがあるが久しぶりの脚の故障である。年寄りの冷や水か。帰途も安岡氏の車、平田家で奥様よりお手製の稲荷寿司を頂戴する。独り者には有難い。脚も時間が経つにつれ少しずつ歩けるようになった。心臓大手術をして今日立派にスキーができることを感謝すべきだろう。

二月十一日（水）

「文文日記」の掲載／脚の故障

スキーで三日間出かけると、「文文日記」もその間掲載はストップになる。帰宅してからまとめてアップするのだが、以前より作業がのろくなった。三二〇字の文章はすぐ書けるが、写真を添付したり更に今週の日記と同じものをバックナンバーの方にも移すとなると一日分の記事でも時には一時間近くかかる事がある。日記の為に生活している訳ではあるまいにと、自分を嗤う羽目になるのだ。脚の故障は時間の経過と共に歩行も楽になり近所の買物などにも出かけたが、入浴の際に見たら最初に打撲した左脚は外側だけでなく内側も腫れて脛が練馬大根の様になっており更に右脚も腫れている。湿布を買うにも今日は薬局が休みだ。しかしだんだん楽になって来ているのだから心配はないが。

二月十二日（木）
病院で脚の診療

朝、タクシーで三輪医院に行き紹介状を戴きその足で都立大塚病院に赴き診療を受ける。十時半の予約だが一時間以上も待たされた。診療は整形外科部長三部先生。既に三輪先生の紹介状に丁寧に書かれているがざっと状態を説明し、X線部でレントゲン写真を撮る。再び診察室にもどる時にはその写真が出来て届けられている。診断は、骨には何ら異常はなく筋肉の急激な酷使によるものだろうから湿布により養生すれば腫れは自然に引く筈、次の北海道は無理せず注意して滑る様にとの忠告である。状態が解れば私も安心できる。

安彦良和先生『王道の狗』を、橋本先生から託されて喜多君が送ってくれた。明治初期の政治の裏の歴史漫画で実に面白いが、流石に電車内に持ち込んで読むのは憚られる。

二月十三日（金）1
神戸へ／卒展「カオス」

卒展「カオス」を観に九時三分発のひかりで行く筈だったが目が覚めたのが八時五〇分、こんな事は初めてだ。昨夜早めに床に就いたせいだろうか。十時三分発の自由席で西下。車中で『王道の狗』を開いた。

脚は腫れが引かないどころか左足の甲も青く腫れて来た。足はスキー靴の中に入っていて打撲を受けた訳ではないが血流の影響だろうか。心臓手術のグラフトで静脈を取ったこととは関係があるのだろうか。

県立美術館での卒制展示も定着した。最初のホールに展示された大学院立体作品は見栄えがある。ファッションプレゼンテーションはファッション美術館で行われ連絡バスの便があり、今年は全般に作者の個人的イメージを優先するデザインが多い様に見えた。

二月十三日（金）2

環境・建築デザイン作品

環境・建築デザイン学科作品は先日の講評会で既に見たが展示ではじっくり眺められる。現実社会や街との対応を捉え提案した作品と自己の感覚を優先して造形したものを、夫々場所を分けて展示してあり、会場の配置にも考慮が見られる。私の感覚では環境デザインは社会の現実に対して何らか投企する姿勢があるのが好ましいと思う。宮崎智行の加古川河口の潮の満干により現れたり隠れたりする公園は詩情豊かで好ましい。藤原崇晃の震災復興ビルに囲まれた公園をコナラの杜にする案は表現が繊細で講評会では十分理解出来なかったが美しい作品だ。生駒寿文の路上生活者に古材等を積上げたねぐらを提供する案はその造形感覚は買うが現実の段ボール住居をそのまま肯定的に捉えているのが問題だ。

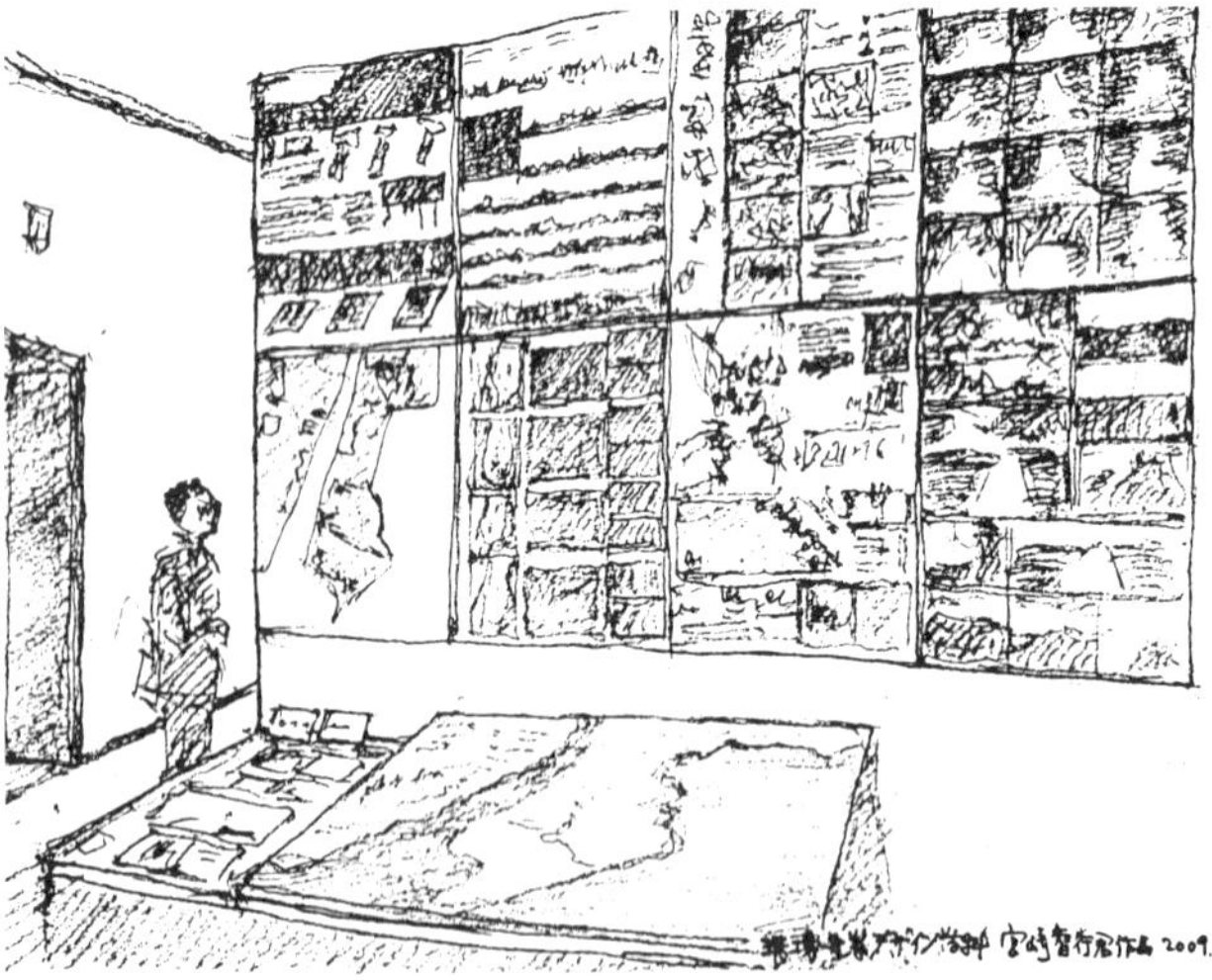

環境建築デザイン学科学長賞　宮崎智行君作品　二月十三日

二月十三日（金）3

環境・建築デザイン作品‐続

一方の自己感覚優先の作については私の理解不足を畏れつつも感想を記そう。牧野正幸のNYセントラルパークに作る広大な円形広場と地下空間は造形的に美しいが、なぜそこにそれを需要するのかの論理がすっぽり抜けて単なる遊戯に終っている。萩原盛之の夢の島ゴミ捨場の存在を、ただ見るだけでなく感じさせるという主張により林立する空間生成の幹が取巻く円形広場は美しい造形だが、その成立根拠が全くの独りよがりなのが残念だ。二井賢治郎の原宿の住居群に至っては周囲のビル群とは異なる景観をとの発想で戸建多層住戸、オープンバルコニーで周囲との交流、複雑な外部空間という思いつきのみを元に他の条件を一切無視して奇妙な街を生成した。街を対象とする以上は社会性が必須である。

二月十三日（金）4

安彦良和『王道の狗』に感動

三宮で食事し帰宅、昨日新幹線車中で開いた『王道の狗』を読み終え正直感動した。実は私は、漫画というものをよく知らなかった。物語を視覚に訴える迫力はもとより、そこに含まれる思想性、歴史性、社会性にも心打たれるものがある。私の歴史認識では近代日本の進路を誤ったのは日露戦争の勝利で、その元はと言えば維新での薩長の勝利だと単純に考えていたが、日露の前の日清こそが日本の覇権の道への発進だと安彦氏は説いている。王道の思想に隠居の勝海舟を、覇道の策士に外相陸奥宗光と総理伊藤博文を配する構図は簡明だし、人物の性格を巧みに描く画力にも脱帽した。王道覇道を志す青年二人を配するのも解り易い。漫画の力を改めて認識しこういう教授に指導される芸工大生は幸せだ。

二月十四日（土）1

映像作品と選抜研究発表

午前は映像作品の上映、一八作品二時間半、辛抱して観賞したがこれぞという作にお目にかからなかった。総じて独りよがりで、何を言いたいのかが伝わって来ない。映像技術的には見るべきものもあったが映像は手段なのだから訴えかける物語なり主張なりがなければなるまい。とくに学生作品にはそれが求められる。だだ一篇、ドラムを叩く人物と音響の構成に心地よさがあった。作者名は不明。三時からは選抜研究発表。石東さんと並んで聞く。幾つか優れた発表があって楽しめた。松下真幸のプレゼントする音楽機器は着想がたのしい。河西真子の体内をモチーフにしたショールは愉快な発想で美しい。崎山貴代は客家土楼の生活と管理をよく丁寧に調べたが観光地化から脱する方途が見えない。続。

二月十四日（土）2

続・選抜研究発表

大田有華「宇宙飴」は映像では宇宙での子供の追いかけっことしか見えなかったが、作者の説明を聞かなければ意図が理解できない。尹智博デ・ステイルの造形とシェーンベルクの音楽の類似性は先日の大学院の発表会でも既に書いたが優れた研究である。折附隼輝のルイス・カーンの住宅研究はこれを住み続けられる家の普遍的な解と考えるのは誤りで、あくまでＬ・カーン研究と意識するべきだ。アイルランドからの留学のＭ・ディビッドが日本文化を学ぶゲームを作成したが、テーマとして神道を取上げたのが面白い。歌舞伎、能、落語、茶の湯、生花、和歌、俳句、畳、着物、武道、相撲、礼儀作法、言語など様々なテーマがあり得るが、彼はアイルランドの失われた宗教との対比で神道に注目した由。

二月十四日（土）3

続々 - 選抜研究発表

大西久美の卒論「戸建住宅地におけるコモンスペースを有効に機能させる手法の研究」は特にコメントしたい。素直に意見を述べその感性は好ましく、真面目な努力を買いたい。これが五〇年前、一九七〇年代に発表されていれば価値があった。このテーマは数多くの既往研究があるが、参考文献には近年の数編しか記されてない。住居からの視線がコモンに注がれる様にとは繰返し唱えられている事だがなぜそうならない団地が作られるのかの追求こそが大事だ。コモンの利用のみを重視しているがそれが存在することの心理的価値にも注目してほしい。様々な住居形態の混在もなぜそうならないのかを考察するべきだ。言い古された結論だが自ら発見した努力は多とする。惜しむらくは半世紀ほど遅かった。

二月十五日（日）

大学院作品プレゼンテーション

今日はゆっくり起きて午後から卒展を見る。大学院のプレゼンテーション。展示パネルの前で作者が説明するのだが、約半数の人々はどうしてこんなに声が小さいのか。発声訓練をしてないというだけでなく他人に伝えようと説得しようという意欲がないように見える。中によいデザインの作品が何点か見られた。タイから留学のサンサニー・スットゲートのタイと日本の文化の結合を意図したアクセサリーは美しい。岩永潤の植物の種子をモデルにした飛翔する玩具、黒瀬空見のつながるをテーマにしたテキスタイル造形など。

四時からはKDU-Net主催の卒業生懇親会。案内が届いたのが僅か数日前だったにしては一〇〇名の参加があった。久々に会う卒業生たちと会話するのは実に楽しい。

二月十六日（月）

ファッションデザインの新潮流

卒展初日のファッションプレゼンテーションはピカ一がなく夫々自分の好きなことをしている様な印象を受けたが、昨日見寺先生との立ち話に成程と納得した。従来ファッションデザインが企業の販売戦略に支配され、若者も企業に認められることが思考の中心となり私もそういうものかと思い込まされていた。ところが最近の芸工大生には社会の圧力から脱して自分の感覚、自分の思考を自由に飛翔させようという傾向が出てきた。それが狭い自己に閉じこもらず開いて飛べば面白いことになろう、と。環境・建築でもそういう傾向の作品があるが、街や社会と直接繋がる建築とは異なる衣装の分野ではそれがより大事にされてよかろう。ファッションデザインの新潮流が神戸芸工大から発信されれば嬉しい。

二月十七日（火）

裁判員制度の効用私見

裁判員制度の実施が迫り新聞ではその問題点が書き立てられているが、多くは法律や犯罪問題について素人の一般市民がどれだけ責任ある判断できるかに絞られている。だが一方専門裁判官の方の問題についての論は一向に見られない。私はむしろ職業的裁判官の側に変化が訪れるのではないかと予想するのだ。よく言われるように裁判官は世間知らずだ。法衣に身を包んで法律に従う判断のみが絶対だと信じ世間一般の常識からは離れがちだ。特に例えば医療や建築などの専門的問題には一部の良心的な裁判官の他は知識が乏しい。裁判員制度が導入されれば牙城に閉じ籠る訳には行かず真剣に勉強することを強いられるだろう。裁判官の資質向上に資するというのもこの制度の大切な効用ではあるまいか。

二月十八日（水）

倒木処理／ＫＤＵと餅搗き

庭の倒木の処理に、植木屋がチェーンソーで丸太をほぼ一尺づつに輪切りにした。断面を見ると周辺は指で崩せるほどに柔らかくなり半分ほどの太さの芯だけで保っている。二股に分かれ途中で切った幹には切り口から雨水が入って内部も黒く腐っている。切った丸太は放置し軽くなってから処分するという。

二月二十二日の餅搗きの日が迫り、伊万里の皿や京焼の大皿などを倉から出した。たまたま当日はKDU-Net主催卒業生懇親会と重なり楽しみにしていたのに私は行かれない。案内をつい最近貰ったが、餅搗きの方は年賀状に添えて一月初めに知らせているので日を変更出来ないのだ。だが卒業生達にはKDUの方に参加し終ってからこちらに来る様勧めた。流れて多くの者が来るのも歓迎したい。

倒木をチェーンソーで輪切りにする　二月十八日

二月十九日（木）

無能政治家の効用

中川財務相がＧ７後の記者会見の醜態で辞任したが、当座は彼を容認していた麻生首相の責任も重い。支持率が一〇％台の首相も哀れだし、安倍・福田・麻生と続いた自民政権の無能ぶりも目を覆いたくなる。だが私はこの無能ぶりが僅かに日本の救いになっていると見ている。勿論有能にして卓見を持つ政治家出現を望む気持は強い。だが有能であっても方向を間違える人物よりは無能で何も出来ぬほうがましだ。やり手でしかも人気もあった小泉が、アメリカべったり、規制緩和、市場原理優先の政策に舵をとった故に住宅や教育面での公共の役割を減退させ、経済面では今の格差社会を招いた。明治初期の有能政治家伊藤博文や陸奥宗光が日本を強国にはしたが覇権国家に導いた歴史にも学ぶべきだろう。

二月二十日（金）

川村眞次『集住体デザイン』

脚の腫れが引かず、左足指は内出血で黒ずみ甲も腫れている。大塚病院で診療を受けたが今回も予約時刻から一時間待たされた。診療が丁寧なのか、それとも予約システムに欠陥があるのか。つい東大病院と比べてしまう。腫れや内出血は血流の関係か。心臓手術の際脚の静脈を採取したのでその影響か。

川村眞次氏から『集住体デザインスクラップブック』を送って頂いた。旧住宅公団で設計を手掛けられた多くの事例と時々に書かれた文章である。小泉政権以来、住宅は民間にとの政策で公共の計画が衰退して、今や設計の経験を持つ人材も居なくなりつつある。このまま進めば集合住宅の危機だ。この事例集と考え方を纏めた記録は、経験を保存して後の世代に伝えるものとして極めて貴重である。

二月二十一日（土）

安彦良和『虹色のトロツキー』

メディアデザインの橋本先生に勧められて、安彦良和先生『虹色のトロツキー』を買って読み始めた。先日『王道の狗』はどこの書店にも無かったが、これは池袋の淳久堂で棚に並んでいた。満州国建設後の日本の大陸進出に関わる裏の物語らしいが、安彦先生は幕末・明治から昭和と近代日本の歴史をコミックで語ろうとしている。物語は創作であっても歴史的事件は史実に沿わねばならないし且つ漫画は絵があるから、人物や建築などは古い写真を探し出して考証する必要がある。その大変な作業の努力には全く敬服する。三年の喜多君なども読んでいるというが現代の学生がどこまで理解出来るのだろうか。石原莞爾や辻政信の名は知らないだろうし、「赤」という語の実感もないのだろうから。

二月二十二日（日）

餅搗きの集い

恒例の餅搗きの会。小川信子さんからは見事なタラバ蟹が届き、千葉大丁志映さんが学生五人を連れて早めに来て蟹を捌き食器や場所を整えてくれた。天候に恵まれ総勢六〇人、高齢者はやや減ったが、神戸芸工大の卒業生交流会の流れの若い人や事務局の斉藤太郎氏も来てくれて大いに賑わう。福井の奈奈から送られた糯米六キロを三回に分けて搗いたが小三の坊やもお父さんと一緒に楽しげに杵を振るった。座敷一杯、高齢者から若い者までわんわと賑やかに歓談、恒例ラインダンスも盛況。最後に残った初見氏、江幡氏、藤野氏らが東京人と関西人の資質の違いにつき不毛の議論を交わす。わが家の文化財登録と将来に亙っての保存活用について藤野珠枝さんに力になって下さる様お願いした。

手伝ってくれた千葉大の連中とタラバガニ　二月二十二日

座敷の賑わい　二月二十二日

二月二十三日（月）

餅搗きの後の食器の片付け

午前は都立大塚病院で脚の診療、午後は東大病院で舌の診療と腹部超音波検査という予定だったが、朝、改めて東大の予約票を見たら午前中に血液検査と循環器内科診療となっている。うっかり両方の病院の予約を同一日に重ねてしまったのかと慌てて大塚病院に電話して予約日を変えて貰った。ところが東大で受付けてみると、血液と内科診療は三月二十三日（月）だ。今日は二月二十三日（月）、二月と三月は日も曜日も同じで見まちがえ、予定通りでよかったのだ。これも老化か。

餅搗きの会で使った皿や鉢は手伝った方々が奇麗に洗い適宜棚に収めてくれたが、どこに何が入ったか分らない。年一回使用の上等の皿も普段使いと一緒になっているのでこれを探して元の箱に収めるのも愉快なゲームだ。

二月二十四日（火）

映画「小三治」

神保町シアターで映画「小三治」。一〇〇席ほどの映画館でふだんは往年の懐かしい文芸映画、山本嘉次郎、小津安二郎、谷口千吉、成瀬巳喜男、今井正等を上映しているが今週は柳家小三治に密着取材のドキュメンタリーである。小三治の人となりを描写、上野鈴本にグランドピアノを運び込んで独唱会や弟子柳家三三の真打ち披露にまつわる芸の話などそれなりに面白いが、噺家の人柄は噺ぶりに自然に現れるから噺そのもののほう方がはるかに面白いのだ。

餅搗を手伝ってくれた千葉大の諸君に『文文日記日々是好日Ⅵ』を渡そうと思いながらも渡しそびれたので郵送した。あちこちからのメールでは餅搗を随分楽しんで下さった様子だがこの集いもあと何年続けられることか。

二月二十五日（水）

日本映画の隆盛か／コミック

映画「おくりびと」がアメリカのアカデミー賞獲得で評判なので観てやろうとでかけたが何とこの回は満席、次の回を買う行列が延々長蛇で後尾は建物の中に入り、階段を登って尻尾も見えない。映画もこんなに人気なのかと改めて認識し、二日後の前売券を買った。日本映画の復活隆盛は結構なことだ。

麻生首相が渡米し、オバマ大統領と会見して日米同盟の強化を誓いあったというが、退任間近の死に体同然の麻生が人気絶頂のオバマとの会見によって自身の人気回復に繋げようとするのだろうか。浅ましい極みだ。

先日来、コミックに魅かれている。『医龍』も『王道の狗』もまた『虹色のトロツキー』も思想性がしっかりしている上に話の運びと絵が巧い。技の高さに敬服し楽しんでいる。

二月二十六日（木）

病院外来の待ち時間

都立大塚病院で脚の診療。毎回長く待たされるので本を携行したために時間の無駄は感じないが、案の定予約時刻から一時間半も待たされた。診療はその後の経過を診て、腫れは時には一ヶ月も引かないことがありゆっくり待つしかない、湿布はもう不要、指の内出血はほとんど引いたが多分ワーファリンのせいだったのだろう、北海道スキーでは注意して滑るように、と一〇分足らずで終った。

待時間の長さは他の患者を見ても診療時間の長さが原因とは考えられず、予約システムのどこかに欠陥があるのではないか。予約係が電話で受けて決めてくれる。診療科別に患者一人あたり標準診療時間が決められているのだろうが、東大病院では予約時刻と違ってもせいぜい一〇分程度なのとは大違いなのだ。

二月二十七日（金）

映画「おくりびと」

都内にも雪がチラチラと舞ったが午後には雨になる。ひどく寒い。

映画「おくりびと」を観た。評判どおりなかなか面白い。モントリオール映画祭でグランプリ、アメリカでアカデミー賞を受賞したというが、人間の死を扱いこれを日本の風習で見送る為の慣習がテーマであるから欧米には受けるだろう。若いチェロ奏者が楽団の解散に遭って妻と共に郷里山形に帰り、新聞広告で偶然見つけた仕事「旅のお手伝い」が実は「旅立ちのお手伝い」即ち「納棺」だった事から生ずる悲喜劇、そして生と死を問いかけ家族の問題に向き合うテーマは正に映画向きだし、随所に奏でられるチェロの響きもこの映画に相応しい。納棺シーンが何度もあるが遺体役が微動だにしないのには感心した。

二月二十八日（土）

社会学の「51Ｃ」認識

紀伊國屋書店出版部から連絡で近く刊行予定の『戦後日本スタディーズ』に「51Ｃ」の図の転載許可要請。転載は無論承諾したが本の編者の内の上野千鶴子ほか二名の鼎談中には明らかな誤りもあったので指摘した。51Ｃを公団住宅標準設計としているが実は公営住宅の前身の国庫補助住宅だ。51Ｃに四人家族が暮したと書いているが当時の住み方調査では家族は三人から一一人に分布、山は五人だ。35平米の住戸をＤＫと寝室に分割しと書いているが台所と居室は開放的に繋げ分割してはいない。今は80平米になったがフロアプランのプロトタイプは変ってないと書いているが空間を繋げ生活を重合させる51Ｃの構成から個室分割のｎＬＤＫ型へと大きく変質した。社会学の住居認識はこの程度のものなのだ。

2009年3月

1日(日)　降り続いた雨／雛人形
2日(月)　往年の映画「くちづけ」
3日(火)　往年の映画「青い山脈」
4日(水)　中庭型・外庭型が国語入試に
5日(木)　義兄故相賀徹夫お別れ会
6日(金)　文学座公演／奥佳弥さんの本
7日(土)　1　青木正夫『中廊下の住宅』
　　　　　2　映画「誰も守ってくれない」
8日(日)　新聞による狡猾な世論操作
9日(月)　映画「シリアの花嫁」
10日(火)　東京大空襲の記憶から
11日(水)　伴丈正志氏の学位取得祝いに
12日(木)　田村明『東京っ子の原風景』
13日(金)　海上自衛隊の海外派遣に？
14日(土)　往年の映画「残菊物語」
15日(日)　前「書生」知子が来た
16日(月)　「紀伊國屋寄席」
17日(火)　我が家の文化財登録申請へ
18日(水)　春は近い
19日(木)　倒木処理と配電盤検査
20日(金)　卒業式・送別会・謝恩会
21日(土)　東大建築学科卒三一年会にて
22日(日)　鈴木・阪田を初段にする会
23日(月)　往年の映画「忘れじの人」
24日(火)　世界野球ＷＢＣ／朝青龍に土
25日(水)　再び病院の待ち時間について
26日(木)　映画「いとはん物語」「春琴抄」
27日(金)　住総研理事会にて
28日(土)　「芸術工学会」理事会
29日(日)　千葉県知事選挙に関連して
30日(月)　豊島区教育委文化財係にて
31日(火)　51C認識の誤りがなぜ多い？

三月一日（日）

降り続いた雨／雛人形

この数日小雨が続いて肌寒い。とくに足先が冷えるのは心臓冠動脈手術のグラフトで脚の静脈を取ったことと関係があるのだろうか。白馬スキーで痛めた膝や足首もまだ力が十分入らない。今日は雨は上がったがどんよりと曇っている。漸く臼を物置に運んで収めた。三月三日の雛祭りの日が近づいた。わが家に女は居ないが雛人形を出して飾った。ただし小さな人形である。結婚の時に友人たちから貰った「とんぶん夫婦雛」は床の間に。これは奥村まことさんのお母様の手作りの人形。旅行で求めた大内人形は玄関ホールテーブルの上。まん丸いかわいい人形である。そしてガラスケースに入った立ち雛は二階出窓に。日増しに日が長くなった。日没は五時すぎだが六時まではまだぼんやりと明るい。

三月二日（月）

往年の映画「くちづけ」

久しぶりに朝から太陽が顔を出して気持いい日となり餅搗きに使った前掛けを洗濯した。神保町シアターで往年の日本映画を連続上映している。今日は一九五五年の「くちづけ」を楽しむ。筧正典・鈴木秀夫・成瀬巳喜男という当時の新進・中堅・巨匠監督の手になる小編三作のオムニバス。全二作は学生同士の青春編、後の一作は夫婦編だが、夫々当時の家庭風俗、学生風景を描いていて興味深い。接吻を特別視している時代感覚も微笑ましく男女の交際が特に親元の田舎では特別なものと考えられた当時の家庭の意識などが浮彫りにされている。高峰秀子、司葉子、青山京子の若い姿が嬉しいし上原謙も懐かしい。この時代の東宝文芸映画は爽やかである。観客は流石に往時を知る年配者が多い様だった。

三月三日（火）

往年の映画「青い山脈」

桃の節句というのに小雪がちらついて寒い。東宝文芸映画シリーズで往年の大ヒット作の「青い山脈」前・後編を観た。石坂洋次郎の小説は学生の頃読み、田舎町の女学校を舞台にした青春小説で、古い封建的思想と新しい民主主義の対立をテーマにしたものといった記憶はあるが内容はまるで忘れてしまった。但し西条八十作詞、服部良一作曲の主題歌はよく覚えている。小説は一九四七年、映画は四九年今井正監督でいかにも戦後の新思想をナマの形で表現しようとしたかの感がある。原節子の新任教師、木暮実千代の芸者が美しく、池部良、杉葉子も若くて嬉しい。ただし映画としては表現がいかにも直接的で陰影が乏しい。科白が当時はアフレコだったのかと改めて知って驚いた。

三月四日（水）

中庭型・外庭型が国語入試に

神戸芸工大入試広報課からの連絡があり、私の著作『住まいを読む』の中の文を国語入試問題に使ったので『入学試験問題集』に収録し出版の承諾願いである。見ると乾燥地域・湿潤地域住居の閉鎖型と開放型、中庭型住居と外庭型住居に関する文で、その中から適切な文字、適切な語句、空欄部分に入れる語句などを択一式解答で問うている。成程、私の文章もこんな具合に国語の問題になるのかと感心すると共に結構難しい設問だと思った。解答には全体の文意をしっかり把握した上でないと適切な語句も解らないが、随所に空欄のある文を入試会場で時間に追われつつ把握するには冷静な思考力を要するだろう。国語の試験も字句の知識や解釈でなく文章全体の理解を問うのは良い問題だが、難しそうだ。

三月五日（木）

義兄故相賀徹夫お別れ会

昨年暮に他界した義兄故相賀徹夫のお別れ会が催された。午後からの一般の方々に先立ち我々親族は午前中に集まって献花する。白い花のピラミッド型に飾られた大きな斎壇だ。小学館・集英社をはじめ出版関係の方々など大変な人数だが私の知らない方々なので専ら家内の姉三品淳子さんや親類の井上宏明氏と談話した。井上氏からは暮の葬儀の際、心臓手術がテーマのコミック『医龍』を教わって早速買って読んだのだが、それ以来コミックなるものを見直した。作者が実によく調べて社会性や人間の生き方までを書き、若い人に対する教育効果もあると思われる。編集者がテーマを探し提案することもあるというが、建築や教育の問題も扱ったら面白いだろう。成程、早速花田氏あたりに提案してみよう。

義姉や身内と歓談する　三月五日

三月六日（金）

文学座公演／奥佳弥さんの本

文学座公演、マメット作「グレンギャリー・グレンロス」、男性7人のみの芝居、米国のセールスマンの過酷な競争を描いて、口論・会話・喧嘩の饒舌なまでの科白がとびかって文学座にはうってつけの芝居だ。救いのないビジネス社会を見事に表現する。その科白の豊饒には感じ入るが全体的にいささか暗く、途中に多少は愉快なシーンを挟んでもよかろうにと思った。俳優は流石に巧い。

奥佳弥さんから『リートフェルトの建築』を戴いた。長年の研究結果による著作である。私は「シュレーダー邸」と「赤と青の椅子」くらいしか知らなかったが、後期迄の多くの作品を載せ、写真家キム・ズワルツの写真が美しく、解説もまことに適切、日英語を併記し、見事な素晴らしい本に仕上がっている。

三月七日（土）1

青木正夫『中廊下の住宅』

青木正夫・他二名著『中廊下の住宅』が完成した。早速お祝いと喜びを共著者岡俊江さん・鈴木義弘氏と編集植田実氏・中野照子さんに送った。副題が「明治大正昭和の暮らしを間取りに読む」。原稿の段階で何度か読んでいるが改めて開くと、冒頭から中廊下の成立に関して一部の建築史学者や社会学者たちの思い込みによる俗論を糾弾し、しかもこれらの論を孫引きしている建築学者の例も挙げて嘆いている。たった一篇の記事だけに頼るのでなく多くの史料を渉猟し、更に実際に残存する全国の住宅を実地調査し、建築家の提案と生活者の側からの住居改変の動きを追い、これらをもとに中廊下型住宅の成立と変遷の過程を組立てた。正に歴史認識、建築計画学の本道である。住居学の必読書となろう。

三月七日（土）2

映画「誰も守ってくれない」

日頃私の好むのとはやや異なる映画を観た。少女君塚良一監督「誰も守ってくれない」。少女殺人事件の容疑者の少年の家族がマスコミに執拗に付きまとわれるのから警察が保護する顛末を描く。彼らは取材の為に容赦なく群がり、更にネットが匿名性に隠れ家族や警察を口汚く批難する。被害者の家族でなく容疑者の家族であるのが面白い。何の罪もない家族は正にマスコミやネットの暴力の被害者だ。母親は自殺に追い込まれ、警察官は容疑者の妹を保護するが、連中は直ちに嗅ぎつけどこ迄も追ってくる。彼女の微妙な心理の変転を描き、現代の無責任社会、他人の痛みを感じない風潮を活写する。この重たい主題の中の海辺の風景と音楽が救いだ。モントリオール映画祭脚本賞受賞の社会派ドラマの佳作だ。

三月八日（日）

新聞による狡猾な世論操作

事件の渦中の家族を追い掛け回すマスコミの暴力の映画を観たばかりだが政治の分野でも似た様な事が行われている。マスコミは事件に対し中立で客観的であるかの姿を装いつつ一般人の世論操作の役割を果たす。民主党の小沢一郎が政治献金に絡んだ疑惑により秘書が逮捕されたが、その件について電話による世論調査を行う。設問が「小沢は辞めるべきだ」「辞める必要はない」とか、小沢の説明は「納得できる」「納得できない」等の二者択一で、明らかに辞めるべき・納得できないの答への心理的な誘導である。そしてこの答の分布％を載せることにより一般読者を更に誘導する。しかも担当記者は、自らの役割を認識せず中立だと信じているのだろう。麻生下ろしの世論操作も同様、新聞は悪辣だ。

三月九日（月）

映画「シリアの花嫁」

イスラエル仏独合作映画「シリアの花嫁」を観た。モントリオール映画祭グランプリの他数々受賞した優れた作品だ。シリア領だったゴラン高原はイスラエルに占領されているがその村に住む娘がシリアに嫁ぐ日の出来事。ひとたび境界を超えシリア側に出ると二度と再びイスラエル側に戻れない。イスラエルの官憲は通行証に出国印を押したが、シリア側は自国領土内の移動だという建前で入国印は押さない。境界の柵の前で立往生し、父・母・兄夫婦・姉夫婦や親族たちの夫々の行動と心理、国際赤十字スタッフの解決の為の努力が描かれる。女達が奔走活躍し、今日の最も先鋭化した国際問題をテーマにしつつ結婚・家族という私的なものを扱って奥行の深さがある。花嫁と姉と父親の演技が優れている。

三月十日（火）

東京大空襲の記憶から

三月十日は忘れようとしても忘れられない日だ。米軍の空襲により東京の下町一帯が火の海となり一晩で一〇万人が焼き殺された。神田と深川の親類の家もその晩に焼かれた。私の家は四月に、避難した家は五月だった。幸にもわが家では、昭和の初めに父が造ったRC造書庫を守りこれが今も長らえている。米軍はその後もベトナムでアフガニスタンでイラクで同様の所業を重ねているのだが、彼らには犯罪意識が希薄なのではなかろうか。夫々の国で独裁を排除し民主化への手助けをしていると本気で思っているのかも知れぬ。それはかつての日本とても同様、満州で農民の土地を奪いながら五族協和王道楽土を謳い東南アジアで植民地解放を唱えた。人間は力を持つと善行を装いたがるものなのだろう。

三月十一日（水）

伴丈正志氏の学位取得祝いに

今日から北海道スキーの予定だが白馬で痛めた膝と脛がまだ本復しないので大事をとって参加をやめ、急に空いた四日間は読書・映画と囲碁の修練に精を出すことにした。

神戸芸工大環境デザイン学科初代助手で長崎総合科学大学准教授の伴丈正志氏から嬉しい報告で学位を授与された由、神戸大重村教授の定年前の駆込みで大学人としての通過儀礼だが、何はともあれ目出度い。奥佳弥さんの著作といい皆夫々立派になっている。お祝いに江戸切子のぐい飲が良かろうと店を歩いてみたが大きさ・形・文様で気に入ったものが見当たらぬ。さらばと方針を変え備前や清水を探すとこれには良いものが多いが、お酒の美味しさをと考えて清水焼を選んで贈った。彼の好みは知らないが私の勝手な選択だ。

三月十二日（木）

田村明『東京っ子の原風景』

田村明著『東京っ子の原風景 - 柿の実る家の昭和史』を戴いた。東京生まれの東京育ち、家が昔の東京市の境で前の道路から先は府下だった柿の木坂だが、私の育った家は市外で道を隔てた向うが小石川区だった立地と似ている。原風景、近所の原っぱで遊んだ思い出も私と似る。戦前・戦中・戦後を生きたことも同じ、中学・旧制高校の生立ちも大きくは違わないし、東大建築学科では同級だった。但し彼はしばらく大阪に居た時期も重なる。都市への関心が強く、後年横浜の都市計画を切り回し好んで旅行する積極的な生き方は、一つの殻に収まっていた私とは大分異なる。そして街の風景より家族、特に母親の積極的生き方を愛情もって描いており、都市の基礎単位は「家庭」であると結んでいる。

三月十三日（金）

海上自衛隊の海外派遣に？

東アフリカのソマリア沖に出没する海賊から日本の商船等を守るという目的で海上自衛隊護衛艦の派遣が決まった。国会の論議も立法もなしに自衛隊の海外派遣が行われていく。海賊対策といえば一般には受けがいいのかも知れないが自衛隊は本来は領海侵犯の工作船などの取締りが役目の筈、海賊相手なら警察の仕事で海上保安庁ならまだ解る。こうしてなし崩しに平和憲法が損なわれていくのだ。

三月もそろそろ半ば、新しい芽もぼつぼつ顔を出して春の準備をしている。玄関ホールや書斎の額も雪景色や梅を仕舞い「江南春暁」や「落花游舟」などに替えた。床の間の軸は砕巌の「春山悠居」を四月十三日の大空襲で焼かれて失ったので児玉果亭の「水墨山水」を掛けた。家の中も春の準備である。

三月十四日（土）

往年の映画「残菊物語」

中学生の頃に見て感激した映画「残菊物語」を六〇年余を経た今観てどんな思いがするかと覗いてみた。溝口健二監督、花柳章太郎と森赫子。六代目菊五郎の修業時代、若旦那とちやほやされるが芸が追いつかず、勘当され東京を去って大阪で芝居し更に旅回りに身を落すが女が彼を励まし支える。これが実って芸に幅が出来、親の目に叶い復帰を果したが女は肺を患い死ぬという恋物語。大筋は記憶にあるが個々のシーンは全く忘れ、ただ覚えていたのは女から鏡台を贈られ宿の娘がそれを羨ましがる場面だけだった。ラストの大阪への船乗込みの派手な場面すら覚えてない。だが花柳章太郎の華やかな姿と森赫子の健気に仕え励ます姿に、中学生の私は単純に感動したのだった。確かに往年の名作ではある。

三月十五日（日）

前「書生」知子が来た

前「書生」知子が、ドイツに行ってきたとてやって来た。今回は遊びでなく、先方の展示を見学の為の出張の由、ドイツはエコ関係が展示に反映していると聞いていたが、日本の展示もかなり進んでいるとの印象を語った。ベルリンで売っている人型のパスタをお土産にくれ、クリームシチュウを作って持参してくれて昼食を共にした。

大相撲の春場所が始まった。又この二週間は夕方の二時間をテレビ前に坐ることになる。朝青龍と白鵬は流石に強く隙がない。贔屓の稀勢の里は残念ながら琴欧州に完敗である。

年度末が近づいた。「文文日記」の昨年度分を本にまとめる為にスケッチの挿入を整理しなければならない。楽しい作業ではあるが、囲碁の修練に十分時間がとれないのが辛い。

三月十六日（月）

「紀伊國屋寄席」

「紀伊國屋寄席」に天坂亜希子さんを伴う。今日の出演者は皆良かった。ふだんは最初に出る二つ目がいかにも聴き辛いのだが、柳家さん弥「もぐら泥」はまぁ安心して聴けた。金原亭馬生「二番煎じ」の端正な語りは好感が持てる。三遊亭楽太郎「西行」は達者な芸である。林家正雀「七段目」、私は歌舞伎を知らないが若旦那と小僧の芝居がかりを見事に熱演。トリは三遊亭圓窓「帯久」。この人は人情ものを長々と演るので閉口だが今日はまぁまぁの出来。天坂さんは仕事が忙しくて遅れて来たが大いに楽しんでくれたし、会食ではメンバーの錚々たる顔ぶれにびっくりしながらも愉しんだ様子である。ファッションでは男性用も扱うというので私のオシャレなシャツを見立てて貰うようお願いした。

三月十七日（火）

我が家の文化財登録申請へ

我が家を有形文化財に登録の申請をしたらと盛んに言われる。昨年、東京芸大光井先生と文化庁坊城氏に見に来て頂き申請を勧められたが漸くその気になり、幸い藤野珠枝さんが喜んで協力してくれると言い、動き出した。豊島区文化財係に電話で問い合せてくれたし今日は建設時の古い資料類を丁寧に眺めた。昭和二年のRC書庫建設、昭和六年の新二階増築、昭和二〇年の空襲による母屋の焼失、二一年の戦後一五坪建設、二二年埼玉からの移築等々。当時は請負への一括発注でなく、大工、建具屋、塗装屋、表具師、石工等への指示書や達筆の領収書など様々な書類があり三時間かけてそれらを逐一眺めて楽しんだ。近々二人で豊島区の文化財担当官のところへ申請の手続につき訊きに行くことにした。

藤野珠枝さんと古い書類を調べる
三月十七日

三月十八日（水）

春は近い

春が足早にやって来る。今日は二三度のポカポカ陽気、四月末の気温だという。桜は早いだろうが明日からは又冷えるとの予報だ。アジサイやツタの新芽が勢いよく出ているがムクゲには芽がついてない。枝を切り過ぎたのかと心配で毎朝雨戸を開ける度に眺めるが近づいてよく見ると小さな芽がついている。この木は遅いのだろうか。モクレンの新芽も遅いようだ。こうして毎朝庭木の僅かな変化を見るのも楽しみだ。

大相撲はやや人気を回復したようだ。それも両横綱の圧倒的強さに依る。朝青龍の動きの速さ、白鵬の計算どおりの安定した取り口、若手の豪栄道や栃煌山らの活躍は目覚ましく連日大関陣を食っている。贔屓の稀勢の里はまぁまぁの出来だ。

三月十九日（木）

倒木処理と配電盤検査

庭の倒木の処理で先日植木屋が輪切りにした太い幹を今日は運び出した。直径三〇センチ長さも三〇センチほどでも結構な重さになりトラックまで運ぶのに大分苦労していた。

午後は電気屋。最近時々ブレーカーが落ちるので検査に来て貰った。古い家なので増改築の度に電気配線も変り配電盤を整える。一部にエアコン用二〇〇ボルトもありその複雑な回線系統は一度聞いても十分頭に入らない。もし漏電でもあってはと調べて貰ったのだがその点は安心、結局は最近のオイルヒーターやエアコンや湯沸しポットなどの電力を食う機器の増加による容量超過がブレーカー落ちの原因らしい。回線が三系統に分かれているが、総量で四〇アンペアを超えるとメインが落ちる。余程注意して使わねばなるまい。

三月二十日（金）

卒業式・送別会・謝恩会

神戸芸工大の卒業式。式場は吉武ホール。卒業生は学科別に座席を占め、教員や招待者は前列、後方が父母席。男子は黒っぽい服が多いが女子は和服に袴姿もあって華やかだ。借衣装のせいか現代風のデザインが大部分で伝統的な文様は殆ど無い。草履よりもブーツが多い様だ。芸術系の奇抜な衣装は少ない。学長賞の授与も行われたが以前の吉武賞の名を外されたのが惜しい。受賞者の将来の記念としても残念だろう。全体の式の後に大学院や各学科での学位記授与式、午後は体育館で送別会「いってらっしゃい」が賑やかに行われる。こういう全体のパーティは好ましい。更に夜は学科学生による謝恩会に招かれた。和服姿をドレスに着替えた者もあり、楽しく会話して前途を祝った。

見違える様に変身した娘たち　三月二十日

三月二十一日（土）

東大建築学科卒三一年会にて

東大建築学科一九七八年卒の連中の三一年会に招かれた。年齢は五〇代半ば、働き盛りである。日頃親しく付合っているのは江幡修、宇野求、西村伸也、村松伸ら。他の人は顔はうっすら覚えていても名前や職業とは一致しない。出席者全員の名刺をコピーして渡してくれたのは良いアイデアだ。会社では部長・所長クラスだし大学では教授、西村氏は新潟大学副学長だという。一人ひとり近況報告のスピーチも要領よく、社会で活躍している様が伺えた。立食パーティ形式だがテーブルも置かれていて坐って会話出来るのが有難い。皆それぞれ立派になっているのに感心した。当り前のことかも知れないが…。教えた学生たちが立派になり、語る言葉も成程という様な意見を吐くのが私としては何より嬉しい。

会場風景　三月二十一日

三月二十二日（日）

鈴木・阪田を初段にする会

「鈴木・阪田を初段にする会」内田氏宅で。すっかり暖かくなった。内田氏宅の庭にある桜が満開だ。内田夫妻、高橋氏、阪田夫妻の他、昨年から我々弟子共と同格だが少し強い山田夫人や初段の石塚夫人などが加わって、更に励みになる。だが私は今日も阪田夫人に一勝しただけで敗け続きだ。三師匠からは、局面に応じ解説を受けるので成程と思うことしきりである。まだまだ初段は遠いとの思いだが、師匠連中は「以前に比べ文さんも大分碁が解るようになった」「どう終るかが解るようになっただけでも大した進歩だ」などと変な讃め方をされる。いくら気合いだけ入れても技術が伴わなければダメだ。食事の後も大いに愉快に会話して賑やかである。しかし修練の足り無さを痛感して辞去した。

三月二十三日（月）

往年の映画「忘れじの人」

東大病院外来で循環器内科の永井先生と口腔外科飯野先生の診療、近況を報告した。帰途、又も往年の文芸映画シリーズで浪速の物語の「忘れじの人」を観る。杉江敏男監督一九五五年の作。岸恵子が四六歳の母親役の回想で一八歳からを演じて又となく美しい。船場のいとはんが店の若い者に心を寄せるが彼は弁護士を志して東京へ発つ。そして関東大震災に遭い死亡が伝えられ、傷心の娘は心ならずも大店のぼんぼんに嫁ぐが、実は妾腹芸者の子だったことが知れて離縁され、実母と同じく芸者になる。そしてある時死んだと思っていた若い者と昔の逢引の場であった橋の上で偶然再会するが彼はいとはんが嫁いだことを伝え聞き自らも結婚して一子を設けていた。日本情緒たっぷりの美しい映画だ。

三月二十四日（火）

世界野球WBC／朝青龍に土

外出の帰りに近所の食堂に入ったらちょうどWBC世界野球クラシックの対韓国決勝戦をラジオでやっていた。続きは帰宅して聴いたが緊迫した白熱戦。リードしては追いつかれ九回は二死から同点にされたが、一〇回表にイチローの適時打でようやく振り切る。ハラハラする正に好勝負だった。

夕方は大相撲テレビ。昨日まで圧倒的な強さを見せていた朝青龍が日馬富士の素早い動きにより遂に一敗、速さで朝青龍と競えるのは日馬富士しか居るまい。一方の白鵬は盤石。

先日大学で橋本先生からコミックで心臓手術を扱った「ブラック・ジャックによろしく」と社会もので「刑務所の中」を勧められた。三省堂や醇久堂で訊いたらどちらも売切れで揃ってないと。そんなに人気の作品なのか。

三月二十五日（水）

再び病院の待ち時間について

病院外来の診療に於て大塚病院では一時間も待たされるが東大ではほぼ予約時刻通りで、先日永井先生からその訳を伺った。一般には例えば三〇分間に一〇人なりを予約し患者をプールして次々と診る。東大では永井院長の時代に患者一人づつの予約制を提案、医師達から反撥があったが実施した。患者を溜める方が医師は楽だし能率も上がる。一人づつにすると診療時間の短さがそのまま表れるし、医師は神経的に疲れるのだという。建築でも待ちの解析は重要、多人数利用施設での便所の便器数、高層建築のエレベータ台数と性能等に適用される。待ちには仕事待ち・互待ち・順番待ちがあり、診療時刻予約は互待ちの筈だが、医師は順番待ちにしたがるという訳だ。待ちの理論の数理的解析は重要である。

三月二十六日（木）

映画「いとはん物語」「春琴抄」

浪速を舞台にした往年の映画、伊藤大輔監督作品「いとはん物語」「春琴物語」を観た。「いとはん」はおかめ顔で器量の悪い長女の京マチ子を若い番頭の鶴田浩二と結ばせようと母親東山千栄子が図る。結婚を半ば諦めていた娘が浮き浮きと喜ぶ顔と仕草が可愛い。だが番頭には好き合った女中がいた。船場の大店を舞台の愛情物語、北条秀司の原作。「春琴」は言わずと知れた谷崎の「春琴抄」船場薬種問屋のいとはんで盲目の琴の名手をこれも京マチ子、彼女にかしずく佐助を花柳喜章。但しフィルムが古くて画面が暗く雑音も多くて科白も聞き取り難いところがある。伊藤大輔の監督は丁寧な作りだがややテンポに欠ける。「春琴抄」は小説として読むにはよいが映像向きのテーマではなさそうだ。

三月二十七日（金）

住総研理事会にて

住宅総合研究財団の理事会。新公益法人への移行が大きな問題である。一般法人への移行は簡単だが、公益法人へは事業内容が厳しく審査され、現在申請された約一〇〇件のうち二件しか認可されてない由、最初だから特に厳しいのだろう。公益は税金面で有利なほか社会的にも評価が高い。従来は東京都認可の財団だが新たな申請は国へを予定、事業内容から考え当然の措置だろう。これまでの活動では毎年のシンポジウムやすまいろん発行や研究助成のほか、ミニシンポ、個別テーマのフォーラム—江戸・東京、世界のすまい方、市民、住教育—等々、実に多彩である。他にインターネットを活用の公開普及についても紹介されたが、これだけ多彩な活動と成果は住居研究者にとって必須の情報だろう。

三月二十八日（土）

「芸術工学会」理事会

「芸術工学会」理事会。私は既に理事を退き顧問という肩書きだが招かれるままに出席。私はこの学会が好きなのだ。

大会は年二回、学会誌は年四回出すが、近く五〇号となるので記念誌について諮られた。通常の研究発表と異なり会員諸氏のデザインに関する自由なエッセイを集めて、テーマを「デザイン百景」としたい、一人当り見開き二頁で一五〇〇字程度との提案。私の意見は自由な論考ならば字数も自由の方がいいと。他に、縦書きを交えたら、市販したら、等と活発な意見が出た。執筆者一〇〇人をというが、果してそんなに集まるだろうか。

今年の春期大会は沖縄。神戸芸工大出の平良啓氏や那根律子さんが居るので楽しみだ。秋期大会はわが神戸芸工大の予定である。

三月二十九日（日）

千葉県知事選挙に関連して

千葉県知事選が今日行われ、民主党など野党四党が推薦する吉田氏を破って森田氏が当選したとの報道。森田氏の俳優としての知名度もさることながら、弁舌爽やかで我がままで単純な男だという。そういうのが一般市民に受けがいいのだろう。しかしそれより何より一ばん喜んだのは検察当局ではあるまいか。

犯罪の捜査摘発を業として政治には無関心を装いながら選挙近くのこの時期に小沢氏秘書の逮捕に踏み切った。これが民主党の人気に陰をさし選挙に影響したか否かは分からないが何らかの影響はあったと見るべきだろう。検察が政治に介入する。これはつい昭和初期の暗い時代を連想してしまう。検察が有頂天になってその力を振るおうなどとしないことを願い、日本が警察国家にならぬ事を祈る。

三月三十日（月）

豊島区教育委文化財係にて

我が家の文化財登録申請準備の為に藤野珠枝さんと共に豊島区教育委員会文化財係を訪問した。担当の伊藤暢直氏は丁寧かつ親切真剣に対応してくれたのが嬉しい。以前は資料室所属で戦災記録の展示も扱った由、私の家の戦災後の焼野原の写真を大いに興味深く見てくれた。以前学生アルバイトを使い外部からの目視で古そうな建物を区内全域に亙り調査した由だが、私の家は一帯が空襲で焼かれた地区だったので見落とされたのだろう。敷地が道路から二米ほど高く直視しにくいことも調査もれの原因だろう。家の現状写真や図にもいたく感心し、是非文化財登録の申請をと勧めてくれた。なお区の文化財審議会委員に内田青蔵氏が居ることも分ったので、申請に先立ち予め建物を見て頂くよう連絡したい。

三月三十一日（火）

51C認識の誤りがなぜ多い？

新建築技術者集団発行の雑誌『建築とまちづくり』の特集の一環で鎌田一夫、大崎元二氏によるインタビューを受けた。主要テーマは「最小限住宅から51Cへ＝住居の本質の史的考察」。吉武研では51Cの設計に際し最小限とか住居の本質など考えたことはなく、C型三五平米の条件内での苦闘だった。建築計画の基本は人々の要求を明らかにする、時間的変化を読む、社会の動きの中で将来のあり方を考えることだった。人は自分の関心により勝手に51Cを性格づけようとするものだ。

一方、彰国社を通じて明大大河内氏・電機大郷田氏から51Cの図の掲載許可願いがあり、これも上野千鶴子の文の孫引きではないかと思われる間違いだらけだ。なぜ吉武泰水氏の原典に当って調べようとしないのだろうか。

あとがき

今年度の大事件は何と言っても私の心臓冠動脈手術であった。以前から階段や登り坂で息が切れたり左脚が妙に疲れたりしていたので、昔からの馴染みの三輪先生に診て頂いたのが二月だったが、心電図に若干不整脈が現れるので大きな病院で精密検査をした方がいいと言われた。三輪先生ご自身も二年ほど前に狭心症の治療をなさったのだ。

五月に東大病院に入院してカテーテル挿入による造影剤注入のレントゲン検査をし、その結果を踏まえ七月に入院してステント治療とバイパス手術を受けた。十分の準備期間があったのでその間に全身の検査を受けることが出来たし、また東大病院の患者学習センターの図書で日野原重明先生の本などで予習し、十分理解して手術を受けることが出来た。その上、東大病院は私の東大在任中にその総合計画を岡田新一設計事務所と協働して手掛けたという経緯があるので、その建築を自ら体験できると喜んで入院したのだった。そして入院棟や検査室などは親しく観察できたが、最も力を入れて計画した手術室だけは残念ながら観察出来なかった。全身麻酔の為である。

もう一つ嬉しかったことは、神戸芸工大で教えた若い卒業生、「息子」や「娘」たちが社会に出て、今や立派な仕事をするようになったことである。東京のわが家の第四代の書生だった柳川奈奈が郷里の福井に帰って父君の設計事務所を扶け、福井市立の中学校のプロポーザルコンペを勝ち取り、そしてこれが日本建築学会の「北陸建築文化賞」を受賞したことが特に嬉しい。全国から数多くの教育関係者や自治体や建築家が見学に訪れているという。第五代書生の田川陽子（旧姓森本）が奈良県大宇陀のまちなみ保存で文化庁による重要伝統的建造物群保存地区の指定を勝ち取ったのは、この前年であったか。第六代書生の田島喜美恵（旧姓山本）は前年に私の「五一Cシンポジウム」を企画運営してくれたし、阪大の大学院博士課程に入学し建築計画学の発展過程を論文にするという大きな目標を抱いて努力している。そして現書生の劉鴻晃はそのCG作品がNHKのデジタルスタジアムで見事にその週の最優秀を勝ち取って放映された。こういう「息子」や「娘」たちを持つことは、正に教師冥利に尽きるというものである。

六年前に創設した「文文会留学生奨学金」も次第に賛同者が拡がり、昨年度・今年度は四名の留学生に学資を給付したし、来年度は五名にまで拡大する。これも、難しい国際状勢を見ながらも、折角日本にデザインを学びたいと来日した若い人たちを温かく支援したいという多くの方々の好意の賜物と感謝している。

卒業生たちの励ましによってこの「文文日記」も発信してこられたが、まだしばらくはこのまま継続できそうだ。身体を大事にし生活を愉しみつつ書いて行きたい。

二〇〇九年五月

鈴木成文

著者紹介

鈴木成文（すずき しげぶみ）

撮影 堀部大貴

一九二七年 東京生まれ
一九五〇年 東京大学第一工学部建築学科卒業
一九五五年 東京大学大学院（旧制）修了
一九五七年 大阪市立大学理工学部建築学科専任講師
一九五九年 東京大学工学部建築学科助教授
一九七四年 同 教授
一九八八年 同 定年退官、東京大学名誉教授、
　　　　　 神戸芸術工科大学 設立準備委員
一九八九年 神戸芸術工科大学教授（環境デザイン学科主任）
一九九五年 同 副学長を兼務（学科主任を退任）
一九九八年 同 学長、神戸芸術工科大学名誉教授
二〇〇二年 同 退任

専　攻　建築計画学・住居学

社会活動　日本建築学会 名誉会員・芸術工学会 名誉会員
住宅総合研究財団 理事
都市住宅学会 会員・人間 - 環境学会 会員

受　賞

日本建築学会大賞「住まいを中心とした建築計画研究の確立と建築教育の発展に対する貢献」二〇〇一年

日本建築学会賞（論文）「集合住宅計画に関する一連の研究」一九六九年

主な著書

『五一C白書―私の建築計画学戦後史』住まいの図書館出版局、二〇〇六年

『「51C」家族を容れるハコの戦後と現在』（共著）平凡社、二〇〇四年

『住まいを語る―体験記述による日本住居現代史―』（共著）建築資料研究社、二〇〇二年

『住まいを読む―現代日本住居論―』（共著）建築資料研究社、一九九九年

『住まいの計画・住まいの文化』彰国社、一九八八年

『「いえ」と「まち」―住居集合の論理―』（SD選書190）（共著）鹿島出版会、一九八四年

『韓国現代住居学―マダンとオンドルの住様式―』（共著）建築知識、一九九〇年

『異文化の葛藤と同化―韓国における「日式住宅」―』（監修）建築資料研究社、一九九六年

『集合住宅計画研究史』（共著）日本建築学会、一九八九年

『芸術工学概論』（共著）九州大学出版会、一九九〇年

『住居論』（共著）（新建築学大系7）彰国社、一九八七年

『建築計画』（共著）（新建築学大系23）彰国社、一九八二年

文文会留学生奨学金　支援のお願い

二〇〇三年七月五日　文文会　鈴木成文

神戸芸術工科大学に海外から来た留学生を支援する為に「文文会留学生奨学金」を設けました。

神戸芸術工科大学は日本有数のデザインの大学として海外にも名を馳せ、留学生も数多く、その出身国は韓国・中国・台湾などの近隣諸国のほか、フランス・スペイン・イラン・アメリカ・メキシコ・ブラジルなど全世界に拡がっております。学業を了えて帰国した後はそれぞれ立派に活動しており、皆、神戸芸工大で受けた教育と、共に学んだ仲間たちに感謝しこれに誇りを抱いています。留学生を多く育てることはその国との親交を深めることにも寄与しますし、更に日本人学生にも良い影響を与え、将来のこの大学の発展のためには欠かせません。

しかし昨今の経済事情から留学生の生活はかなり苦しいものなって来ております。日本育英会をはじめ自治体や民間財団などの奨学金もいろいろありますが、一方、全国の留学生の数も頓に増加したので、受給の確率も次第に低くなってきています。

この様な事情から、一人でも多くの留学生を支援したいと志して、この奨学金を設けました。

月額三万円を支給するなら、一年間三六万円で一人の留学生を援助することができます。そしてこの支援を私個人が行うだけでなく、神戸芸工大卒業生や関係者あるいはこの大学に関心をもって下さる多くの方々の支援があれば、更に一人でも二人でも受給者を増やすことが出来ます。

支援者は左記口座にお振込みの上、「文文会」（鈴木）あてご一報下さい。寄金が三六万円にまとまりましたら財団法人日本国際教育支援協会に寄託し、神戸芸術工科大学にて選考し学長から推薦した留学生に支給される仕組みとなります。

若い方々にもこの支援に参加して頂くことを期待して、一口二千円としました。毎年誕生日なり結婚記念日なりに支援を寄せて下さることを期待します。勿論余力のある方は二口なり五口なり十口なりお寄せ下されば更に有難く存じます。こうした大勢の方々の支援があるということは、受給する留学生にとっても大きな励みになると信ずるものです。よろしくご協力下さるようお願いいたします。

支援金 振込先

（郵便局と銀行では制度が異なるため、口座名称が異なりますので、お間違いのないよう願います。）

○　郵便振替：　文京大塚五郵便局
　　口座番号：　００１９０－０－７２１６５２
　　口座名称：　文文会留学生奨学金

○　銀　　行：　三井住友銀行　大塚支店
　　種　　類：　普通預金
　　口座番号：　１３０９６６４
　　口座名称：　文文会奨学金 代表者鈴木成文

（なお、この奨学金へのご寄付は、所得税法により５千円以上は課税控除の対象となります。税金申告の際に必要な正式領収書は、財団法人日本国際教育支援協会より発行し年末までにお届けします。）

文文会留学生奨学金についてのお問い合わせは、下記にどうぞ。

○　神戸芸術工科大学 教学課（担当：境田翠）
〒651-2196　神戸市西区学園西町8-1-1
tel 078-794-5025　fax 078-794-5027
e-mail　sakaida-m@kobe-du.ac.jp
○　文文会留学生奨学金　代表者 鈴木成文
〒170-0013　東京都豊島区東池袋5-52-3
tel 03-3984-4954　fax 03-3971-3426
e-mail　s-suzuki@kobe-du.ac.jp

以上

文文会留学生奨学金　ニュースレター
第一四号　二〇〇九・〇六・一〇

「文文会留学生奨学金」への心温まるご協力に感謝いたします。皆様のご支援の拡がりのお陰で今年度は五名の留学生への学資援助ができるようになりました。

近年、大学院入試を中国北京でも実施しておりますので、大学院に中国の優秀な学生が多く入学するようになりました。海外からの外国人学生が多くなることは、日本人学生にとっても良い影響を与えております。

二〇〇九年度「文文会留学生奨学金」支援対象者は大学より推薦され、日本国際教育支援協会を通じて月額三万円の学資が一年間給付されます。このほど大学当局から、その推薦決定の報せがありましたので、ご報告申し上げます。

唐賽（とうさい）女性、中国山東省出身
大学院修士課程総合デザイン専攻二年
山東芸術大学設計学院二〇〇七年卒業
人の五感で楽しめる日中曼荼羅世界の研究を目指しています。指導＝山之内誠准教授

金永燦（きんえいさん）男性、中国北京出身
大学院修士課程総合デザイン専攻一年
武漢理工大学建築学専攻二〇〇三年卒業
二〇〇七〜八年　北京ＩＢＩ建築工程咨詢有限公司勤務、建築士。日本の建築を学びたいと希望
指導＝花田佳明教授

陳侃（ちんかん）女性、中国湖北省出身
大学院修士課程総合デザイン専攻一年
湖北美術学院服装設計二〇〇八年卒業
着物のテキスタイルの研究を志望
指導＝戸矢崎満男教授

黎 明（れいめい）女性、中国江蘇省出身
大学院修士課程総合デザイン専攻一年
江蘇科技大学 工業設計二〇〇六年卒業
二〇〇六〜八年 美徳科技有限公司勤務
ユニバーサルデザインの研究を志望
指導＝相良二朗教授

宋 倫禎（そんゆんじょん）女性
韓国 済州道市出身
デザイン学部ビジュアルデザイン学科三年
イラストやキャラクターデザインについて学んでいます。世界の多くの人たちに愛されるキャラクターを作ることを目指しています。

これら留学生たちは、「文文会ＫＯＢＥ」の研究・談話会にも参加して貰い、若者同士の交流を密にするよう計らっています。彼らが将来、母国と日本との間の良き掛け橋となって活躍してくれることを期待しております。

留学生支援は今後も引き続きますので、できましたら毎年、少額づつでも結構ですから長く支援を続けていただきたく、お願い申し上げます。

文文会ＫＯＢＥ　鈴木 成文

『文文日記』『学長日記』既刊紹介

『文文日記　日々是好日 Ⅵ―2007・4―2008・3』文文会KOBE、二〇〇八年
『文文日記　日々是好日 Ⅴ―2006・4―2007・3』文文会KOBE、二〇〇七年
『文文日記　日々是好日 Ⅳ―2005・4―2006・3』文文会KOBE、二〇〇六年
『文文日記　日々是好日 Ⅲ―2004・4―2005・3』文文会KOBE、二〇〇五年
『文文日記　日々是好日 Ⅱ―2003・4―2004・3』文文会KOBE、二〇〇四年
『文文日記　日々是好日 Ⅰ―2002・4―2003・3』文文会KOBE、二〇〇三年

価格　各一、〇五〇円（市販されています。）
発売　建築資料研究社
〒171-0014　東京都豊島区池袋二-六八-一-五階
TEL　〇三-三九八六-三二三九
FAX　〇三-三九八七-三二五六

『デザイン大学　学長日記 Ⅲ―神戸芸術工科大学2001・4―2002・3』
神戸芸術工科大学学長室、二〇〇二年
『デザイン大学　学長日記 Ⅱ―神戸芸術工科大学2000・4―2001・3』
神戸芸術工科大学学長室、二〇〇一年
『デザイン大学　学長日記 Ⅰ―神戸芸術工科大学1999・4―2000・3』
神戸芸術工科大学学長室、二〇〇〇年

以上三巻を入手希望の方は、左記にお申し込み下さい。
神戸芸術工科大学 秘書室
〒651-2196　神戸市西区学園西町八-一-一
TEL　〇七八-七九四-二一一二
FAX　〇七八-七九四-五〇二七

文文日記 日々是好日 Ⅶ

2008・4—2009・3

http://www.s-suzuki.com

二〇〇九年六月三〇日発行

著者／鈴木成文

発行／文文会KOBE
〒170-0013 東京都豊島区東池袋五-五二-三
TEL ○三-三九八四-四九五四
FAX ○三-三九七一-三四二六
E-mail s-suzuki@kobe-du.ac.jp

発売／建築資料研究社
〒171-0014 東京都豊島区池袋二-六八-一-五階
TEL ○三-三九八六-三三三九
FAX ○三-三九八七-三三五六

装幀／GEN DESIGN 小林 元

印刷・製本／アート印刷 山口拓治
〒657-0837 神戸市灘区原田通三-二-一七
TEL・FAX ○七八-八〇一-四九三一

ISBN978-4-86358-023-7
C1095 ¥1000E